看山看水看林看花看奇景，金海湖的四季都好看。

绿水青山
金海湖

主　　编　沈立军
执行主编　李青松
副 主 编　刘军萍
　　　　　孙立妹

天津出版传媒集团
百花文艺出版社

图书在版编目（CIP）数据

绿水青山金海湖 / 沈立军主编；李青松执行主编；刘军萍，孙立妹副主编. -- 天津：百花文艺出版社，2023.8
ISBN 978-7-5306-8623-2

Ⅰ. ①绿… Ⅱ. ①沈… ②李… ③刘… ④孙… Ⅲ. ①散文集-中国-当代 Ⅳ. ①I267

中国国家版本馆 CIP 数据核字(2023)第 128503 号

绿水青山金海湖
LVSHUI QINGSHAN JINHAIHU
沈立军　主　编　李青松　执行主编
刘军萍　孙立妹　副主编

出 版 人：薛印胜
责任编辑：王　燕　**封面设计：**彭　泽
出版发行：百花文艺出版社
地址：天津市和平区西康路 35 号　**邮编：**300051
电话传真：+86-22-23332651（发行部）
+86-22-23332656（总编室）
+86-22-23332478（邮购部）
网址：http://www.baihuawenyi.com
印刷：山东临沂新华印刷物流集团有限责任公司
开本：787 毫米×1092 毫米　1/16
字数：200 千字
印张：17.5
版次：2023 年 8 月第 1 版
印次：2023 年 8 月第 1 次印刷
定价：58.00元

如有印装质量问题，请与山东临沂新华印刷物流集团有限责任公司联系调换
地址：山东省临沂市高新技术产业开发区新华路 1 号
电话：(0539)2925886
邮编：276017

《绿水青山金海湖》编委会名单

序

◎ 李青松

在这里，海子就是湖。在这里，湖就是海。

在这里，有北方的北方，也有北方的江南。在这里，有美景美物，也有传说传奇。春夏秋冬，夏秋冬春，秋冬春夏，冬春夏秋。在这里，四季都充满律动。在这里，时间可以倒转，空间可以留白。在这里，时间与空间可以并置。

在这里，也可以没有时间和空间。

在这里，我想起了梭罗的那句话："我热爱自然，尽而感受自然的美妙，是想用心地生活，并且体味人生的意义。因为只有这样，才不致于在我就要离开这个世界的时候，后悔自己从来就没有活过。"

在这里。

在这里。

在这里，世界是背面。在这里，自然是一切。

这里是哪里？这里有一个闪亮而水润的名字——金海湖。

二〇二三年八月七日晨　写于北京

目　录

金海湖的早晨

◎ 柳忠勤

北京的第一缕阳光，首先洒向碧波万顷的金海湖。

迎着旭日阳光，宽阔舒展的金海湖大堤上，迎面走来了朝气蓬勃的年轻副镇长杨婷婷。

杨副镇长30岁出头，清秀俊美，苗条动人，运动衫、运动裤、运动鞋，乌黑的马尾辫脑后飘逸："各位作家，欢迎你们采风金海湖，起早看日出啊！"

杨婷婷满脸朝霞、笑声朗朗："一年之计在于春，一天之计在于晨。我们金海湖的人可勤快了，你们看——"

顺着她的手势，一个个精彩的镜头映入眼帘：

湖面上，几艘快艇犁开金色的浪花，冲向远处的碧波岛。婷婷说，碧波岛又叫碧波国际花园岛。前几年，汪峰向章子怡求婚就是在这个岛上，那里还有他们的婚房呢！今天，市里有个环境建设的会议要在那里召开，咱们镇上的沈书记赶早带领一干人马奔赴岛上安排会务去了。

堤岸边，几户商家的门脸逐一开启，店主笑脸迎客："城里来的吧，看看我们金海湖的早晨，多漂亮啊！"婷婷说，他们每天都起得很早，天不亮就要做准备，备货烧水，清洁卫生，因为一大早就有很多来金海湖看日出的，春夏秋冬，一年四季景色不同，来客终年络绎不绝！

看——婷婷的手指向远处，那里是个十字路口，路口四角的公路边上，影影绰绰有许多人影在晃动。婷婷说，那是附近的乡亲们，他们凌晨就下果园、上大田，把瓜果梨桃、鲜嫩玉米，捡最好的采摘收拾，摆到地头上的公路边，静候北京城里的观光游客。

“妈妈，再买五袋吧。”

“走嘞，赶早，咱们去向阳村，他们村的村民现在可勤快着呢！”

“好，走喽！”十几位作家跟随婷婷镇长，麻利地钻进了中巴车，迎着迷人秋色疾驶而去。

“十月的金海湖，漫山红叶，秋色醉人。如果您厌倦了都市的喧嚣，那么金海湖就是您的一方净土、世外桃源；如果您正饱受空气污染的困扰，那么金海湖就是您的“天然氧吧”；如果您想观赏红叶，那么金海湖就是您金秋首选赏红地，来到我们这里，随手一拍都是美景！”

杨婷婷不愧是主管旅游的副镇长，小嘴儿甜甜的、脆脆的，说得大家心里痒痒的，看着车窗外闪闪而过的处处美景，恨不得就此下车拍照留念。

“各位作家老师请不要着急，我们这里美景多着呢，哪里拍照最好我清楚呀。待会儿，我来安排，一准儿让大家拍个够！”

谈笑间，到了向阳村。车门开处，走来了年轻的党支部书记张阳，热情的双手伸向了我们：

“哎呀，感谢感谢，欢迎欢迎，欢迎各位作家来到向阳村！”

“我们向阳村可是有故事的哦！”张阳书记话锋一转，打开了话匣子：

“三年前，我们还是个典型的穷村子，村里的集体经济为零，一分钱都没有。可是到了去年底，形势逆转：我们村集体竟然前前后后有了几十万元收入，为什么呢？这就是我要讲的故事：

故事得从“伴手礼”讲起。眼下时兴的所谓“伴手礼”，并不是什么价值不菲的名贵产品，而是人与人之间情感联系的一份小小礼物。就目前而言，在一定意义上，她还是地方名优特产的专有名词。

我们村在金海湖镇南部，三面环山，地势南高北低，海拔 138 米，全村 163 户、358 人。由于交通不便、地域环境闭塞，村里老一辈、少一辈，靠种植核桃、柿子、大枣等作物为生，这些产品价格低、销售渠道不畅，加之村庄空心化、种植老龄化严重，绝大多数青年男女都跑到城里打工去了，村里的土地无人耕种、产品无处销售，自然，老百姓的生活富裕不了。

感谢镇党委沈立军书记、杨婷婷副镇长他们的聪明才智，前年初，策划推出“金海湖伴手礼”品牌并在全镇组织推广，我们向阳村第一个响应，因为我们无路可走啊！

还得说杨副镇长这些下沉干部，是她们真心帮助我们，尤其是帮我们引进专业食品加工厂，对村里果品进行标准化烘干，将老百姓自发生产的果干等进行品质提升、品牌提升和营销提升，形成了村级产业。我们的产品在金海湖景区一亮相，精致的包装、优质的口感，大受游客欢迎，第一批产品销售一空，净赚 2360 多元。这点钱对有钱人来说，也许不到一顿饭钱，但对于我们向阳村的老百姓来说，就是很了不得的事情了，要知道，过去那些年，村里老百姓靠卖梨、卖核桃、卖大枣，一年下来也不过千儿八百的，这家伙，一天就是两千多，老百姓的劲头儿一下子就鼓起来了。很快，各家各户纷纷加入“伴手礼”队伍，不到一年时间，老百姓收入大增，村里的集体经济也大见成效。

为了让老百姓的口袋鼓了再鼓，我们成立了村集体经济合作社，努力实现老百姓三级收益：集体经济合作社按照高于市场价的标准统一收购老百姓的农产品，一级收益；老百姓参与伴手礼包装制作，二级收益；集体经济分红，三级收益。三级收益，老百姓一个月平均可拿到 1000 元。老百姓收入高了，积极性也就高了，伴手礼的生产、创新、销售也都火啦，手工芝麻酱、手工核桃油等产品不断研发出来。为了拓展销售渠道，镇里还帮助我们实施线上线下相结合销售，增加乡村伴手礼与消费者的接触空间，利用外部企业帮扶力量，积极对接区域外企业、镇域内营地、景区等线下渠道，网络大 V、资深公众号等线上渠道，积极搭建合作销售渠道，构建了伴手礼立体式销售网络，效益大增啊！”

向阳村村委会的伴手礼展室里，我们看到了精彩而又暖心的一幕：“妈妈妈妈——再买五袋！”一个大约三四岁，忽闪着两只大眼睛的小女孩儿向面前的妈妈晃着五个小小的手指头！

“还再买呀，都已经买了十袋啦！”年轻妈妈指指手里提着的袋子：“都装不下了呀！”

“那就再买五袋吧，别让孩子闹啦！”站在边上的应该是孩子爸爸，“这里的桃干、杏干、苹果干就是好吃，味道好，包装也讲究，上次来买了一些，回去很快就吃完了，闺女吵着还要吃，我们这次来，就是孩子催来的呀！”

“太平盛世产文化。文化，体现在中华民族的每一个细胞里。伴手礼虽小，但也同样是一种文化。现在，我们金海湖，就把伴手礼做成了文化产业。2021年，我们牵头创立大旅游‘H’品牌和‘金海湖伴手礼’品牌，以文化创意赋能镇域传统文化和农副产品，延伸旅游内涵，将农产品提升转化为旅游商品。同时，以‘深耕本土，时尚表达’为旅游产品研发核心，孵化了一批‘金海匠人’团体，由此形成的‘扎燕儿奶奶’‘蒲团儿奶奶’‘绣花儿奶奶’‘琢墨手工’工艺品，在丰富‘金海湖伴手礼’内涵的同时，形成了文旅金海湖的工匠精神。目前伴手礼产品还在不断更新迭代，已形成包括各类果干果脯、梨花香茶、五谷、芝麻油、花生油、芝麻酱、蜂蜜、玉米皮蒲团、手工刺绣、葫芦烙画等多种产品。在促进农旅融合的同时，实现了发展区域特色文旅产业，带动农民就业增收等新模式。”杨婷婷副镇长如是说。

“这里的小鱼儿随便捉！”

告别向阳村，作家们嘴里嚼着桃干、杏干、苹果干，甜蜜地来到了郭家屯村的小溪谷。

下车伊始，作家们惊呼：“好一个世外桃源、清静之地！大片的森林、洁白的沙滩、潺潺的流水，风声轻柔、鸟儿欢唱。”“深呼吸小城”共建办公室主任张云慧感慨言道：“这些年，我走过许多美丽的城市和山区，山好水好空气好的地方多啦，但是没有想到在北京，在距离天安门广场不过七八十公里的地方，还有这么一个可以深呼吸的清静之地！”

年方 11 岁的生态文学小作家李少卿“噌噌……噌噌……”瞬间爬上了一棵几十米高的大杨树。正在大家惊呼的时候，小姑娘“哧溜……哧溜……”滑了下来，转眼，又登上了滑车：“哧……哧……”一百五十米。正在大家惊呼的时候，只听见李少卿大喊：“妈妈——快来看，这小溪里还有很多鱼呢！”大家纷纷跟了过去，只见清澈见底的哗哗流水中，一群群鱼儿正在欢快畅游。陪同的工作人员随手递过一个抄子：“小姑娘，这里的鱼儿你可以随便捉哦！”

“鱼儿随便捉，这是小溪谷的旅游项目之一，此外，戏水、烧烤、采摘、爬树、露营、品咖，喂小动物、荡秋千……这里的玩法儿多着呢！”婷婷副镇长如数家珍，“给自己放个假，走出城市、拥抱乡村，融入大自然的怀抱享受蓝天白云，来我们小溪谷是最好的选择！”

“为什么叫小溪谷？谁来讲一讲她的前世今生呢！”作家写文章，总爱打破砂锅问到底。

“你是这里的‘地主’，你来说吧！”婷婷转身把目光投向了旁边的一位中年汉子，“这是郭家屯村党支部书记王旭军！”

“小溪谷，是因为这里有一条四季流淌的自然小溪。”王旭军书记乐呵呵地接上了话茬，“三年前，我们站的这个地方还是一片废弃林地和一些碎片化的农用地。当时，镇党委、镇政府号召各村发展旅游经济，同时又要求不能与农民争资源，于是，我们对全村的山地、林地、农地进行了盘点，发现了这个地方适合做旅游的文章。这些年，‘露营文化’不是火了吗？我们村经过反复研究、多轮协商，认为这里最适合打造露营地。镇党委书记沈立军、镇长孙立妹，还有负责文旅的副镇长杨婷婷、包村副镇长马春静充分肯定我们的想法，支持我们采取村企合作的形式，同时搭上了国家田园综合体项目的便车，不到一年时间，我们把这里由一个无人光顾的荒郊野岭建设成为一个大人们度假、孩子们嬉戏、全家人游乐的天然露营地。不仅使乡村闲置资源实现了价值再生，而且增加了集体收入，预计今年年底，村集体通过小溪谷项目可以进账

30 万元。

“小溪谷现在人气儿爆棚！”婷婷说：“周末想到小溪谷游玩，必须提前预订，否则，是没有位置的。当然，这与我们线上、线下的宣传有关，但是更重要的，还是小溪谷把文章做到了北京城里居民的心里，而且做出了文化、做出了品位。另外，小溪谷也是北京第一个无设施自然乐园，这里虽然没有各种游乐设施，但却有林木茂盛、植被葱茏，树龄几十年的树木遮天蔽日，为游客提供了阴凉、舒适的休憩环境。露营地里搭建了秋千、蹦床、绳网攀岩、溜索等各种娱乐设施，修筑了多个扎帐篷用的平台，引水引电，满足游客度假的基本需求。此外，大片的沙滩、草坪以及清澈流淌的小溪，不用发愁孩子们没得可玩，每天会有各种主题活动的开展，让家长放松，让孩子开心。”

“赶早打理一切！”

这两年，到金海湖走动多了，我还有意结交了几位实诚的农民朋友，其中就有贾凤华一家。认识贾凤华，缘于一次金海湖的采访活动。我这个人，最爱吃两种水果：一是东北的香瓜，又香又脆又甜；一是平谷十四号大桃，一掰两开、香味浓郁，清脆可口。一群作家采风金海湖，原想可以吃到十四号桃子，结果一问，十四号还没有下来。返程路上，我居然看到有十四号摆在路边，停车一问，是十四号的早熟品种，个头虽然没有市场上看到的十四号大，但是桃子的主人热情地说：“味道一个样哦！”四块五一斤，我随手买了五斤。再往前走一会儿，又看到一个卖十四号的，我停下车来，迎面走来一位装扮朴实、热情爽朗的中年妇女：“领导好呀，快来看看我们家的大桃吧！”

“你们家的十四号多少钱一斤？我刚买的四块五！”

“哎呀，你要不说呀，我十块钱三斤都可以卖给您！但是您既然说啦，那我们家的也是四块五一斤吧！”“哈哈——生意还可以这样做呀？你就按十块钱三斤，卖我几斤呗！”她不好意思地笑了，于是，我在她这里又买了五斤，临了，还加了她的微信，为了她的爽朗，为了她的有趣，当然，也是为了日后更方便购买十四号。

上车整理微信，发现贾凤华已经把我拉进一个四百多人、异常热闹的大群里，自此，我的手机基本上全天候处于静音状态，因为这个群每天从凌晨五点多钟开始，直到深夜十二点响个不停，四百多个人和她互动，她家的大桃、她家的苹果、她家的鲜核桃、她家的嫩玉米、她家的柴鸡蛋、她家的粉条子——每天通过快递源源不断地分送到北京城里的四百多个家庭。手机不静音，根本无法静心工作。

通过这个群，我还真的买了贾凤华家不少东西。在一买一卖的过程中，我发现贾凤华做得十分用心，回答问题不厌其烦，收款发货一丝不苟，说让你今天下午吃到，那下午就准有快递小哥上门。价钱嘛，和市场里的差不多，品质嘛，绝对上乘，尤其是十四号大桃，果形精美匀称、色泽鲜艳欲滴，再配上碧绿碧绿的叶子枝条，给你的感觉，绝不亚于王母娘娘蟠桃园里馋坏孙行者的大仙桃。

贾凤华五十来岁，熟络了，我喊她凤华妹妹。我们之间有过多次互动：

“凤华妹妹很辛苦，四百多个家庭，每天向你要这要那，半年下来，群里的人数只增不减，说明你做的大家都满意呀！”

“是的大哥，的确很累，平均每天只能睡四五个小时，但是我也很开心，因为我的辛苦能让大家高兴！”

“凤华妹妹，你为大家付出了很多，应该说，回报也不错吧？”

“是的大哥，收入当然也不错啦，给大哥晾一晾：我这一年忙活下来，少说也有个五六十万吧。现在我们家，在城里买了套房，在村里盖了三层楼房，还有一个果木葱茏、四季飘香的大院子，说实在的，我的日子不比你们城里人过的差哦！不过大哥，我的这个好日子、这个幸福生活，是我们全家起五更、睡半夜，努力奋斗挣来的呀！我们家有两只大红公鸡，每天早晨，只要听它们‘呜呜呜——’一叫，不管春夏秋冬、刮风下雨，我立马翻身下床，收拾一切，冬天的生意、夏天的买卖，我都是赶早打理呀！”

贾凤华的话让我心生几多感慨：历尽天华成此景，人间万事出艰辛。小溪谷的美好，向阳村的收获，凤华一家的幸福，一切皆出于勤劳、智慧与付出。“赶早打理！”与“一年之计在于春、一天之计在于晨”同源同理，金海湖绿水青山到金山银山的惊人蜕变，皆出于此。

（柳忠勤，《今日国土》杂志社社长、今日国土生态文学委员会主任，代表作《亲情记忆》）

森林之眼

◎ 沈立军

在北京市平谷区金海湖镇，有一处风景秀丽的山区景点，这里水清碧透，溪水潺潺，景色优美。它有令人神醉的名字——小溪谷。镇领导们特别关心支持像小溪谷露营地这种通过整合碎片化农地资源打造旅游目的地的项目发展。小溪谷无论是景色还是空气，都是触摸灵魂的，非常适合人们来修身养性，放松心情，领略大自然的魅力。

在夏雨夏风的作用下，小溪谷里一棵大杨树美人卧般横在了溪边，和水岸形成一个夹角，看上去就像一个美丽的大眼睛，面对天然的杰作，人们不但接纳了她还给她起了个好听的名字——森林之眼。

深秋，树林变成了迷人的金色世界，"美人卧"朝上一面长出来的条条新枝却还鲜绿如夏，格外醒目，仿佛是上帝给她文上了美瞳线，碧绿睫毛衬托在金色的眼睛上，脉脉含情，楚楚动人，光影斑驳间仿佛眼睛一闪一闪，整个森林都神采奕奕、栩栩如生起来。

出神凝望，联想翩翩。这不是你一直祈祷想拥有的那个透明的心灵和那个会流泪的眼睛吗？这里不是你一直在苦苦寻找的那个都市桃花源吗？

正如歌中唱道：这儿有七色的彩虹，清凉透明的水，有美丽的女人，但她们不常流泪，这里的一切都十分的美……

顺着她慈祥的目光，徜徉在沙沙作响金浪翻滚的落叶上，迟迟未，缓缓归。

比之加德满都佛塔上智慧的眼神还要强大，童话世界的小溪谷开启的是黄金瞳，眼界洞开，由小及大，由近及远，由浅及深。置身于更加浩大辽远的时空，感悟着宇宙的深邃和玄奥，检视着自身的渺小和平凡，她看穿了天地间一念的秘密：虚室生白，万物生长。

与万物交朋友，向天地学知识。老子说："知不知，尚矣。"知道得越多，越能发现自己的无知。可喜可贺。从无眼到有眼，从眼影到眼神，从眼神到眼界，从自然天成的美，到哲学思考的美，大自然处处书写着智慧之笔：人与自然和谐共生才是天底下最大的道理。《荀子·修身》曰："道阻且长，行则将至，行而不辍，未来可期。"面向远方，你眼带笑意。在森林之眼笃定的眼神里，让大自然的鬼斧神工和人类的至深感受融为一体，相互影响，相互尊重，相互学习，既坦然接收大自然的慷慨馈赠，又像保护眼睛一样呵护着我们自己在内的大自然，丰富着世界的丰富，书写着传奇的书写。

（沈立军，北京市平谷区金海湖镇党委书记、二级巡视员）

金海湖随感

◎ 杨婷婷

金海湖，因北倚金山、南枕"海湖"而得名。这里的金山并非虚名，其采金历史可溯源至隋朝，全镇五分之一村庄因采金成村，与山相依是金海湖人非表不可的情愫；"海湖"是一个名叫"海子"的人工湖，人们将湖泊称为海子的最早历史出现在隋唐，"北人不识江与湖，潴水为潭便称海"，元世祖忽必烈建元大都后，中原地区便有了海子这一称谓，自此，枕海而居成为金海湖人不可轻视的自豪。这一湖山水描绘了金海湖人自古至今的每一个梦乡，而这开山凿矿、堆山砌海的历史记忆铸就了金海湖人由古到今一往无前的血性与刚强。

昨日金海

提昨天，提的是血脉里传承的基因记忆，那便是文化。金海湖最具代表性的有八条文化脉络。

上宅文化是平谷的母文化，距今六七千年，是北京地区迄今发现最早的原始农业萌芽状态的新石器时代文化，开启了北京农耕文明的曙光，填补了北京地区新石器时代考古的空白，在我国考古研究中具有重要的地位，有"西有周口店龙骨山、东有上宅"的历史地位，其遗址坐落于金海湖上宅村，是第八批全国文物保护单位。除考古学地位外，上宅文化常令金海湖人自豪，一曰上为东方位，紫气东来、长子居所，其地势佳；二曰上为北方位，坐北朝南、山南水北，其风水佳；三曰质优者为上，上等宅邸，人丁兴旺，其地位高。其实无须追溯考据，金海湖人早已在上宅这个脉络里找到了地区文化自信与自豪。

水文化：河泉合一，宛如一个个流动的绿宝石散落又交错。一是金海湖，也叫海子水库，1959 年初建，1968 年续建，1974 年扩建，总库容 1.21 亿立方米，控制流域面积 443 平方公里。是北京唯一一处具有玩水资质的水库，1990 年第十一届亚运会赛艇、皮划艇项目比赛在此举行。二是老泉。6 个泉水村常年涌泉不断，绿飘带般贯穿村庄。如果你觉得浣纱的场景只在江南，那是你没有看到过金海湖的这些老泉。比如黄草洼冷泉和靠山集老泉，村民洗脸洗衣、饮水取水都是泉水，旧时女子出嫁要以泉水浇头，人们取月下老人之意，将其命名为“月下老泉”。今天的老泉一如千百年前的老泉，在冬季 12 月份时出水温度仍达 15 度左右，冬日白雪纷飞时，低头看泉，油油的绿水草盈盈地飘摇在潺潺水波间，老泉已成“不老泉”。

金文化：一是黄金。金矿矿产资源丰富，采金淘金成为这个地区人们的独有记忆，2021 年，“黑水湾淘金习俗”列入北京市级非物质文化遗产名录。二是辽金。辽金文化遗迹很多，主要集中在两处：一处是茅山区域，茅山又称碣山，当地人称元宝山，在其正西侧远远看去，茅山活脱脱的是摆在地上的一枚“银锭子”，故而得名。茅山是金章宗完颜璟的行宫，在茅山东侧海拔 286 米处建有双泉禅寺。禅寺坐西朝东，遵循金人“朝日东向”的风俗，寺内遗址下东南处并列两井，间隔 3.6 米，其水一苦一甜。另一处遗迹位于海子村东山区域，是金章宗小女儿金花公主墓葬所在地，后人修建海子水库时将其迁至湖底中间，在湖面上塑像以纪念。

长城文化：金海湖镇明代长城总长度 19.12 公里，是平谷区长城总长的三分之一。节点特征明显，一是红石门长城段是明长城进入北京境内的起点，国务院 1996 年所立的三界碑（天津界、河北界、北京界）位于我区红石门段长城的第一座敌台上，其特殊的地理位置，确定了在全国明代长城中的唯一性，有“一脚踏三省”之称；二是将军关是明代万里长城东起的第三关（山海关、黄崖关、将军关），是进入北京段东端第一座关口。在关口东南侧，有一块立石的形态活脱脱是一位身着铠甲站立着的将军，人们便将此关口命名为将军关，也许正是如此，在这样的咽喉要道，兵家必争之地，勇将踞守方得安宁。

市集文化：靠山集大集为区级非物质文化遗产，有600年历史。靠山集村因地处连接京津冀三省市的交通要道，可辐射人口达10万以上，区域内的耕地资源丰富，盛产品质优良、品种繁多的农副产品，借助优良的区位优势在历史上就形成了重要的商贸集散市场。这个百年老集还保持着一种自然的状态，这里卖的绝大部分东西很多都是当地土特产品和一些生活日用品，充满浓郁的乡土气息。

早安文化：金海湖镇位于北京最东端，是北京第一缕阳光升起的地方，最东侧村庄为“上堡子村”，当地人取名“上安子”，取至尚安宁之意。站立于金海湖的大坝上，可览“日昇平湖”的美丽景色。金花公主的肖像迎太阳慢慢展现出英姿，使人不禁感叹，柔光揭晨幕，朝日出平湖，神女应无恙，当惊世界殊。2021年12月31日和2022年1月1日正式推出“霞光入塔”“日出平湖”文旅品牌活动，在央视新闻全程直播，吸引了3亿人次观赏。

会议会展文化：作为北京·平谷世界休闲大会的举办地，金海湖渐渐走入“会时代”，15万平方米的会展中心及住宿酒店、商业街区等设施不断完善，明确了打造“会议会展小镇、购物消费小镇、全域旅游特色小镇”的发展定位，推动会议会展+旅游模式，培育打造会议休闲旅游产业形态。

品质生活休闲文化：为了“面向世界的金海湖”，创立“金海湖H品牌”，“金海湖H生活馆”成为旅游休闲综合驿站；创立金海湖伴手礼品牌，后备厢经济带动农产品精品化，推动镇区、景区、农区的三区融合发展。玩金海湖渐渐由游山玩水的观光游览转变为在山水中驻足饮茶的疗愈生活，“四美”方向的产业形态，即美丽乡村、美味佳肴、美景如画、美好生活，共同糅成了金海湖的休闲好生活。

金海湖的文化有文有武，恰如金海湖人的性格又温又飒。比如金海湖美食文化，炖大鱼、大公鸡、粘卷子，实实在在的大盆大碗，原原本本的农家饭菜，在一声声叫嚷的"再开一瓶"中，你能看见所有人吃得舒舒坦坦，喝得圆圆满满。

今日金海

谈今天，谈的是眼前所见的新房子里发生的新鲜事，那便是变化。不是金海湖变了，而是金海湖跟着时代，追着人们的生活，金海湖还是曾经的山水，却也是流动着农家烟火和田园萤火的时尚小城。

用"一湖山水"承接都市高端商业业态，出台《金海湖旅游新业态安全监管管理办法》，露营休闲旅游成为金海湖最具时尚度的旅游新业态。"湖区营地"形成了整体 10 块，总面积达 150 万平方米规模，湖区营地已不仅仅是传统露营或宿营的旅游模式，适应北京年轻时尚消费群体的"夜店露营"、适应"双减"形式下学生生活技能性学习的"农耕露营""歌舞露营"等各项活动成为营地的标配，在"为音乐"营地随音乐律动，在"荒野七号"料理最新鲜的食材，在"落日湾"把酒敬斜阳，在"小三峡"悠然垂钓，"小溪谷"里孩子打着赤脚捉蝌蚪。营地成了承接市民时尚生活的承载地，将常态化休闲生活形态从"城市的水泥森林"平移至"平谷的一湖山水"中，"湖区营地"由传统旅游业态转化为商业新业态，由基础业态转化为专业业态，被广大网友称为"草地上的三里屯"。

今天的金海湖人喝咖啡，泡咖啡馆。金海湖的街区若为交错棋盘，咖啡馆便可谓是疏密相间的棋子了。街景咖啡馆、湖岸咖啡厅、湖心咖啡室、山顶咖啡铺、草地咖啡摊、湖畔咖啡车，触目尽是咖啡。这里的咖啡能美到极致，在滑子村的浅夏村咖，一个漂亮的姑娘栽着满院的花，姑娘不和你多谈，只是娴熟地调一杯勃艮第咖啡，少年时将理想变作生活的愿望不正是这样吗；这里的咖啡也能爽到极致，你一定见过性格豪爽的金海湖人摆出喝酒的架势将咖啡一饮而尽，量大、浓郁，这里的咖啡已然不是舶来品，早已相融进金海湖人不拘小节与开怀大笑的生活里了。

村庄是烟火气最直接的表达。中国有千千万万个村庄，每一个村子都是不同的。时光在村庄中浓缩，人在村庄里老去，升起的炊烟中留下一个又一个烟火人间的故事。每个故事看起来相差无几，细细看去却又有鲜明不同的脉络。在黄草洼村听着水声入睡，在东马各庄每个时刻都在炖大鱼的香味里咽口水，在滑子村陪老人去药王庙祈福健康，在将军关村停车摸一摸明长城斑驳的时光，在红石门村攀爬一脚踏三省的豪迈，在罗汉石村从乡村民宿到野奢帐篷再到高端酒店住个遍，在红石砍村的每一个屋顶上看“毛主席万岁”的故事。每一个村庄都是不一样的金海湖，而走过了这些村子才算走过了金海湖。

“草地三里屯”“山水星巴克”“烟火莫干山”并非舶来之名，而是金海湖“深耕本土、时尚表达”之实。质朴乡村与时尚生活结合，烟火气里上演着时下的生动，村民与游客浮动着各自的欢喜与笑容。

明日金海

说明天，说的是认定了就一往无前地朝前走，那便是方向。金海湖的资源和历史禀赋决定了其旅游产业方向，“高大尚”平谷的功能定位引领了金海湖旅游产业方向，金海湖将以旅游产业为支点，以旅游休闲新业态、新监管促进新消费，带动新经济，引领新生活。

旅游是一个村级治理的标准。乡村旅游新业态在农村的拔节成长，为推进乡村振兴注入新动能，更打开了新思路。休闲农业着眼碎片化农地资源，拓展了农业多功能性，促进了资源高效利用，是满足新消费需求的新经济产业。金海湖镇利用郭家屯村集体的一片现状的生态林地和自然溪流，采取村集体出资产、社会资本出资金的合作分成模式，以林下休闲旅游经济方式，打造为包含田园聚落营地、消费新市集、家庭示范农场的“无烟的休闲工厂”。村集体与运营商形成发展共同体，以项目作为驱动，使乡村闲置资源实现价值再生，村集体年收入突破30万元。同时关注留守村民与入乡新村民两个群体，做到内生动力与外生活力的共生发展。

碎片化农地对于农民来说是不值钱的“荒地、破地、废地”，却也是部分村集体所掌握的唯一“资产”。集体经济的壮大不能与群众个人生活生产争资源，要利用好那些群众不要的、用不了的资源，规模性规划利用，使之成为优质资产。乡村农地的节点性利用是对碎片化农地的有序有效整理，“无瓦”空间布局是引导村集体参与集体项目探索的基础需求，因此我们致力于将废弃的碎片农地打造为一个个小而美、小而精、小而优的休闲旅游项目，以产业产品形态推动美丽乡村建设，连点成片构建乡村全域旅游格局。

旅游是一条乡村振兴的路径。基于壮大村集体经济目标，金海湖镇以向阳村为试点，以“深耕本土，时尚表达”为旅游产品研发核心，将百姓生活内容转化为乡村经济生产资料，对村民自发生产的果干等进行品质提升、品牌提升和营销提升，引进专业食品加工厂对村内果品进行标准化初级加工，开发了“金海湖伴手礼”系列旅游产品，形成了村级集体产业。通过村集体产业发展而实现的“将农民号召起来，农产品组织起来，农民利益机制链接起来”使政府收获了更有意义的村级治理效益。

“就地商品化”的核心是“深耕本土、时尚表达”，通过将村民的生活内容转化为产业资源，在丰富区域旅游产品供给的同时，让村民在自己的家里做属于自己的生意。深耕本土才能使村民更有生活自信和自豪，才能不在城市文化面前感到自卑和无力；时尚表达是要使乡村树立城市治理和发展思维，展示城市没有的魅力。

明日之金海，将继续坚持“三区”融合发展，力求将北京市民时尚的生活形态平移至一湖山水中间，以旅游特性的商业业态丰富和发展，打通金海湖乡村振兴的发展路径；积极盘活闲置化资源，创新乡村休闲消费场景，打造各类休闲作品，支持、引导农村集体经济组织发展“无烟的休闲工场”。

金海湖使人流连，因其不是一座城市，而是一个故事，不知多少人以梦为马，逍遥天涯，走得越来越远，却总会不时想念起金海湖。似乎去再多的地方，都不及回到这里，坐在湖边的夕阳余晖中，等待一条熏气弥漫的烤鱼上桌，片刻之间，时间凝固在湖面的波光里，凝固在腾腾而起的热气之上。我想，金海湖会保持天赋身姿，如美丽的白天鹅一样曼妙轻柔、优雅天歌。

（杨婷婷，北京市平谷区金海湖镇党委委员、副镇长）

金海湖的来去

◎ 彭　程

一个地方的山川风物，如果与历史沾上边，不管是信史还是传说，都会被赋予某种意蕴或者滋味。这些属于历史范畴的因素未必有多重要，也许不过是一些残屑碎末，但仍然会产生一些影响，给天地之间氤氲出某种特别的东西，仿佛瓷器上一道闪亮的釉彩。

在北京平谷区金海湖镇，这种想法又一次得到了印证。

镇子名字的来历，当是因为此处有一个金海湖。它早已经被列为北京的一处著名旅游景区。金海湖水域面积寥廓，将近七平方公里，万顷碧波，被层峦叠嶂的青山三面环绕，山间水畔，林木浓密，绿草如茵，鸟语花香，风景至为美丽。

金海湖最早起源于一次大地震。清代康熙十八年(1679)，此地和相邻的河北省三河县发生了大地震，形成一道洵河峡谷。"大跃进"时期的1959年，依托洵河峡谷在此修建了一座水库，后经几次扩建，于20世纪80年代初成为一座大型水库。它北邻盛产黄金的金山，南边有一个海子村，故名金海湖水库，后来更名为金海湖风景区。从人工水库变为旅游区，这样的情况不少，像闻名天下的浙江千岛湖，前身就是当年建造新安江大坝形成的巨型水库。

在码头登上一条游船，向着水面深处驶去。蓊郁青翠的峰峦倒映在湛蓝清澈的水面上，与天光云影相交融。一艘快艇从旁边飞速掠过，船尾犁出一道长长的波浪，溅起的白色水珠仿佛千万粒晶莹的珍珠。游船周边的水面漾荡不已，稍远处则是波平浪静。近观远眺，大口呼吸，心情变得格外畅快。

游船靠上了一个小岛。沿着一条迂曲的石径，拾级而上。盛夏溽热，等到七折八拐爬到最高处，已经气喘吁吁，汗如雨下。朝四面望去，整个湖区尽收眼底。俯瞰下方，是一个狭长的半岛，长约数百米，半岛顶端伸入湖水的地方，便是刚才游船靠岸之处。那次大地震震掉了半座山，形成了一道绵亘狭窄的山脉，一侧岩壁陡峭，刀削斧劈般，数十个大小峰峦紧紧相连，状如锯齿，因此得名“锯齿崖”。大自然的造化让人惊叹，但搜索一番脑海中的语词库存，仍然感觉词穷，还是只有那个已经熟烂的成语勉强可以摹状：鬼斧神工。

湖畔有一座金代皇家公主墓，给此处明丽的风光染上了一抹凄婉的色彩。

从小岛上下来，沿着水边前行不远，就走到了水库大坝。大坝中间位置东侧一个伸向湖中的小小半岛上，是金花公主墓。旁边有一座呈双体边脊状的碑亭，中间立有一块汉白玉石碑，记述着金花公主的传说。

金花公主是金章宗的女儿，聪明伶俐，相貌姣好，擅长骑射。当时，金国已将国都南迁至燕京，改名中都，即今天的北京。平谷一带属于京畿之地，公主经常陪同父皇来此狩猎。不料她患上不治的重病，香消玉殒。章宗十分悲恸，遣人凿山为穴，以四铜环悬棺于内。据明代曹学佺《舆地名胜志》记载：“金花公主墓在(平谷)东三十里之马家庄。金花公主，俗传金章宗女也。其墓两山相抱，自崖口凿石穴，施四铜环，棺木悬空，引海子水流入内，其深莫测。”这是一种奇特的墓葬方式，据说是为了防止盗墓。修水库时，民工清理出金簪、红缨等公主墓中的遗物，都是属于女孩的饰物。墓穴已经被淹没在水面之下，如今的墓地是三十多年前重建的。

圆丘状的墓地上，是一座金花公主骑马雕像，马头高昂，嘴巴大张，仿佛在长啸，两只前蹄高高扬起，粗大的马尾末端飘散开来，一副正在奔跑的姿态。骑马的少女，稳稳地坐在马鞍上，扭身朝向侧面，面容饱满稚气。她身着紧身窄袖的女真民族服装，左手握弓，右手控弦，英姿飒爽，背后的披风也被风吹得飞扬起来。

金花艳丽雍容，不易败落，是古典诗词中常见的意象。北周庾信的《玉帐山铭》中有这样的句子："玉策难移，金花不落。" 唐代诗人王建《宫中调笑词》咏叹道："胡蝶，胡蝶，飞上金花枝叶。"这些词句都带给人美丽、高贵且奢华的感受。金花公主的名字，也该是与这些意蕴有关？然而，在死神挥舞的镰刀面前，没有任何人可以逃遁，哪怕贵为皇亲国戚，哪怕美如金枝玉叶。

八百年光阴流逝，金花公主化作了不老的传说。生命过早夭亡，仿佛一朵蓓蕾尚未绽放即告凋萎，自然令人痛惜，何况又贵为皇家千金。罕有其匹的出身，本来拥有无上的幸运，但未待成年而殁，又不及寻常百姓家的儿女。命运的诡谲难言，实在让人无语，万千感慨只能化作一声叹息。

但这种情绪，不久后就被另外的想法冲淡了。

离开湖区，乘车赶往下一个地方。正值盛夏时节，视野中是一望无际的绿色，浓郁恣肆。车行不远，就到了一个叫作黑水湾的山村。这里距金海湖只有几公里，但却将金花公主的传说带给意识里的年代感，骤然向前推进了数百年。

这一带有明代长城的遗址。平谷三面环山，长城蜿蜒于东北部，是明代长城进入北京境内的最东起点。黑水湾村北面四千米，就是金山长城的西口子，抬头远眺，山岭上仍然可以看到一段蜿蜒起伏的墙垣遗迹，长度约三千米，轮廓清晰。

一时间，脑海里跳出了若干古人吟咏长城的诗句。此地明代属于蓟州，是京师门户，抵御北元和女真入侵的东北边防重地。我想到了一首绝句，描绘的正是从此地延伸向东北方向山海关一带的长城："榆关千里塞云横，一夜移师右北平，辽海西来山渐险，更教骠骑作干城。"作者陈子龙是明末重要诗人，曾官至刑部、工部主事，他在诗中勉励获得升迁的友人恪尽职守，戮力守边。而他也是在偏安南京的南明小朝廷覆亡之后，仍然组织江南太湖一带的民众抗击清军，被俘后英勇不屈，投水殉节。

黑水湾村的前身，是一座依长城而筑的城堡，始建于永乐年间，作为屯兵之所。城堡的城墙高达丈余，墙外有同等宽度的马道，上设岗楼，每天有兵士骑马巡夜。斗转星移，城堡逐渐演变成为一个村落。岁月风雨侵蚀之下，城堡的布局已经模糊难辨，但尚有一处保存完好的古民居。它能够历经数百年之久，有赖于所用的建筑材料，砌墙的灰浆是用黄米熬的，再拌上石灰等，让墙体坚固无比。

我们走进了古民居小院。厚实宽大的青色墙砖，看上去依然结实牢靠。木门的门槛几乎被脚步磨平了，无数个年头已经从它上面漫过。厅堂中间，煮饭的灶头犹在，走进里屋，宽大的土炕也依然齐整。宽大的窗户上，木窗棂呈现出横竖及圆形的多种窗格图案。被岁月风雨剥蚀，窗棂颜色暗淡，墙壁和地面也都是烟熏火燎后的漶漫样貌，共同诉说着时光的无情。

目光在屋子里挪移腾跃，想象也获得了具体的形象。漫长的岁月里，一代代戍边的士兵，大多都该是普通的平民子弟，二十来岁，正当思念家乡到要哭的年龄，也被远方的父母牵挂。那些年龄稍长一些的，更会遥想家里的妻儿。月夜霜晨，四野孤寂，空气寒冽，身上沉重的铠甲结满了霜花，城头画角发出凄凉的声音。那一口颇大的灶头旁边，该是围坐了许多兵士，烤火取暖，说说家常，借以排遣内心的哀愁吧！

我忽然产生了一个颇为怪异的想法。在同一片土地上，几百年前，金花公主陪同父亲来此田猎，禁卫仆从前呼后拥，猎鹰猎犬翻飞追逐，那时他们的心情，应该是惬意快适的，与被迫在此戍边的将士们的悲苦心情，完全没有可比性。二者分属于差别巨大的阶层，生活的展开与感受也完全不同。朝代更替，并不会改变这种基本的人间秩序。

我由此又想到了清代诗人袁枚的绝句《马嵬》："莫唱当年长恨歌，人间亦自有长河。石壕村里夫妻别，泪比长生殿上多。”唐明皇杨贵妃的爱情悲剧在舞台上传诵不已，但真正值得人们为之落泪的，是杜甫笔下安史之乱中普通百姓的苦难遭遇。相比高贵的皇家千金，这些普通的戍边士兵是沉默的大多数，他们的情感和命运，其实更值得关注和思量。

当然，时间最终泯灭了一切差异。高贵和卑微，都被时间的墓穴吞噬，留下遗迹让后来人凭吊，生发出一些或浓或淡的感慨。

盛夏白昼很长，走出古民居时，下午时分已经过半，阳光依然炽热明亮，瞬间驱散了内心中因沉浸于历史的悬想而产生的一缕阴冷之感。迈出院门，走下斜坡，来到街道上站住，再一次回望这一处遗迹，权当对这次匆匆的金海湖镇之行做一次告别。目光从屋顶古旧暗淡的瓦片上掠过，向远处缓缓滑去。视野的尽头，是连绵不断的青翠群峰，映衬着碧蓝澄澈的天空，一直延伸到黛绿浅灰的天际之处。

（彭程，散文作家，代表作散文随笔集《红草莓》《镜子和容貌》《漂泊的屋顶》《王子和玫瑰》。作品曾被选入高考试卷）

金海湖:美丽的名字,美丽的地方

◎ 杨晓升

退休了,总算有时间休闲旅游,原计划每年国内国外到处转转。可疫情时期,新冠病毒却持续不断,防不胜防,且不说出国遥不可及,就是国内旅游似乎也已经成了一种奢侈。外出旅游如此不便,本地旅游如何?蛰居京城数十年,平素对外地朋友自称是老北京了,可说来惭愧,京城的众多名胜、京郊的众多景点,起码有七成以上的地方本人迄今根本就没有光顾过,何谈自己是“老北京”?甚至北京的平谷区,我竟然从未涉足过,说起来都成了周围朋友的笑话。

时光进入 2022 年的 4 月,京城正值初春,大地复苏,草长莺飞,到处弥漫春的气息。刚好有一个活动邀请,地点就在平谷,而且还是早已向往的金海湖,朋友问:“去不?”我毫不犹豫地答:“去!”

平谷区,隶属北京管辖,位于北京市东北部,西北与北京市密云区、西与顺义区接壤,南与河北省三河市为邻,东南与天津市蓟州、东北与河北省兴隆县毗连。平谷有两张众所周知的名片,一是大桃,二是金海湖。

先说大桃。平谷素有“中国桃乡”之称,平谷大桃以个大、色艳、甜度高、无公害而驰名中外,深受广大消费者青睐,是国家市场监督管理总局批准的中国国家地理标志产品。当然,平谷的大桃之所以如此出名,除开可口好吃,恐怕还与桃文化有关。自古以来,在中国民间传统文化中,大桃与福寿紧密相连。相传在战国时期,孙膑离家十二载,拜师学艺回归,这一年的五月初五,他记起是老母亲八十岁大寿,便跟师父鬼谷子告假回乡。临行之前，鬼谷子摘了一个桃子给孙膑作为母亲的寿礼。到家之后，孙膑从怀里掏出了师父鬼谷子送的桃子，献给了母亲。孙膑的母亲吃完这个桃子，顿时容貌大改，青丝童颜，此事很快流传开来，人们纷纷效仿孙膑买桃子为老人祝寿。据传《易经》中也有记载，东方有树，名曰桃，食之令人长寿。而且在字音上，桃和逃跑的逃相谐音，有逃灾逃难的意思。晚辈给老人祝寿、送寿桃，是一种美好的祝福，寓意老人长命百岁，健康顺遂。何况，寿桃的外形像一颗心，而心代表着生命力，以中国人吃啥补啥的传统观念来看，这寿桃就是延年益寿的象征。桃子作为福寿吉祥的象征，被誉为天下第一国药王的孙思邈称桃为肺之果，可见其药用价值。其实，这桃子的营养是非常丰富的，具有养气补血、养阴生津、润肠通便等诸多功效，而且桃子里还富有桃胶，有美容养颜、祛斑保湿的功效。所以有句俗话说，桃养人，杏伤人，李子树下埋死人。不过，由于桃子是季节性水果，不是一年四季都有的，在没有仙桃的时节，古人就用米粉或面粉制作成寿桃的形状，敬献给老寿星。现代人给老人家祝寿，都用寿桃蛋糕代替了传统的寿桃糕点。而平谷大桃生产栽培历史悠久，明清时期已拥有皇家贡桃之传说，中华人民共和国成立前已有成片桃园栽培，由此平谷因桃而声名远播。

平谷的另一张名片是金海湖。金海湖，多么美丽的名字，那是金色的海水湖、抑或是金子与大海联姻的湖泊之地？反正听起来令人浮想联翩、心向往之。虽未曾去过，之前却早已耳闻金海湖有多种美称，什么“东方小瑞士”“京郊北戴河”“北京第一缕阳光升起的地方”等。而谁都知道，瑞士是欧洲阿尔卑斯山下一个富裕发达的国度，闻名世界的旅游打卡地。瑞士的风景世界闻名，有“人间天堂”“世界公园”等诸多美誉。那里的雪山、草地、蓝天、湖泊、溪流等一切都是浑然天成，美得令人窒息。如此，这“东方的小瑞士”能不令人神往吗？

百闻不如一见。果真到了平谷，进入金海湖，我脑子里不由冒出了一个词——名不虚传！刚下车，一幅如画的美景瞬间映入眼帘：山坡下，一泓清澈的湖水仿佛一面硕大的镜子，静卧在山谷间，映衬出蓝天白云，镜子三面环山，绿树簇拥，湖光山色尽收眼底；镜子的近处，绿茵茵的草地由远及近从湖边向我们身边伸延，仿佛大自然铺出的巨型绿色地毯正慷慨地迎接着我们一行的到来，远远近近矗立着的丛丛绿树，如同热情的礼宾，在微风的吹拂下频频向我们致意。此刻，春光明媚，春风和煦，大地复苏，远远近近的花草树木正拔节开花，抖擞精神与飞鸟花蝶一起汇聚成春天的合唱，欢庆着春天的到来。我不由得深呼一口气，快步走向眼前这如茵的草地。这草地多么厚实、多么柔软啊，这一大片的新绿又是如此明亮悦目、温馨可人。我不由得联想起自己2004年夏天的瑞士苏黎世之行。

苏黎世位于瑞士联邦中北部、阿尔卑斯山的北面，苏黎世湖的西南端，利马特河同苏黎世湖的河口，是瑞士第一大城市和最重要的工商业城市、苏黎世州的首府，全国政治、经济、文化和交通中心，也是全欧洲最富有的城市，该市连续多年被联合国人居署评为全球最宜居的城市之一。苏黎世的城市中心遍地是精心修整的花园，周围还有大片的森林，这些植物被称为“城市的绿色肺”。苏黎世街区约有三分之一的面积被花草、树林等绿色植被覆盖。在瑞士的苏黎世湖湖畔，与眼前的金海湖畔一样，同样有一大片草地，如织的游人在周边的马路来往穿梭，草地上却聚集着一群群日光浴爱好者，众多的男男女女只身穿着短裤光着肌肤，旁若无人横七竖八地躺在草地上，谈笑风生无拘无束地晒着太阳，尽情享受着阳光的赐予和抚摸。如此景观，在中国闻所未闻、见所未见，但陪同的导游提醒我，别忘了瑞士是世界著名的休闲城市。

说到休闲，眼前的金海湖也具备了不亚于瑞士、甚至优于瑞士的优越自然条件：绿水青山，湖光山色，空气清新，树木葱茏，绿草如茵。整个平谷，森林覆盖率都达到了67.2%，空气中的PM2.5一直居世界前列。难怪2021年4月第十六届世界休闲大会会选择在平谷召开，主会场就是在眼前的金海湖。世界休闲大会是世界休闲领域最具影响力的学术盛会，主办方能选择在中国北京的平谷开会，这本身就已经是对平谷自然生态等各方面条件的充分肯定。这一次世界休闲大会的成功举办，让金海湖插上了飞翔的翅膀，如今的金海湖，已经成为世界知名的休闲小镇。

假若让时光倒流到 1985 年以前，平谷的这片土地上其实是没有金海湖的，甚至连金海湖这个名字也没有。

金海湖位于金海湖镇海子村，金海湖原是在 1679 年大地震中断裂出来的峡谷，后经过诸多改造，形成了如今北京市除密云水库、官厅水库、怀柔水库之外的第四大水库，原名海子水库，建于 1985 年。水库位于泃河流经山区的最后一段，这里湖面开阔，有近万亩水域，景区内有自然景观及人文景观数十处，周围峰峦叠翠，野卉生香，云影波光，美景如画。因公园北有大金山，南有海子村，故取名金海湖公园，1988 年又更名金海湖风景区。从海子水库到金海湖，同样的地点，同样的景观，名字的飞跃似点石成金，让这里有了质的飞跃，也让这湾湖水有了美丽的名片和浪漫的诗意，这如同当初浙江的新安江水库更名之后变身千岛湖，两者有着异曲同工之妙。

然而，金海湖改的并不仅仅是它的名字，还有它日新月异不断翻新的面貌。仅从生态上讲，金海湖水质达到Ⅱ类水域功能，区域内森林覆盖率达 78%，空气富含的负离子甚至不亚于瑞士的著名小镇达沃斯，是六十多种水禽鸟类的重点栖息地，国家一、二级保护的有白鹳、黑鹳、大天鹅、灰鹤等；北京市重点保护的有淡水海鸥、苍鹭、鸳鸯、普通沙鸭、绿头鸭、普通翠鸟等；金海湖鱼类品种繁多，既有武昌鱼，也有金海湖特产鲤鱼、白鲢、花鲢、鲫鱼等。不仅如此，周边漫山遍野生长的黄栌、红栌，每逢秋天还是北京第三大红叶观赏区。与之配套的旅游设施如宾馆餐厅、游泳区和停车场等，也一应俱全，而马路边随处可见的草地、石凳、凉亭和果园，则成为游人休憩或观光的理想场所。

那天，在金海湖边那片巨大的草坪上，中国国土经济学会等单位共同举办了“美丽中国·深呼吸小城 2022 绿色发展报告发布会暨“绿水青山金海湖”生态文学创作启动仪式”，来自国土经济学界、旅游学界和生态文学界的学者专家济济一堂，共商生态经济、旅游经济和生态文学的发展大计。从自然生态的涵养到文化生态的开掘与提升，无疑将为金海湖的未来发展注入新的动能与活力。不仅如此，金海湖周边的上宅文化遗址以及近年建成的上宅文化纪念馆，也让这片土地增添了神秘悠远的厚重色彩。上宅文化的发现有助于增进人们对北京东部地区新石器时期的地貌、环境、气候、植被等自然环境的认识，上宅文化早已逝去，而其流落的遗迹遗物则成为文化的载体，穿越数千年的时光与我们相遇，无声地讲述着这片土地上久远的文明旧事。

那天上午活动结束，我们来到金海湖中心景区碧波岛。

碧波岛，原为会员制私密岛屿，2020 年首次对大众开放，岛上有露天游泳池、高尔夫、射箭、坐皇家马车巡游等项目，也可以在大草坪上搭帐篷、挂吊床、野餐、追逐、嬉戏。

时值正午，艳阳高照，微风吹拂，游人如织。路边的草地绿茵茵鲜亮亮直铺至湖边，草地上男男女女、三五成群的游人在树荫下或坐或站，说说笑笑尽情享受着眼前的美景，呼吸着清新的空气，或边休憩边品尝着手中的零食或饮料。我们一行人在主人的引导下进入条件优越的金海湖壹号度假酒店用午餐。这座酒店欧式风格，面向金海湖，风景优美，各种设施豪华典雅，阔绰大气，酒店落地玻璃窗屏栏可俯瞰金海湖碧波美景。此刻的窗外，近处花红柳绿，草长莺飞，蝶舞鸟叫；远处波光潋滟，水色氤氲，如诗如画。如此优越的地理位置，不愧是北京稀有奢华的湖景酒店。据传，电影明星章子怡和汪峰当初的婚礼就特意选在这个酒店举办，并且预订了酒店面向湖景的别墅式独立豪华房间作为婚房共度蜜月。

承蒙主人热情，我们在酒店的湖边餐厅一边观赏湖景，一边品尝平谷美食：雕窝烤羊、海子侉炖鱼、行宫擦咯豆、将军关灌肠、挂甲峪小锅饽饽、东沟桃木熏鸽……道道美味，口口生香，真是惬意极了。联想到疫情时期自己的出游计划屡屡受阻，此时的我内心倒也渐渐释然了，甚至有种“踏破铁鞋无觅处，得来全不费工夫”的快意。心想自己看来必须顺势而为，调整退休后的出游计划了。其实京郊处处有美景，何必舍近求远总想着出门远游、总想着诗与远方，眼下的金海湖不就是自己心目中的天堂美景吗？

（杨晓升，中国报告文学学会副会长、《北京文学》原社长兼执行主编。代表作《县级夫人》《幕僚》）

金海湖畔

◎ 李朝全

金海湖位于北京东郊的平谷区，是北京市蓄水量仅次于密云水库、官厅水库和怀柔水库的第四大水库(或称第三大水库)，也是原先首都供水的一个重要来源。金海湖的形成是由于大地震造就的，属于鬼斧神工天造地设。清朝康熙十八年(1679)，在平谷、三河一带，发生了一场大地震，山河断裂从而造成了巨大的峡谷。至今在金海湖内还存留有锯齿崖，72个山峰状似大小锯齿，形如刀削斧斫。1959年水库开始修建，1960年建成。1968年、1974年两度进行扩建。至1985年建成了总库容量1.21亿立方米的一座大型水库。20世纪80年代以来，金海湖水库先后获批为旅游区、风景区、休闲中心。

金海湖的得名是因为其北面有大金山，南面有海子村。金海湖原来的名字就叫海子水库。

一方山水养一方人，拥有浩瀚水面的金海湖养育了湖畔周围的大小村落。以前，金海湖畔以农业为基，种植小麦、大豆、玉米等；以挖矿为业，这里金矿等各类矿产蕴藏丰富；多数农民生活贫穷收入低，生态毁坏较为严重。近10年来，特别是2016年以来，金海湖以绿水青山为宝，向生态要财富，在绿色休闲生态文化旅游方面接连发力，从而使老百姓的腰包逐渐鼓起，群众生活发生了天翻地覆的变化。金海湖，真正变成吸金聚宝的风水宝地，人人向往的可以诗意栖居之地。

黑水湾，金水湾

黑水湾，是金海湖畔一座四面环山的小村落。村子四周高中间低，号称“四不漏”，位置隐秘而险要，如果不是进入到这个峡谷里，很难发现。这个村子地名的由来是因为村边的河流混杂着从山上冲刷下来的矿石泥沙，常年都是混浊的，如同黑水。黑水湾聚落呈南北向，矩形，地势北高南低，在古代便是一个战略要地。明朝永乐二年（1404）就在此修筑营城，万历年间曾派兵在此修筑长城，把守边关。至今村内还保存有明朝千总的营所。

黑水湾最著名的是村西的长城遗存，有3000多米长。其次便是闻名遐迩、历史长达千年之久的淘金文化。村子北面有富蕴金矿的金山，这，很容易让人联想起经典歌曲《北京的金山上》，光芒照四方。这座金山的确位于北京最东边，碧岭高耸，沟壑纵横，是北京最早见到阳光的一个地方。黑水湾自古便是闻名遐迩的采金村。因为淘金收入丰厚，黑水湾是平谷第一个通电的村庄。

从唐朝开始，这里便有淘金的。1911年至1937年，民间私下有一些人采用原始方式开采金矿。20世纪50至70年代，采金设备更新并逐步实现机械化，这时是由国家组织的，采金者多达万人。金矿收益相当可观，时人称之为“黄金万两县”。

后来，国家不限制私人开采，大金山采金业更趋兴旺，黑水湾90%的人口上山采金。山上不仅出现了小卖部、小吃店、饭店，甚至还有幼儿园和学校。金山上的采金硐口有好几百个，数也数不清。每天在山上采矿之人估计有二千多人。大的采矿点有三四十名工人。他们就在洞外搭建起简易的房子居住。而山下则建有进行黄金加工的鎏金点、首饰加工点、矿砂球磨点。那时，收入高的矿主一天便能获利上万元。打工工人每天的收入也达到一百多元。这，在那个年代都属于高收入者。村里没有人出去打工，外出打工，一个月才能挣个几十元钱，而在村里淘金炼金，一个月就能赚到上万元，二者简直是天壤之别。因此，那时虽然黑水湾村窝在山沟沟里，却是名闻遐迩的富裕村，村民们顿顿有肉吃，什么好吃买什么。在那个年代，别的村的村民买肉都要反复掂量按半斤几两的买，而黑水湾这么一个 1000 多口人的村庄，一天就能卖掉 5 头大肥猪。

2004 年，平谷区为了保证矿区安全和保护环境，对开采黄金的矿洞采取了封堵爆堵等方式，开始全面禁采。

然而，尽管政府全面禁采，但是盗挖盗掘现象却屡禁不绝，这都是因为偷采盗采金矿利润极其惊人，种地的收益根本无法同采金相提并论。直到 2016 年发生了“5·14”矿难，才真正敲响了破坏生态环境的凄厉警钟。

2016 年 5 月 13 日，金山上一处非法盗采的金矿发生事故，矿工被困，经全力营救仍造成 6 人死亡。一位事发时从金矿逃出的矿工告诉记者，金矿在半山腰有一处入口，矿内有一段四五里长的巷道，还有三四十米高的楼梯。13 日晚 7 点，他们一拨人进入金矿内作业。大约一个多小时后，便发生了意外。一股黄色浓烟突然冒出，灌进巷道深处。这股浓烟可能是自制炸药的原料燃烧所生成。因为平谷区早已对金矿全面禁采，事发金矿没有合法资质和手续，属于违法盗采，为了避人耳目，盗采都是在晚上偷偷摸摸作业。盗采者扬言，每日采金获利上万元，可轻松摆平上边关系，风声紧时最多停几天。记者暗访了山上数条巷道，有矿主称一天就能出矿料 60 吨，每吨含金量 3 到 4 克，可炼出黄金近半斤，扣除成本，一年便能获利上百万元。因此，在 2004 年禁采之后，这座金山仍不时地发生盗采事故，有人被雷管炸伤，有人被矿料砸死砸伤。

“5·14”矿难引起了全社会严重关注。平谷区委区政府正式向盗采金矿违法行为宣战。金山上遗留的 500 多个矿洞被悉数封堵，由洞口向内延伸 5 米全部用水泥钢筋封闭填埋或爆破填埋，在矿山入口处垒砌围墙或切断道路，阻止人员、车辆进入。从 2017 年 1 月起，授予乡镇吹哨权，首创“街乡吹哨，部门报到”的工作机制，综合调动公安、国土、水务等职能部门，分解责任，联合执法，有法必依，执法必严。从此，私挖盗采销声匿迹，大金山复归平静。

然而，多年的盗采已使山林生态几乎破坏殆尽。山上碗口粗的树木全部被砍光，用于支撑矿道，灌木草丛也被砍作柴薪取火。一度的乱采矿产淘金大潮，让大金山不堪重负，碎石遍布山林，河流惨遭污染，山峰千疮百孔，植被极其稀疏。采挖金矿废弃的石料被随意堆积在山坡下，一下雨便会形成黄褐色的泥石流。与此相应的是，村里常年采金的人几乎都患上了矽肺病等各种怪病。私自淘金的确是一种急功近利的行为，既害了自己也祸及子孙后代。

正是由于政府下定决心全面严格禁采，黑水湾村生态环境因此发生了历史性变革。十几年来，黑水湾村民给荒山秃岭种上了油松、侧柏、山杨等各种树木；在山间平地种上了杏、核桃、柿子等果树，光秃秃的大金山开始满血“复活”，重新变得郁郁葱葱的。小树长成了森林，曾经被认为已经绝迹的野生动物，如野猪、狼、狐狸、狍子、獾等，又回来了。2018 年起，黑水湾村积极实施造林工程。村民们纷纷将土地流转给村集体用于种树，每亩地每年给村民补贴 1300 元，并按年每年上涨 50 元。这样的补贴比村民自己种地收入还要高，因此大伙儿的积极性都很高。在短短两年间黑水湾村便植树造林 2000 余亩。这座一度因生态毁坏而暴露在视野之内的村庄，重新隐入青山绿树掩映之中，俨然成了一座隐秘的世外桃源。

今天，黑水湾森林覆盖率已高达 90%，苍峦叠翠如同道道绿色屏障，已然变成一处绿水青山好风光。原先的淘金者变成了护林员，以前的淘金能手变成了淘金文化习俗这一非物质文化遗产传承人。村里建起了生态教育基地，利用原先的金矿开展古法淘金展示和体验互动，引导游客参观金矿，模拟淘金过程，了解古法淘金术，带领游客追忆过往的采金生涯，讲述难忘的淘金故事。

“过去采金虽然收入可观，但风险大，而且落下一身病。”曾经的淘金者如此感慨道。2019 年 5 月，黑水湾村建成了淘金文化博物馆、金水湾生态教育基地，决心把黑水湾打造成惠民、富民、乐民的金水湾，通过挖掘文化和旅游资源，让村民充分享受绿水青山的生态红利。黑水湾村原党支部书记贺庆泽说："守着金山，望着黑水，我总想让村民过上更好的日子。本是金山，却让人家破人亡；本是财富，却让人不懂得珍惜。只顾眼前利不为后代想，这样的事做不得。"他从18岁就开始上山采金，对大金山的每个采金洞口都很熟悉，"每一个洞口在淘出黄金的同时，都埋下了数不清的血与泪。"

如今的黑水湾村，通过道路硬化、集中供水供电、关闭金山金矿、植树造林，村容村貌大为改观，森林植被普遍恢复。山上，大片的爬山虎、荆条爬满坡，春天里野杜鹃缤纷绽放，各种野生动物相继出现。村民们有的在家种植果树，有的外出务工，酒局牌局不见了，村里时常响起的是文艺秧歌队的锣鼓声。黑水湾百姓的日子越过越好，穷山恶水永远告别了，守着金山的他们把村子改名叫"金水湾"。

"老淘金"关宗友说："以前在黑水湾，每个人脑子里的就装一个字：钱。但是俗话说：穷金山，富煤矿。淘金就是在赌命。因为采金需要开山，开山需要用炸药，别的村子每天都鸟语花香的，黑水湾每天却都是巨雷声伴随着沙尘暴。那会儿，没有人考虑过将来，每天都只想赶紧挖到金子。"

2004年，关宗友金盆洗手，响应国家号召，专心种植果树，种板栗，种核桃，虽然收入远不及过去，但是他再不用提心吊胆地去赌命。他被授予了淘金文化习俗非物质文化遗产传承人群体代表。他由衷地说："习近平总书记说绿水青山就是金山银山，我盼着我们的黑水湾的山更美，水更清，天更蓝，盼着景区建成的那一天早点到来。如果需要我，我可以作为一名义务讲解员，为游客讲讲过去的故事，展示民间的采金手艺。大金山的绿水青山中，可以淘出新的金山银山。"

泉水浸润的村庄

黄草洼村是依傍在金海湖畔的一座美丽山村。全村只有138户，400多口人，而这里的民俗经营户就有30多户。2003年，黄草洼村被评为北京市级民俗村，后来又被评为“北京最美的乡村”，入选“国家森林乡村”“全国乡村旅游重点村”等荣誉名单。这是一个头枕着金海湖的千顷碧涛，背倚着燕山连绵不断的丘陵山脉的小渔村。

村子之美，美在泉水。黄草洼村泉水由山脉沟底和坡脚的多处裂隙中流出，向沟内汇成溪流。泉水溢流量受季节变化影响，日流量4000—20000吨，一般年份不断流。水质为重碳酸—钙—镁型。水温基本恒定在13℃左右。因此，即便是在白雪皑皑、天寒地冻的冬季，泉水汇成的小溪依旧流水潺潺，溪内水草碧绿，生机盎然，与萧瑟严寒的季节形成巨大的反差。

走进村子，迎接我们的便是一条穿村而过的泉水汇成的小溪。溪流清澈见底，能够看清水底的鹅卵石和水草，偶尔还能看见几条小鱼在悠闲地游动。炎炎夏日，村民们都在溪流里冰镇西瓜、汽水、啤酒、饮料、矿泉水。小溪两岸，错落着一个个农家院子，点缀着一棵棵果树，有枣树、桃树、梨树、核桃树、李子树、苹果树等各种果木。在一处溪岸边，左手是一棵核桃树，右手是一棵柿子树，村民们称是“正合（核）适（柿）”——姓何的嫁给了姓郑的，“正合适（郑何氏）”。间隔百米或者在溪流上横搭一小桥，宛然一幅“小桥流水人家”的江南美景。桥下水边，三两位村妇正在涤洗衣服或是做豆腐、洗蔬菜，别有一番乡野情趣。

除了泉水，黄草洼村最妙的是背靠着连绵的燕山余脉，又面对着碧波荡漾的金海湖。天然形成的泉水溪流的潺潺声，伴随着夏日的蝉鸣，让这个乡村的生机与活力沛然勃发。因此，在城里久居腻烦了的市民三三两两，趁着周末或是假期，一起躲进这小山村自成一统，放松身心，细细地在这宁静的山村里去品味生活的滋味，去呼吸早晨森林里飘散开来的清新空气，去品味美味的冷水豢养的虹鳟鱼、香椿、土鸡、野菜、豆腐，和刚刚从树上采摘下来的桃、杏、李子等果实，体验一种久违了的乡村生活的趣味。这里的泉水清澈可鉴，还建有专门的矿泉水公司。因为水质好，用这里的泉水饲养的虹鳟鱼味道鲜美，可以一鱼多吃。村民利用天然活水养殖虹鳟鱼，黄草洼村的虹鳟鱼有多种做法，除了原有的烤虹鳟外，还有虹鳟刺身、清蒸虹鳟、鱼头泡饼等数十种。由此逐渐形成了具有黄草洼地方特色的饮食文化——全鱼宴，其中烤虹鳟鱼、侉炖鱼、炖三文鱼头、野生水菠菜等农家特色菜都名闻遐迩。

因此，在黄草洼村，民宿非常兴旺。有平价的民宿，一座院子一晚上2800元，住上一家三五口人不在话下。也有中端的，一晚4000元，可能有三间卧室，有独立的月亮门、院子、吊床、吊篮、秋千架、沙发椅、小草坪，院子内外还有小小的菜园子，种植豆角、茄子、黄瓜或玉米、南瓜、丝瓜。高端一点的民宿，一宿则需7200元至9000元，这多是属于特色民宿，比如中式的、泰式的、日式的，或是超级玛丽主题风格，或是山景星空顶主题风格。每个院子都背靠青山，白墙，原木装饰，高耸的屋顶，带给人的是清新、明快的感受。院子私密性好，适合家庭团聚、朋友聚会或公司团建。院内配有自动麻将机、牌桌等娱乐设施。客房内配备星级标准布草、独立卫生间，24小时热水、冷暖空调，冬季地热供暖。

当周末之际，约上亲人或二三好友共同来此度假，让小孩欢愉，令大人放松，自然也是生活的一种别样情致。懒懒地躺在暖暖的阳光里，荡着缓缓的秋千，听着潺潺的流水声，冥想着生活的点点滴滴，体味着家庭人伦的无尽欢乐，定会让人倍感人生之惬意。

“林泉”小院屋后傍山。那山，形如蒲扇，又像馒头，形态优美。山上树木茂密，仿佛穿上了一件翠绿的新装。更难得的是，“林泉”的房子就建在一道岩石之上，岩石下便有清澈的泉水不断汩汩地冒出，汇聚成小渠。这泉水不仅可汲来饮用做饭，还可用来浇灌院子内外的菜蔬。山和水在这里交汇，相映成趣。既可登高望远，驰骋心怀；又可缓步森林，低首赏花，一面深呼吸新鲜空气，明月清风值万钱，得来全不费工夫。人置身此间，触目所及，青翠映帘，令人心旷神怡，物我皆忘。

“林泉”的老板是一位中年女性，开朗大方，热情好客。一见游客到来，便热情地招呼进院，把院子里各个房间的门全都打开。进院左手是厨房和餐厅，靠山的北面是五间联排房子，每间可住3—5人。院子内绿草如茵。最奇妙的是，在这排卧室门前还修有一个宽约两米、长十余米的游泳池，可濯足，可戏水，特别适合夏季烈日下孩童们嬉戏玩水。

依托天赋的良好的自然资源，黄草洼村已经建成数十家农家乐旅游观光园、民俗旅店，以及樱桃、葡萄观光采摘园，郊野公园，登山步道等配套设施，农业生产实现了标准化。

黄草洼文旅已然形成了以农家乐旅游为特色的一条龙服务，可观光、采摘，可饮食、住宿。黄草洼经济发展迅速，年收入突破500万元。村民生活殷实，人均年收入万元以上。那些民宿举办者的年收入更是以数十万元计。每到旅游旺季，民宿常常是一房难求，房屋早早地就被预订出去。城里的游客可以通过APP、微信或者电话等多种方式，直观地了解民宿的环境和生活配套设施，提前预订房屋。

除了民宿外，黄草洼村还有果品采摘、果品加工、畜禽养殖等专业合作社，把社员组织起来，开展规模化生产销售，既能实现更高收益，同时也为村民解决了一些就业岗位。

随着收入的增长，村民们的生活条件也在不断地改进，生活用水改造、厕所改造达到了预期效果。厕所全部改成水冲式，干净卫生，使用方便。每家每户庭院整洁，居住宽敞，百姓们安居乐业，生活富足。相应的，村民的文明面貌亦大为改观。大家彼此相互监督，互相帮助，村里还安排专人负责卫生维护和保洁。村里无乱倒垃圾、污水现象，无乱堆乱放杂物，无随地吐痰，村子环境整洁优美。

生活的富足还带来了社会治安的和谐。党员干部带领群众共同致富，干群关系良好。村里无集体上访、越级上访的事件。村民们有着良好的道德风尚，遵纪守法，诚实守信，待人热情，没有搞封建迷信、聚众赌博，遗弃老人等不文明现象。2021 年入选农业农村部"中国美丽休闲乡村"监测合格名单。现如今的黄草洼，景色宜人，宜居宜业，宜游宜玩，处处是一派北方难得一见的江南水乡风情。

小溪谷大变身

近年来，露营成了年轻人休闲娱乐的一种主要方式，金海湖畔更是众人众星捧月热捧的露营打卡地。有一位在《人民日报》工作的朋友说，她们早在今年 3 月，便预定了"五一"期间要在金海湖畔"荒野七号"露营地的入场券。虽然这个入场券动辄以几百元上千元计，但是 90 后的"酷玩"一族显然丝毫不把价钱放在眼里，要的就是这种火爆劲热的场面和这种别具滋味的野外生活体验。露营成了年轻人放飞心灵的一种生活方式和休闲度假方式，也是团建的一个很好的渠道。近几年来，金海湖畔的露营地几乎场场爆满，在节假日更是一票难求。吸引众人的既有这里的青山绿水大湖和火热的水上游乐活动，包括快艇、冲浪、降落伞、水枪、垂钓等，还有在露营地开创的音乐周末嗨场等。年轻人可以在这里汇聚和享受各种时尚活动，音乐摇滚、沙龙、飞盘、橄榄球、电竞等各种时尚业态轮番登场，吸引了一众音乐、绘画、摄影玩家等艺术爱好者及休闲青年大众。这里有同三里屯酒吧街一样的灯光秀、蹦迪、酒类市集。在金海湖畔的 10 块规模露营地都能举行这一类的活动，因此，这些营地又被人们誉为"草地上的北京新三里屯"。金海湖镇亦乐观其成，竭力推动这些时尚休闲活动，努力将一湖山水和市民休闲生活形态完美结合，打造一座无烟的"休闲工厂"。

距离金海湖不远的郭家屯村的小溪谷森林露营地，便是这样的一个所在。

小溪谷露营地采用的是村里的一块原先的荒废林地，还有村民们无耕作的一些边边角角的小地块。正好有一条小溪流经此地，村里便就地取材，在这里建起了一座特别的露营地。露营地上树木茂密，那些树林都已生长了十几年几十年，郁郁葱葱、遮天蔽日。利用这些树木，搭建起了简易的树挂软梯、秋千、绳网攀岩、溜索等各种娱乐设施。同时，在林间空地上，修筑了露营扎帐篷的平台，引来水电，可以就地使用电磁炉、烤炉、烧烤架等，能够很好地满足度假者基本的生活休闲需求。在小溪流里放养小鱼小虾小泥鳅，供游人们捕捉。特别是喜爱捉泥鳅的小朋友们，对此更是乐此不疲，往往抓得衣服湿透，浑身都是泥点。家长也乐得放手，在一边开心地看着孩子们玩，有时也加入到孩童们捉鱼摸虾的游戏当中，一下子勾连起大人们重温儿时的诸多记忆。

小溪谷营地简直就是孩子们的一座大地游乐场，孩子们在这里兴奋地找到了一块新鲜有趣的乡野乐园。他们三五成群，或下水玩耍，或玩溜索、攀岩、爬软梯各种体育竞技项目，或在草地上撒欢，投喂小动物，荡秋千，个个都玩得不亦乐乎！

在露营地边上，还有一些村民种植的蔬菜，如葱蒜、香菜、豆角、黄瓜、西红柿，和一些果树，平谷久宝桃、黄桃、蟠桃等。春天可采杏，夏日可摘桃，秋天采山楂，冬天摘柿子，还有鱼塘可供垂钓。大人们在这里或做烧烤、饮啤酒，或享受音乐舞蹈，或与家人或好友聚会、神聊、打牌娱乐，或和孩子一道在橡胶大蹦床上蹦跳，都能各得其乐，尽情尽兴。而山林间负氧离子多，空气清新，清风轻拂，蚊虫远离，让人在炎炎夏日也能获得丝丝清凉与洽惬。

小溪谷森林露营地价格也比较亲民。一家三口人一天的露营费用，低的 200 多元，高的 400 多元。

“久在樊笼中，复得返自然。”小溪谷露营地的优点就在于其自然的生态森林，可以让人放松心情聚会休闲。这是一处无设备自然乐园。虽然没有各种游乐设施，但却有大片的沙滩、草坪和流淌的小溪，而且每天还会举办各种主题活动，这样就能让小孩和大人不断地发现惊喜，发现美景、美食、趣玩。

说起这片露营地的创建，与近年来“露营文化”火热，“露营+”这种微度假模式备受人们青睐不无关系。金海湖镇可供露营的地方屈指可数，如今已成为当地新的经济增长点。郭家屯村内这片生态林，虽然一直荒废，但具备开发为营地的条件，于是，村领导便萌生了打造露营地的想法。经过村党支部多轮协商，决定采取村企合作的形式，从创建小溪谷森林营地起步，下一步将致力于打造金海湖田园综合体项目，包含田园会客厅、七千年农耕文化市集、艺术乡村街市、田园聚落营地、家庭示范农场等自然乐园，为农民增收致富开辟新径。

承包这片露营地的主人叫王自龙，一个敦厚的中年农民，中等微胖身材，一开口便露出半个门牙仿佛含笑一般。他很擅长种桃，自家有很大的果园，种的黄蟠桃甜脆爽口，销路极佳。同时，他又是一个擅长企业化经营管理的致富带头人，雇了村民担任小溪谷的管理人员，解决了部分村民的就业问题，也增加了大伙儿的收入。因此，他在乡亲们眼中就是一个大能人。

据介绍，村党支部与企业按照保底土地租金+管理费+经营分账+效益分红的模式进行合作，小溪谷项目预计年接待游客4万人次，经营收入500万元，提供就业岗位20个，带动生态园和周边农户农产品销售约200万元。这个露营地每年可为村集体贡献数十万元的收入，充实和壮大了村集体经济，从而使得村里能够有钱为孤寡老人和困难户送温暖、提供帮扶等各种服务。

金海湖，只是京郊大地一湖寻常的清水，但是，在新时代，金海湖畔智慧的新农民，却把它变成了一座巨大的聚宝盆，用自己辛苦的汗水和奋斗，将绿水青山变成了金山银山。

（李朝全，中国报告文学学会副会长、中国作协创研部副主任。曾任鲁迅文学奖、全国少数民族文学创作“骏马奖”、徐迟报告文学奖等多种文学奖项评委）

在上宅村怀古

◎ 黄国辉

我第一次去平谷，是坐的火车。大学同学家在那里，周末约我们到他家做客。已经忘了那是平谷的具体哪一处了，只记得有一座小山，山下是一片平房，灰色的山，灰色的土地，灰色的房屋，成了我对这里最初的全部印象。那一晚，几个年轻人挤在一个大炕上，身下暖融融的感觉，始终在记忆里。后来也去过多次，但都只是走马观花的匆匆过客，或为滑雪，或为游玩，宾馆里的床铺上，再也不如近三十年前那一晚大炕上的梦更香甜。

所以，当听说平谷金海湖镇的上宅村有一个新石器时代考古遗址的时候，我一时竟没反应过来。这几乎是一种颠覆性的认知。北京原始人，不应该都在周口店吗？

只此一个信息，我便记住了“上宅”这个名字。“上”便是好，比如“上签”“上才”，一村命名“上宅”，自然有祈福之意。或许因为“上宅”确实是一个好名字，在网络上查询，发现全国以“上宅”命名的村落，竟有好几处。但其中独有平谷的上宅被冠以“上宅文化”。我想，如果从地理和时髦的经济上看，这个村庄并没有异于其他的话题空间，那么在时间的纵轴上，它一定深藏有某些独具的特质。

“西有周口店，东有上宅”，著名历史地理学家侯仁之先生曾这么定义。他说，这两种石器时代的原始文化东西遥相辉映，珠联璧合，填补了北京史的空白。

于是怀着某种好奇，我走进了金海湖边有着独特造型的“上宅文化陈列馆”。

据说这是我国第一座以考古学文化命名的专题陈列馆，名称的隐晦，已经让甫踏入其中的我感觉到上宅之“文化”秘密，一定深在其中。馆的主体建筑是依照平谷先民居住的半地穴式马架子窝棚设计的，院落大门只是一个由混凝土柱搭起来的框架形状，并不像一般的展馆般壁垒森严，显得质朴而特别，很有些走进原始部落领地的新鲜感觉。正值初春，院落里的紫玉兰开得正盛，在炽烈的阳光里愈发醒目，又使这原始的质地中平添了很多朴素的生气。

陈列馆内，并不如日常在北京所见的各种大型博物馆那般宽敞，但反倒因此引发我一些渴望。北京很多地方也可见到一些别具特色的小型展馆，其中颇有不少惊艳处。它们容量虽小，却有独特的定位和内容。而这里的展陈品，大都来自上宅考古遗址和平谷的另一个考古发掘点北埝头遗址，尽管简单，却不失丰富。考古点发掘的过程和意义、地质上的分层与年代的关系、新石器与旧石器的区别，以及各式各样的出土之物，让我这个对考古学不曾有过深研的人确有眼界大开的感觉。尤其这里展出的很多土陶制品，显然已经跨越了旧石器时代的粗劣工艺和单一功能，开始有更多造型上的考量。站在那些器物前，我一直在想，曾经生活在这里的上宅先人们，虽然在时间上与我们所处的 21 世纪相距甚远，但他们从新石器时代一步步走入的文明，却已经隐隐与我们发生着某种精神脉络上的联姻。

沿着参观的路线前行，在一处墙上，挂着一幅很大的素描版画，画上内容主要是描述原始人的生活状态。一些人面向我们，其中一位老者高举双臂，似乎正在召唤或迎接着远处的人们，好像也与画前的我们对话。如果按专家预估的原始人的身材和画中描绘的情形，画的比例应接近一比一，这种视角让我突然有了一种强烈的深入到上宅原始社会的现场感，那些半裸着的人们笑容可掬，他们所昭示出的原始的幸福，已深深地感染了一个与他们在交错的时空中面对的人。

画的线条感很强，虽在艺术上未见得有多么深奥的技法，那也只是我们想象中的原始人的某种生活状态，但素白的画布却为他们的世界营造出了纯净的底色。他们值得享受艺术家对美的创造，因为在考古中的所获已经证实，那时的他们已经有了审美的偏好。从周口店的旧石器时代就已经发掘出的骨针，到上宅遗址上发掘整理出的很多土陶器物，它们上面呈现出的各种各样的纹路色彩，都能证明，原始人在某些方面已经走出了对生存的单纯渴求，美开始成为一种被普遍认知和接受的理念。尽管衣不蔽体，但没关系，在上宅先祖们的内心，身心的愉悦不再仅仅来自于饱腹和温凉，不再仅仅来自于猎物的捕获和食物的丰收，或许他们也会为一件更漂亮的兽衣争执，为土陶的纹路费尽思量，为烧制出的器物上呈现出的不同色彩而雀跃欢笑。

上宅陈列馆空间不大，但每件物品之后所关联的原始生活，却足以让人产生跨越时空的遐想。比如在北埝房遗址出土的深腹陶罐，罐里有灰烬、木炭，据推测为保存火种之用。继周口店北京人之后，原始人对火的使用又进化到了新的层次。这不禁让我想起小时候家里冬天曾经用过的煤炉。每至夜里睡觉前，母亲会把炉底落下的灰烬清理干净，往炉膛中加满煤球，把上方的盖子盖紧，再放一壶水，下方进风口处留一道小缝，以使漫长的黑夜里炉膛内仍持续着缓慢的温火。至第二天一早，炉上的水已烧热，正好作洗漱用，前夜所加的煤球也燃到了最上面一层，于是再把炉底风门敞开，清理出一夜的煤灰，加入新煤，保留一夜的炉火便又红火起来，帮助我们抵抗寒冷。北埝房的火种罐当然没有煤炉那么复杂的机构，但孰论对用火原理的掌控和技术上的进步，单从对火种的保留上，由这简单的陶罐，似乎便可看到上宅祖先们不断从生活中归纳提炼出的生存技巧，也许无法头头是道，但单纯从操作而言，却足称延宕至今的经验的鼻祖。还有另一些器物，如陶鬲、陶甑、陶鼎、陶釜，不同用途的饮食器具，同样展现着他们对火的重重依赖，也许正因为如此，在很多地方，火才会升华为一种图腾。

考古学家曾经将周口店原始人与现代人的大脑进行过对比，用以佐证人类的进化。我想如果把上宅人与周口店人进行对比的话，应该也能见到显著的进步吧。因为还有另一些出土物品展现出的审美意趣，足让人惊诧于他们的巧思与创造。比如展品中的陶海马形饰、陶塑猪头等，还有石器中的耳形器、石羊、小石龟和石猴饰等。专家们据此研判，那时的上宅人已经有了初步的社会分工。分工出现，一定是某一种单一的满足饱和之后而衍生出的另一种需求。如若上宅的祖先们还在为腹中饥饿挣扎，是定无余暇去思虑那些奇形怪状的石器陶器的，这是人之本能。当代人所最为看重的精神生活，不也是在丰衣足食之上的更高追求吗？所以，看到它们时，我在好奇之余，竟有了一些莫名的高兴，似乎是在这观瞻之间，我便达到了与他们遥远的共鸣。也因此，在我的理解之中，以“文化”之名后缀上宅，有了更为坚实的例证。

准确地说，上宅文化可以分为三期：第一期是北埝头文化，距今约 7500 年。通常所说的上宅文化，是指第二期，距今约 7000 年。第三期更近一些，距今约 5500 年。这三期都属于上宅文化遗址。连续几个时期的原始人类遗址都在金海湖附近出现，印证了今天这里优美而适宜的自然条件自古有之。当然，今天的金海湖，不知那时候是否出现，但洵河和泇河——或者是在几千年的变迁中消失的其他水系，肯定已经在这片冲积平原上为上宅先人们预备好了适宜生存的最好的自然礼物。他们聚群而居，向山野间、水流中寻衣食、谋生活，他们在原始的宅居中遗留下的火种，或当时只是为了一餐一食，但他们何尝不是以自己为火种，不断赓续了这片土地上人类的文明进程呢？

几千年来，人类生命之火始终在地面上绵延，但过去的上宅文化却最终为岁月的风土掩埋，深藏于地层之中。考古发掘中的地层，每一层都代表着一个时期，地面之上，却总是呈现着最新鲜的文明。人类的足迹在我们文字中所传承的，或不足万一，只是凝练为精华的只鳞片甲而已。当我们已经把眼光望向更辽远的深空时，谁又能说清楚在脚下的这片土地上，到底还有多少先祖们留下的未知呢？

从这个意义上说，上宅考古形成而谓之文化，则更见其广阔的深意吧。

（黄国辉，中国作协创联部副主任，有散文、诗歌、评论等作品发表在《人民文学》《文艺报》《诗刊》《民族文学》等报刊）

京东有个金海湖

◎ 周舒艺

金海湖火了！

金海湖在哪里？这里所说的金海湖，又称海子水库，位于北京市平谷区，距离市中心85公里，西依金海湖大坝，三面青山环绕。现在已成为一个4A级风景区。

几年前，曾经走进金海湖。那一片波光粼粼的湖水，那一方满眼绿色的小岛，从此在脑海中成了抹不去的记忆。只是，那时的金海湖似乎还藏在深闺人未识，静静地坐落在京东一隅。没想到，近几年，随着京郊游的兴起，金海湖越来越火！打开手机里与旅游、出行相关的网站和APP，一条又一条与金海湖有关的信息蹦到眼里。翔实的文字，漂亮的图片，"京郊小瑞士"的美名，让人难以抵抗金海湖的诱惑。

金海湖火了，自然是因为美丽的天然风光，吸引着一拨又一拨城中的人们前往。长期居住在城市的钢筋森林中，逼仄的空间，拥挤的人群，汽车的尾气……人们无比渴望有一片开阔的空间，那里有清新养眼的绿色，有清澈流淌的水源，有可以闭上眼睛深呼吸、张开双臂拥抱的大自然。京东的这片湖光山色，恰恰满足了生活在城市中的人们的需求。是的，这里有粼粼的湖光，有逶迤的山色，有碧蓝的天空，有雪白的云彩；这里，春有百花芬芳，夏有绿荫遮蔽，秋有红叶观赏，冬有白雪覆盖……

而金海湖的自然风光，与一般的自然风光又有些不同。一般的自然风光，多是在景区划定的范围内。而金海湖的自然之美，既可以在景区内饱览，又可以到景区外发现；既可以规规矩矩按照设定好的路线来，又可以不走寻常路去寻找另一番野趣。两者，皆可览金海湖风光，然而所得到的，却是金海湖的多副面孔。

比如，站在大坝上望向金海湖。6月初，携家人去往金海湖。进景区，往自动扶梯方向去。金海湖大坝可乘自动扶梯直达，这样省了不少力气。出自动扶梯，还需走一段木栈道。在我看来，这段木栈道才是乘自动扶梯最重要的意义——因为风光实在太美。栈道两边皆为郁郁葱葱的林木。正是初夏，满眼青翠的绿，让你忍不住深呼吸好几口。栈道像是从密集的植物中挤出来的一条小路。那些叶子肆无忌惮地伸到了栈道上，热情地与你打着招呼。目光越过翠绿，不远处，是几座古色古香的中式建筑。金黄色的瓦片、飞檐翘角的屋顶，与周围的绿色，融合地恰到好处，更添一份静谧。

说是大坝，更像是一个长长的步道。站在大坝上远眺，这一侧，是浓郁的绿树、大片的草坪、高高低低的房子。大坝上有台阶，下了台阶便是草坪。另一侧，便是金海湖。坐在大坝上那段园林式长廊里，面对着一片开阔的湖面，三面连绵起伏的青山，饱览好一派湖光山色。湖风迎面吹来，空气里携着金海湖的味道。近处，山边的悬崖有一部分已没入水中，湖水拍打着石头，让人不禁想起海边的风景。

而在北山步道，则是另一番景色。开车行驶在村中山路上，一边是大山，另一边就是浩渺的金海湖。车在一处停车场停下，然后沿旁边的一条山中小路而上。这便是北山步道。说是步道，其实并没有像样的台阶，只是山中的一条条小径。爬到一定高度后，站定，远眺。此刻，金海湖全景尽收眼底。与大坝上所见金海湖不同，这里所见的金海湖，湖面更辽阔，一方水面连着一方水面，更远处，还连着另一方水面；一座山连着一座山，一座山的后面又站着一座山，群山高高低低、连绵不绝，与湖水相依相伴，像是湖水最忠实的伙伴。

已是深秋季节，也是北山步道最美的季节。在山中行走，远远就看见前方有一团团“火”在闪动——那是山中红透了的叶子。它们红得灿烂，红得热烈，红得火热，不像是走向冬天的凋零，倒像是走向生命的怒放。透过红叶，远处便是金海湖风光。那些红叶就像是为这幅湖光山色图镶上了多彩的花边，让这幅图更多了些许跳跃的色彩、灵动的感觉。转过身来，回望，则又是另一番风景。这个季节，大山已经披上了多彩的衣裳，红色、黄色、绿色，层次分明，在蓝天的映衬下，显得格外色彩饱满。眼前身后皆是景，让人禁不住被大自然的妙笔生花所震撼。有着如此诱人的风景，山中小径怎会无人问津？来来往往的人络绎不绝。据说，这里已成为香山红叶之外，京城另几处观赏红叶的网红打卡地之一。

金海湖是美的。可是，我总觉得，金海湖吸引着人们的，不光是那美丽的自然风光。

金海湖更代表着一种生活方式。如今说到金海湖，人们第一个想到的词或许是“露营”。露营已经成为当下的一种时尚。约上三两好友，携家人一起前往城郊的某处景区或公园，在草坪上扎好帐篷，铺上地垫，摆好桌椅，放上自带的食物。然后，一边欣赏着美丽的风景，一边享用着美味的食物，一边畅谈着最近的生活。金海湖是绝佳露营之地。大坝下，便是开阔的草坪。草地松软而平整。一个个帐篷或天幕扎在草坪上，远远望去，像是一朵朵盛开的花儿。最开心的还是孩子们。他们在草坪上奔跑、欢笑，有的从景区里租来了小兔子，把小兔子放在草坪上，用小手拿着树叶或胡萝卜喂它们。金海湖可露营的地方有好几处，最著名的是碧波岛。这是金海湖里一个小小的岛屿，有船和游艇可到达，也可直接开车上岛。岛上绿地连片。若是能够在碧波岛湖边的草坪上找到一处地方露营，那可真是与金海湖无距离的亲密接触。

不过，你要因此以为金海湖的生活方式只有露营，那就小看了金海湖。如果说露营代表着一种都市文化，那么在金海湖，你还可以找到原汁原味的乡村文化。前往北山步道的环湖公路两边，是一家挨着一家的农家乐。有的就直接靠着湖边。不大的院落，三层的小楼，可吃饭，也可住宿。吃的是最土的当地农家菜，赏的是最美的金海湖风光。想来，那是怎样的一番惬意？那次，携家人在一处农家乐落脚。打开菜单，红烧鲤鱼、松蘑炒肉、摊柴鸡蛋、葱花饼……一看菜名，就有了食欲。这是城市里吃不到的味道。上菜后，一品尝，果然不错。那一餐至今难忘。

无论是露营，还是农家乐，大概都离不开“休闲”二字。如果说金海湖代表着一种生活方式，那么这生活方式的核心便是“休闲”。如今，这种休闲文化也已经推广到金海湖所在的金海湖镇。他们正在全力打造“金海休闲小镇”。五星级酒店、金海湖国际会展中心，都已经建成并投入使用，房地产项目和商业配套也都在建设中，体育公园也已开始规划……今年的春天，这里还举办了北京·平谷世界休闲大会。

现在，通往金海湖的大路崭新而宽畅。猛一瞧，似乎与城市已没有区别。然而，不用拐几道弯，车便开进了一座山中。山路两边，是漫山的果树，栗子树、桃树、枣树……到了收获的季节，这山中该是满山飘香吧。偶然，还会遇到一方小池塘。不用说，这该是一处村庄了。这恰恰是金海湖最吸引我的地方，这里有最现代的建筑，也有最乡土的味道，它既走在城市化的路上，越来越多地与城市融合为一体，却也保留着乡村的面貌，土地的收获，大山的记忆。

京东有个金海湖。

（周舒艺，人民日报文艺部编辑。代表作《运河人家》）

把春天抓住

◎ 徐　峙

春分一过，春天的下半场就开始了。你看，草萌萌地绿了，花次第开了，风变得柔和了，天空蓝得透明了，人的心也就蠢蠢欲动了。

“我把春天当国宝，因为北京的春天太短了，所有的季节都比春天长。让我们把春天抓住吧。”你的眼神里充满了渴望。

好吧，那我们去金海湖吧，据说，那是北京第一缕阳光升起的地方，据说，那里是一个可以深呼吸的地方。那里的春天，我们一定可以抓住。

汽车在山路间穿行，一重重的山、一层层的绿扑面而来，你瞪大了眼睛，生怕错过了任何风景。“金海湖！”你脆生生的声音喊出了那三个字。是的，金海湖就在我们眼前，群山环绕中，它荡漾着万顷碧波，像一颗蓝色的宝石，闪烁着迷人的光芒。

这么大的湖面，是怎么形成的呢？

“嗯，我想，应该是地震吧。”你有些不确定。

没错，是地震，只有大自然的鬼斧神工，才能造就这样雄奇的景象。清朝康熙十八年（1679），平谷、三河发生了一次 8 级大地震，主震三个月以后，余震强度才逐渐减弱，有感余震延续了一年多，从而形成了这壮观的峡谷。

不过，你的心思已经不在这里了，因为我们的双脚已经踏上了碧波岛，金海湖中最耀眼的明珠。远远地，你看见了那片草地，一直延伸到湖边，在阳光下，那么温暖，那么细密，像一块柔软的地毯，让人忍不住想在上面打滚，撒野。你忍不住自己的喜悦，撒丫子奔跑起来，小小的身影，一溜烟就跑下了山坡。还没来得及提醒你“慢点”，你已经在草地上摔了个跟头。但你毫不介意，爬起来继续奔跑，迅速融入那片迷人的绿色中。

岸边，柳树已经抽芽了，一条条柳枝轻舞飞扬，绿得惹人怜爱。迎春花已经开了，一蓬又一蓬，这春天的黄金，黄得如此耀眼。桃花也开了，一朵朵挨挨挤挤，粉得绚烂。你像一只蝴蝶，一会儿飞到花丛中，一会儿飞到柳树下，一会儿飞到我面前，手里拿着一朵小小的桃花，嘴里念念有词：

“我要抓住柳絮，让它继续在春天飘荡；我要摘下榆钱，让它继续在春天生长；我要摘下桃花，让它继续在春天绽放。看，这朵花好看吧，我把春天抓住了。”

“你把花摘下来了，它还怎么在春天继续绽放呢？你把柳叶摘下来了，它还怎么在春天继续生长呢？”

“嗯……”你歪着小脑瓜想了半天，索性蹲在地上找起野菜来。你看到了熟悉的车前草，沿着河边安静地生长，椭圆形的叶片紧贴着大地，细长的花序梗伸向天空，那么平凡，那么朴实，却有着那么旺盛的生命力和诗意。“采采芣苢，薄言采之。采采芣苢，薄言有之。”几千年前《诗经》里的女子，就是在这样明媚的春光里，挎着篮子采摘车前草，清越的歌声和银铃般的笑声若远若近，随着春风漫过绿色的田野，漫过几千年的时光。你找到了地黄，它们生长在向阳的山坡上，叶子带着细细的绒毛，紫色的花朵像细长的喇叭，吹响春天的号角。还有紫花地丁，还有荠菜，还有艾草、蒲公英、芦苇……每看到一样，你就大声地喊出一个名字，好像挖到珍宝般开心。

“哇，马齿苋，我最爱的马齿苋！”你小心翼翼地挖出一棵马齿苋，把它捧在手心里。“你看，马齿苋，它的叶子是青色的，梗是紫色的，花是黄色的，根是白色的，籽是黑色的，所以也叫五行草。它的生命力特别顽强，我把马齿苋带回家种在花盆里，这样就能抓住春天了。”

“马齿苋是一年生草本植物，种在花盆里也有枯萎的时候。当它枯萎的时候，春天在哪里呢？”

你再一次陷入了沉默。不过，这短暂的沉默不能让你停下脚步。你拿起一根树枝，蹲在水边戏水。这时候，成群的野鸭在湖面悠闲地游弋，各色的鱼儿在水里快乐地嬉戏，白色的沙鸥挥动着翅膀从天空掠过，磅礴的江河之气荡漾在金海湖的上空。你用树枝做标记，在水边做起了测量。“嗯，金海湖是水环绕的陆地，而不是被陆地环绕的水。上午湖水是退潮的，跟海一样。”

岸边的红土引起了你的兴趣。“这是红土，说不定有铁矿。”你用树枝挖起泥巴来，挖着挖着，你改变了主意，打算盖一座城堡。城堡还没盖好，身上已经沾满了泥巴。眼前，不时有小鱼儿游来游去，你再次改变了主意，拿起渔网，在水边捞起鱼来。虽然有些费劲，但一番努力下来，还是小有收获。你把几条“战利品”装在瓶子里，“看，我抓住鱼了，把它们带回家养起来，算不算抓住春天了？”

“鱼儿属于大自然，家里小小的鱼缸，不是它们的归宿，还是把它们留在大自然比较好。”

你想了又想，尽管有点舍不得，但还是把辛辛苦苦得来的“战利品”放回了水里。

终于，你玩累了，干脆在草地上四仰八叉地躺下来，出神地看着湛蓝的天空。粉嫩的小脸蛋沾着泥巴，你伸出手随便糊弄一下，泥巴更加肆无忌惮地在脸上涂抹开来。

“你抓住春天了吗？”

“抓住了。”你伸出手，小拳头紧紧地攥着。

“在哪儿呢？”

你打开拳头，里面空空如也。

“春天，已经在我心里啦。”

（徐峙，中国校园文学杂志社主编。作品见于《诗刊》《十月》《小说选刊》等）

水峪古树的传说

◎ 施　海

2022 年 7 月 23 日晚，我无意中看到"'绿水青山金海湖'生态文学创作采风活动在金海湖镇举行"的消息，顿感激动万分。一是，本次活动的发起人、中国报告文学学会副会长、生态文学作家李青松是我 30 多年的挚友；二是，本次活动是一批国内著名生态文学作家组团宣传我家乡美丽的生态以及相关的历史文化，这是全国很多地方求之不得的文化宣传活动，对于今后我的家乡发展定将起到极大的促进作用。激动之余，我觉得这么多外乡名人都尽心帮助宣传我家乡的山山水水，我作为故乡人更应尽一把力，哪怕是一点儿微薄之力，把我家乡的历史文化推送给社会，也不枉家乡父老对自己的培养。于是，晚上我就给李青松老师打了个电话，一表感谢，二表想法。李老师听后非常高兴，并给我下达了一个任务："借此机会，你把家乡的古树文化好好宣传一下多好啊，我们这个团队正好缺少这方面的作家。因为你搞了 10 多年的全市古树保护，没有人能比你更了解古树的相关文化了。"放下电话思来想去，感觉李老师说得非常有道理，于是我就欣然接受了这个任务，决定写一篇我的家乡水峪村古树的故事。

1963 年 5 月 1 日，我出生在金海湖镇正南的一个叫水峪的小山村，东距著名的风景旅游区金海湖仅 1.5 公里。

长期以来，我总在想，我们老家之所以叫水峪，肯定和村里有个泉眼有关。因为水峪的意思，不就是"山谷"(峪)里流出的"水"组成了"水峪"吗？

这个小山村虽然不大，但却有着深厚的历史文化。

从空中俯瞰水峪村，映入眼帘的是两座平行而立、头北尾南的小山。山虽小，但它们却惊人地相似。看上去，仿佛是两只一模一样的乌龟趴在那里，静静地注视着北面的泃河。

村民的院落分布于两山之间和两山北面。在两座小山平行的最高处都有一个占地面积约 10 余亩的“圆顶”，其“圆形”好似人们用“圆规”画的一般，酷似乌龟的“顶盖”。“顶盖”上面既平整，土壤又肥沃，长期以来，村民世代耕作；顺“圆顶”北部向下，山势逐渐走低，仿佛是乌龟的“脖子”伸出；更为神奇的是，在两座小山的山脚处，都各矗立一块高约 4 米、宽两米左右的巨石，酷似两只乌龟的头。其中东侧的巨石“昂头向上”，仿佛彰显着不服的傲气；西侧山脚的那块巨石则“俯卧向前”，似已“臣服”。这一景观，在全国恐难以找到类似的山形。

从天空继续往下看，在两座小山之间南端，还镶嵌着一块“绿宝石”，这是在 20 世纪 70 年代修建了一座小水库，仿佛为“两只乌龟”建了个“游泳池”。在小水库大坝下 20 米远的东侧山脚下有一个四季不干的泉眼，泉水甘甜，冬暖夏凉，好似现在的天然矿泉水。到现在我还清楚地记得小时候，一到夏天的三伏季节，我父亲总让我到那个泉眼打水给他老人家喝，看着父亲一饮而尽的样子，感觉那真是既凉爽又解渴。在那个没有冰箱的年代，那里是夏天冰镇啤酒的好地方。

再继续往北看，可见村北矗立着一座古庙，名为云祥观，原为水峪村小学。古庙内 4 棵 300 年以上的古树枝叶繁茂，其中有两株国槐，生长在云祥观前院，胸径均在 1 米以上；另外还有 1 株柏树（侧柏）和 1 株松树生长在云祥观的后院，柏树直立生长，而松树则斜向东南。关于这 4 株古树还有一段有趣的传说。

相传，在很久很久以前，在天津蓟州盘山前大水坑里生长着两只乌龟，据说是东海龙王王宫里的两个大将，因违犯天规被贬至此改过自新；同时在平谷区黄松峪北山有两只老虎，据说是玉皇大帝天宫里的两员大将也因触犯天规被贬流放人间改过。因为它们都出身不俗，各怀绝技，相距又不远，总想找个机会一比高下。于是，双方商定在某年某月某日在泃河比武。若龟胜，老虎就得离开平谷，另寻领地。那平谷盆地将变成一片汪洋，成为水族世界；若虎胜，乌龟就得离开现在的大水坑，那平谷大地将变成山峦起伏，虎啸山林地带。但不论谁败谁胜，平谷都将遭受一场生灵劫难。

这件事，因其后果都是一场灾难，玉皇大帝得知此事后，为避免“灾难”的发生，就委派一个天将化妆成一位老者，来到水峪村制止这场即将发生的“械斗”。

这位老者来后建议：在金海湖水峪庄北，建起一座云祥观，意为“一观镇四兽”。当地老百姓听了老者的建议，立即组织村民建起了一个道观。刚刚建好，就见老虎从北山下来了，并很快跑到了韩庄村南边的泃河北岸。恰在这时，从南山下来的乌龟，也刚好爬到了水峪村北泃河的南岸。但当它们看到老者时，都立刻认出了他，“这不是玉皇大帝身边的×××吗？”由于害怕，四兽一时却叫不出老者的名字来了。当它们再看到新建的道观时，一时都被镇住了，它们都明白了如果不好好改过自新，这道观就是“圈它们的笼子”，一旦被“圈进笼子”，它们将永世不得翻身。因此，老虎不敢再前进，但乌龟还想试探着缓慢北行。这时，只见老者立即从身上取出两根神针扎在龟背上，乌龟迅即身体不能动弹，可眼珠还一个劲儿地上下翻转，表示不服。于是老者又在乌龟头上各扎下 1 根定脑针。东边那头龟头被针扎的疼痛难忍，不停地摇晃脑袋，扎在头上的针也被摇晃歪了。过了一阵儿，两只乌龟被制服了，老虎一看也没敢造次，趴在原地一动没敢动。就这样，经神仙点化，建观扎针，避免了一场龟虎斗，更挽救了平谷百姓。

以后年深日久，“双虎”变成韩庄东、西老虎山（目前在金海湖北 1 公里的北京市教工疗养院西侧的小山就是东老虎山），“双龟” 化作了水峪村的东西乌龟山；老者用于制服乌龟的“4 根神针”则化作了水峪村云祥观里的 4 株古树，被一只乌龟摇晃歪了的那根神针，就是现在树干倾斜、头向东南的古松。

只可惜，由于缺乏文化保护意识，东侧的乌龟脑袋在20世纪70年代被外来修路的民工破坏掉了，西侧的乌龟脑袋也在进入21世纪农民建房扩院时被打碎了。唯独留下了四根“定脑神针”即是水峪云祥观内的“斜松直柏两棵槐”还静静地守护着水峪村的村民。

为了让这个故事永远传承下去，更让世世代代的后人看到云祥观里的4棵古树，我参加工作后立志要为保护好这几棵古树做点事。功夫不负有心人，机会终于等来了。

1985年1月毕业后，先是当了20个月的市林业局林干校老师，之后又负责了近两年的护林防火工作。到了1987年，也许是机缘巧合，局里将全市郊区古树名木保护管理工作安排由我们林政资源管理处负责。因为人手有限，我又年轻，这项工作自然而然就落到了我的头上。但由于20世纪80年代，北京市古树名木保护管理工作刚刚起步，当时所能做到就是调查、登记、建档、挂牌工作，后来又主持编写了《北京市郊区古树名木志》。实际上真正对家乡的古树采取实质性保护措施的时间，已是2002年年底我到北京市林业工作总站以后的事情了。大概在2012年，我们单位包装了一个古树名木保护管理项目，对4棵古树中的3棵采取了堵树洞、立支撑、牵引危险主枝等措施，并对古树进行了施肥浇水。正是因为采取了这些保护措施，目前4棵古树已返老还童、枝叶繁茂。每次回到家乡，我都会前去看望，并不厌其烦地叮嘱奇石馆的负责人一些注意事项，生怕这个保佑水峪村的风水树有什么闪失，更怕四根“定脑神针”的古树文化失去传承。

（施海，北京市园林绿化局原二级巡视员。代表作《北京郊区古树名木志》《古树名木损失鉴定标准》）

生态立镇金海湖

◎ 王辛夫

“京东桃花源，世界休闲谷”，说的是京郊平谷的金海湖镇，平谷因桃而盛名，金海湖因世界休闲大会而名扬四海。

2022年4月17日，一个春光灿烂的周日，中国国土经济学会和金海湖镇在湖光山色的金海湖畔共同举办美丽中国·深呼吸小城入围名单发布等活动，金海湖镇凭借其山水林田湖草形成的完整生态体系及人文景观成功入围深呼吸小城(镇)。这为金海湖打造闻名全国的“全域旅游特色小镇”增添了动力，金海湖的知名度和影响力得到了进一步提升。

当天，人民日报原副总编辑、著名作家梁衡先生代表主办方《今日国土》杂志社为金海湖镇颁发了全国“生态文学创作基地”牌匾；由生态文学作家李青山担纲领衔，同时邀请梁衡、理由等三十位作家共同参与创作的《绿水青山金海湖》生态文学集正式启动。记者问金海湖镇沈立军书记，作为金海湖镇当家人，你怎样看待和评价这些文化举动？沈书记回答干脆：用好这些文化生态，写好生态立镇文章。

金海湖镇，位于平谷东部，地处京津冀三省市交界处，是国家特色景观旅游名镇，三面环山，山水田林湖草资源丰富，森林覆盖率达83%。辖区内金海湖水域面积6.5平方公里，库容1.21亿立方米，最深处达39米，是北京地区水域面积最大的综合性水上娱乐场所，也是北京市唯一一处可供游玩的水库，现为市级风景名胜区和市级旅游度假区。山水林田湖草，资源丰富，空气清新，环境优美，游人在这里，可以尽情深呼吸。怎样建设尽情深呼吸的生态文明样板地？沈立军畅谈了他的“生意经”。

深耕文旅品牌

沈立军介绍，紧紧依托金海湖镇自然资源和乡村特色产业，我们首先瞄准发展绿色康养。金海湖镇气候条件宜人，温热均衡，自然环境优越，三面环山、三水一湖。距京平高速夏各庄出口仅15分钟车程，目前承平高速正在建设中，建成后将从14个村穿村而过，境内设有一个服务区、两个出口，成为京津冀旅游圈、商圈、文化圈又一重要通道。金海湖医院和北京安定医院合作托管，社区服务中心+28个村级卫生室保障了基本医疗，夯实了康养基础。产业环境优越，逐步形成以商贸服务、文化旅游等为主导产业的发展格局，为康养产业提供了较好的发展空间。

其次是用心打造精品民宿。“一十百千”精品民宿工程启动以来，民宿从两家迅速发展至108家，其中6户被市级精品民宿验收组评为五星级“金牌户”。另外，海子村民宿部落和黄草洼村民宿集群也已初见雏形。目前，我们镇已与旅悦（天津）酒店管理有限公司签订合作协议，依托“花筑”品牌，共同打造金海湖湖区民宿品牌，以规范管理，促品质提升。

开展三位一体的户外运动，我们把它叫做“水陆空”，也是我们旅游项目第三个板块。

水，说的是金海湖，金海湖是北京第三大湖，唯一一个有水上运动项目的湖。这说起来可能有人不大相信，但它确是北京的水上运动场。1990年亚运会水上赛事就是在此举办的，在27枚金牌中，中国夺得了24枚金牌，开启了水上运动的先河。目前，AKID皮划艇桨板俱乐部、JETSURF-杰瑟弗电力动力冲浪俱乐部、吉日马术俱乐部、金鱼耕垂钓俱乐部、北度联盟-户外徒步拓展俱乐部已在金海湖落地。2021年，金海湖景区还被评为“国家体育旅游示范基地”。

陆，说的是山地运动场，有 21.5 公里的环湖步道和 30 公里的环湖登山休闲步道，是开展半马、徒步、骑行等活动的绝佳场地，环山绕湖，湖光山色尽收眼底。

空，说的是空中运动场，在茅山后村“元宝山”已开展滑翔伞项目。在海拔 300 米的山顶处缓降在东上营村一处台地上，滑翔全长 1000 米，15 分钟。滑翔间，可看山、看湖、看云卷云舒，相融为一道独特的风景。金海湖这样的山地资源很多，如向阳村的二定梁山、将军关村的金山、黑水湾村的大金山等。

第四个旅游板块就是休闲体育项目。近年来，金海湖镇坚持“办赛事、兴旅游、惠民生”的休闲体育旅游理念，逐步打造北京的“体育旅游名镇”。截至目前，金海湖已成功举办三夫国际铁人三项赛、国际半程马拉松赛、京津冀国际公路自行车挑战赛、数百家知名企业龙舟赛、徒步登山赛等多场顶级国际体育赛事，文体旅游活动逐步形成地区品牌。

自 5 月 30 日正式亮相的金海湖山田心农场，是一个体验农耕文化的观光园，是金海湖第五个休闲旅游板块。沈立军介绍说，为了给孩子们提供一方能参加劳动、体验农耕文化、增强动手能力的宝地，我们改造了一块河滩荒地，打造了“山田心农场”，形成“藏粮于田+种粮于民+爱粮于童”的农耕教育模式。

这块地占地 235 亩，原本位于历史河道泄洪区域内，石头较多，土地贫瘠。在种植前，治理了表土，筛出石头两千多吨，补充了 1500 吨有机肥改良了土壤。

如今，一年四季，该农场都会提供几种不同的种子供家庭选择，孩子们来到这里把一粒粒种子、一株株菜秧埋进土壤里，陪它一起长大，体验种植、浇水、收获的全过程。同时，农场内还安排了众多的手工工坊课程，孩子们可以沉浸式学习磨豆子、剥玉米、制作农具等农家活儿，家长和孩子在这里一起劳动，共享快乐。

农场以“金海湖有我一分田”为口号，让家长、孩子共同践行和参与耕地保护，珍惜粮食。一到双休日，来农场游玩的家长和孩子络绎不绝，尤其是城里的孩子，都想来农场体验一下农耕生活，乐不思蜀。

金海湖镇是七千年的“上宅文化”的发祥地，山田心农场的正式开园，开启了北京农耕文明的曙光。金海湖镇整合农村土地资源，带动集体经济壮大和乡村振兴的这项新举措，也为孩子们亲近大自然、提高劳动技能提供了一块热土。

沈立军说，我们在搞好搞活这些吃喝玩乐和体验旅游项目的同时，还用心办好会议会展。北京金海湖国际会展中心建筑面积 6.5 万平米，地上主要功能空间包括 2500 平方米的中庭、9600 平方米的无柱展厅、首层 4200 平方米的多功能厅、二层 3300 平方米的大宴会厅、VIP 厅和新闻发布厅等，地下为停车场。可供展览空间面积合计达 1.4 万平方米，会议面积逾 8000 平方米，是集会议+展览+主题活动一体的场馆空间。

2021 年 4 月以来，金海湖镇承接的各类型会议、展览等活动已达 150 余场，成功承办了 2021 中国·平谷农业中关村创新大会、北京·中国农民丰收节、2022 中国·平谷企业发展大会等市、区级会议。会展，已成为金海湖畔一道亮丽风景。

擦亮生态名片

生态问题不仅关系到居民生活的切身利益，更串联了金海湖镇生产、生活、生态等各方面内容。“用生态的办法解决生态问题”是沈立军常讲的一句话，记者认为，这需要一套完善的标准体系来支撑，怎样用生态的办法把绿水青山变成金山银山？这位宣传部长出身的沈立军如数家珍，我们未来的发展战略就是：生态立镇。

作为首都的生态涵养区，生态是平谷的底色，也是金海湖的底色。金海湖是北京第一缕阳光照耀的地方，是拥有天然水域、二类水体的地方，是北京农耕文明诞生的地方，是北京高品质休闲时尚生活的地方，金海湖是唯一的。金海湖拥有最美的山，千山一碧，郁郁葱葱，道路盘山延伸，人与山脉相融。拥有最清的水，“湖泊、河流、清泉”三位一体，15个泉眼群常年涌水，水质清澈透明可直接饮用。拥有最蓝的天，雾霾尽散，海天一色，碧空如洗。拥有最悠久的文化，以“上宅文化”为代表的“八大文化”独具特色，内涵丰富，彰显魅力。

近年来尤其是党的十八大以来，金海湖镇始终坚持践行习近平总书记生态文明思想和“两山”理论，探索以生态优先、绿色发展为导向的高质量发展新路子，在“一镇”“三区”的发展定位和思路下，逐步将金海湖镇打造成为五个实践地。

深化“吹哨报到”经验做法，构建基层治理新模式，用心、用情、用力办好民生实事，不断提升群众获得感，幸福感，安全感，打通基层治理“最后一公里”，夯实金海湖高质量发展根基，打造成现代化治理的实践地。

深化一湖山水坐拥地使命担当，坚持治山、治水、治气、治村一体推进，打好蓝天、碧水、净土保卫战，实施好村庄治理行动，不断推进守水用水走出新路径，美丽乡村、美好田园建设取得新进展，凝聚金海湖高质量发展力量，打造成生态友好建设的实践地。

深化平谷人文发祥地的时代赋能，聚焦乡村振兴“五个振兴”，大力发展“一镇一业”“一村一品”“一村一韵”，重塑乡村生态、文化与产业价值，探索就地商品化多元路径，打造区域化品牌，着力建设环境优、产业兴的美丽村庄，明确金海湖高质量发展方向，打造成新时代乡村振兴的实践地。

深化国际会议举办地成果运用，做好镇区、景区、农区融合发展的“乘法”，和“城镇+乡村、景点+景观、打卡地+全域”协同发展的“加法”，加强作品意识，充实项目储备，深入推进“H品牌”建设，构建全域旅游发展格局，谱写金海湖高质量发展新篇章，打造成全域旅游特色小镇的实践地。

深化党建的政治引领作用，真正担负起全面从严治党的政治责任，以永远在路上的执着，持之以恒加强政治建设、持之以恒强化思想理论武装、持之以恒提升基层党组织组织力、持之以恒正风肃纪，驰而不息，推进全面从严治党向纵深发展，打造成基层组织全面进步的实践地。

五个实践地，紧紧围绕生态。沈立军说，金海湖镇坚持生态立镇发展战略，是经济社会转型升级的必然选择，我们必须扎实推进。

沈立军的生态观

生态为底色，发展才有底气。走“生态为先”的绿色发展之路，是贯彻“创新、协调、绿色、开放、共享”新发展理念、推动经济社会高质量发展的必然要求，也是人民群众追求高品质生活的共识和呼声。这就是沈立军的生态观。

作为高大上平谷“拥抱新消费新生活，打造世界休闲谷”的主战场，金海湖在“三区”融合建设文旅休闲小镇的发展定位下，实施的“五地”建设路径中，“把金海湖打造成生态友好建设的实践地”是基础前提，也是目标所在。

在保护生态中吃上生态饭，从守护的山水间捧出金饭碗。今年以来，金海湖坚持“以旅游休闲新业态、新监管促进新消费，带动新经济，引领新生活”，就是展现“绿水青山就是金山银山”发展理念的生动实践。以金海湖这一世界级温暖湖区串联起镇域内百家精品民宿、十余家湖区营地、十余家湖岸咖啡，讲述山水相依、山水相逢、山水相伴的金海湖新故事，充分展示了金海湖的生态之美、乡村之美、休闲之美、振兴之美，切实将生态资源优势转化为经济发展优势，擦亮了世界休闲谷“金名片”。

谈到未来发展，沈立军信心满怀，他表示，金海湖将按照市委市政府“大京郊服务大城市，大城市带动大京郊”的发展方略，聚焦满足群众新时代美好生活、拥抱新消费新生活等目标，引进超大城市各类要素，盘活农业农村碎片化、空置化的资源，激活乡村多元价值，创新乡村休闲消费场景，丰富乡村休闲产品供给，打造各类休闲作品，支持、引导农村集体经济组织发展“无烟的休闲工场”，探索“乡村综合体”的多种建设经营形式，城乡携手，共创、共建、共享“国际一流和谐宜居之都”品质生活的向往之地。

听松涛阵阵，百鸟私语忙，看青山绿水，尽览众山小。欢迎您来金海湖，我们一起深呼吸。

（王辛夫，现任《今日国土》杂志社执行主编，今日国土生态文学委员会副主任）

黄草洼的“核柿树”

◎ 刘军萍　陈奕捷

黄草洼，是个村名，位于北京市平谷区金海湖镇。 2022 年 4 月，当我随《今日国土》组织的绿水青山金海湖生态文学创作采风团又一次走近她时，我又看到了“核柿树”。说起这棵“树”，它既不是核桃树，也不是柿子树，它其实是两棵树，一棵是核桃树，一棵是柿子树。为什么把它们叫在一起，称为“核柿树”，那可得追溯到二十多年前了。

那时候，我正在研究休闲农业和乡村旅游，经常跑郊区，也常常受乡村的邀请，为地方的特色产业发展出谋划策。2002 年的夏天，我们团队第一次来到了黄草洼村。

黄草洼村依山傍水，风景秀丽。村内涌泉交错，溪水潺潺，是一个头枕着金海波涛，背倚大山脊背的秀丽的小渔村。黄草洼村，名“黄草”，它最大的特点，是在“洼”字上。“我们村三面环山，一面临金海湖，取‘水边有土、土上草木繁盛’的意思，故名为‘黄草洼’。”该村的村书记刘自海告诉我们，最令村民骄傲的是，黄草洼是本市鲜有的泉水村，山中 4 眼“活水”常年涌水不竭，在村内汇成溪流，村民们就在这日夜叮咚作响的溪水陪伴下劳作、生活。

正是这条溪流，穿村而过，养育了村民，也滋养了溪边的树。从村口往里走，约 200 米处，我们看到了两棵树，一棵核桃在溪流的左岸，一棵柿子树在溪流的右岸。这棵核桃树让树下有了一大片绿荫，抬眼望上去，树上长满了肥大的叶片，沉甸甸的果实挂满了枝头，在微风的吹拂下，摇摇摆摆的，其中有一个枝杈伸向了对岸的柿子树，可巧，那棵柿子树枝柯疏朗，挂着许多灯笼般形状的青色果实，也有一个枝条探过来，两根枝条缠绕在一起，像是一对情侣，手挽手抑或是搂肩搭背。看到这幅画面，我们团队一名画家随口说了一句话"这叫姓何的嫁给了姓郑的，正（郑）合（何）适（氏）啊"，大家听了会心地都笑了。从此，"核柿树"就叫开了，这个地方按现在的说法，就成为当时到黄草洼村旅游的"网红打卡地"了。

由于该村四季溪水长流，几年来当地村民利用天然的活水养殖虹鳟鱼，并依靠这独特的条件开展了民俗旅游接待，2003 年被评为市级民俗旅游村。现在的研究者们，往往把这一历史时期称之为北京乡村旅游的 1.0版。

一晃 20 多年过去了，如今再次来到黄草洼村，再次站在"核柿树"前，清澈的泉水依然汩汩奔涌，而周边的风景却多少有些不同了。由于生态环境保护的需要，以前家家户户门前的池塘养殖消失了，村委会前面的大池塘旁边是几顶时尚的天幕，还有售卖冷饮和轻食的餐车，来度假的人们三三两两地靠在躺椅上，孩子们在欢乐地戏水。简易的木质舞台上，还有民谣歌手在弹唱。一旁年轻的镇干部说，这是他们去成都参观学习的成果——"搞了点消费场景"。是啊！我突然意识到风景中多了许多时尚休闲的氛围。

"核柿树"下的民俗旅游户，变身为精品民宿，名字也从秀英农家院、金慧农家院，变成了泉水间、盘云水合、如归小筑，土味儿没了，乡味儿浓了。朋友告诉我，这样的精品民宿村里有 26 户，还有 7 户正在改造中，"大部分是城里人来经营的"。

厉彦平，是我们这次见到的一个关键人物。党的百岁生日过后的第一个冬天，他被首旅集团下属的新世纪饭店派驻到黄草洼村任第一书记，承担起国企对口帮扶的重任。随着乡村旅游的 1.0 版产品的老化过时，加上环保带来的养殖业疏解，黄草洼村的发展一度陷入困顿，成了守着绿水青山的集体经济薄弱村。乡村振兴，产业是基础。担任第一书记以来，厉彦平带领村"两委"深入挖掘自身潜力，结合村庄实际，制定《黄草洼村集体经济脱薄工作计划》。一方面，借助首旅集团宽广的营销资源，帮助黄草洼村拓宽村内农副产品销售渠道，为村集体创收共计 12 万余元。另一方面，借助首旅集团在旅游业经营管理方面的强大经验，为经营餐饮、采摘、民宿的村民，提供专业技术培训，帮助黄草洼村提升民俗民宿、农家采摘等方面运营管理的规范化和专业化水平，打造农耕生态采摘和休闲民宿为一体的京郊休闲旅游网红打卡地，做出生态旅游金名片，全面带动村民就业，促进村集体经济增收。

凭借多年旅游业的从业经验，厉彦平敏锐地意识到，村里旅游发展虽初具规模，但只是局限性地面对假期休闲旅游，在团体拓展、商务会议等方面还有不足，而这是北京这个超大城市一块巨大的蛋糕。"三大硬件提升工程"被提上议事日程。一是从村口前大水塘建造水上滑道至刘家碾水域中心地带，全长大约 260 米的水上乐园；二是村集体提前收回经营不善的民俗餐厅，改造成精品民宿小院；三是利用闲置的阳光浴室，改建为集会议、娱乐为一体的多功能乡村会客厅，满足团体游客接待的需求。三大项目改造完成后，由村集体统一管理，招聘专业团队运营，成为黄草洼村振兴的新引擎。

听他兴奋地讲着这一切，从"核柿树"间吹来的山风，也充满着"高大上"的味道。国企与乡村，乡村与城市，不就像一棵核桃树，一棵柿子树吗？它们在这绿水青山之间肩并肩、手拉手、根连根，就是新时代根深叶茂的"核柿树"。

（刘军萍，今日国土生态文学委员会副主任；陈奕捷，北京市农村经济研究中心处长）

“点石成文”金海石

◎ 高国镜

石头有头

对于我，北京平谷金海湖不是一个遥远的地方，也不是一个陌生的地方。早在1992年夏天，我在金海湖畔那个宾馆里，一气住了近半个月，那是参加一个关于党史的培训班。当时我是顺义县史志办的借调人员。日夜与金海湖相伴，那青山、那碧水，自然是充满了诗意感，让人感觉像是沉浸在山水画中。闲暇在湖水里荡舟，险些出了意外。那小船在湖中心剧烈地颠簸，人们惊叫着，感觉有翻船的危险。但，化险为夷。中午我们又吃到了金海湖里的鲤鱼。一个鲜字，了得？待要离开金海湖的时候，大家有点流连忘返、恋恋不舍。但回头看，后来让我恋恋不舍的，不是金海湖的青山绿水，居然是那里出产的一种石头，名叫金海石。

金海石是北京地区三大观赏石之一，因最早发现于金海湖而得名。金海石被誉为“画在石上的中国画”。其天然画石如此多娇，可谓人见人爱的艺术珍品。其图案的艳丽、奇特、丰富多彩，一出现就受到广大藏石爱好者的青睐，从而被争相收藏。金海石被发现、被观赏、被把玩、被收藏，也有不少年头了。金海石的寿命是可以用十几亿岁计算的，且还会无限地“活下去”。金海石经过漫长的风化而碎落江河，又经过水冲磨砺，而今“水落石出、华丽转身”，从而成了“宝石”。这“宝石”千变万化的无限生机，给金海石注入了活力，也给我们的生活注入了活力，增添了美丽。我这个所谓石痴，家里也是少不了几块金海石的，但真的不多。

“动人春色不须多”——什么东西多了就俗了；“万绿丛中一点红”——这“一点红”是个亮点，如果遍地都是大红大绿，人们看着就闹心了。奇石也如此。动人奇石也不须多，而在于“出奇制胜、以少胜多、各有千秋”。

潮白河离金海湖很近，平谷离顺义不远；金海石作为观赏石，从被发现到藏石人认可，很快便成了名石，一直很火，好些年都被炒得不亦乐乎。赶上绝妙图案的，有石主敢要几十万、甚至上百万。笔者也算个奇石收藏者，平谷奇石城里也常常出现笔者的身影，但本人却很少抱着石头回家，不是不为金海石所动，而是逐渐醒悟：不管收藏什么，也都该悠着点。这么多年来，我只收藏了寥寥数块金海石，但本人以为都可圈可点、独一无二，算得上精品、神品。

时来运转、点石成金这些话，都有忽悠人的嫌疑，我说下面这些石头属于“点石成金”的石头，有人未必相信；但用自己的笔点评自己的石头，总是可以的；说以飨读者，这话又太俗；说想借此推销石头，这石头又不卖。那就写一篇“点石成文”的小文吧。

鲁迅与孙大圣

金海石纹理各具特色，呈现水波、原野、山岭、草木……少有人物和禽兽的图案。但，我却有幸得到了一块酷似鲁迅肖像和孙悟空脸谱图案的金海石。

鲁迅“横眉冷对”，铁骨铮铮，是文学家，也是斗士；他手里握有生花妙笔手，能著锦绣文章；那妙笔也是投枪、匕首，敢对敌人的心脏。孙悟空火眼金睛，腾云驾雾，是严格意义上的斗士；没见他摇过笔杆，却手持金箍棒，似乎把天上地下和妖魔鬼怪都闹得可以。鲁迅和孙行者的缘分，应该是有的；鲁迅翻开《西游记》，孙猴子不就跳到他眼前来了吗？但这并不奇怪。奇就奇在鲁迅和孙悟空的缘分见证在一块金海石上。想想，多少万、多少亿年前，鲁迅就和大圣结缘了。我拥有的那块金海石上，不是赫然印着鲁迅的半身像吗？但不是印上去的，是天然长上去的。鲁迅的风骨，民族的魂魄，活脱脱跃然石上。鲁迅还甩出了几点墨迹，差点弄到孙悟空的帽子上。孙悟空在此，有跃跃欲试之气势，有眺望远方之神态。他似乎顾不上和鲁迅谈论文学，也顾不得欣赏鲁迅的诗文，他是不是像在急切地说：俺老孙去也，“只缘妖雾又重来”……鲁迅像是目送着他，目送着这个鲁迅肯定崇拜的斗士，去保护唐僧取得真经。

能够拥有这么一块石头，摆于案头，还有什么渴求？面对着此石，面对着圣人和大圣，写点诗文，乐在其中。即便诗文多难以发表、出版，只要发自我心，无愧于苍生。我把这块石头的摄影放在了我主编的内刊《顺文学》的封底上。一时间，我又把其作为我的微信头像。那位极目远方的鲁迅和跃跃欲试的孙大圣，激励着我，不断走向远方。

我爱金海石，不光在于它的美，还在于它的硬。宝剑锋自磨砺出，金海石美也是从磨砺出的。金海石深藏几亿年，没有人发现它“深藏”的美。而被人发现了，它也还属于“毛坯”，那是要经过千磨万击的打磨，才能呈现出它的“真面目”，它诗情画意的存在。它的“骨头”是硬的，而“鲁迅”能在金海石上“驻足”，那自然是鲁迅骨头也是硬的，硬过石头。至于孙大圣，自然也是硬骨头，炼丹炉都融化不了的“金身”。而他们就活灵活现地“同框”在一块石头上了。这石头能不让人喜欢？

金猴荡舟水帘洞

美猴王也许知道“皇帝轮流做，明年到我家”这句话，本身就是一句可望而不可即的空话？所以他才要干点他能干的“重修花果山，复整水帘洞”的实事。这实事化成了实景，落在了一块金海石上。看，这金猴多么潇洒自如，惬意专注，划着一叶小舟，悠悠然荡舟碧水之间。别说猴子陶醉，人都陶醉了；且猴子的后边还有一位“蓑笠翁”，望着寒江雪化作的雨帘，想与孙猴子套近乎吗？这情、这景哪里找？谁都向往世外桃源，可世外桃源在哪里呀？无处不青山绿水的祖国大地，如今想寻找一泓没有污染的清澈、干净之水都难了。金海湖当然是碧波荡漾的。

回望这石头上的水帘洞，还有纵横交错的树干、摇曳着阴凉的树荫，是不是很令人向往？好一个金猴荡舟水帘洞。

我是属猴子的，我自然爱上了这块金猴荡舟的金海石。这猴子显得多么有灵气、猴气，又显得多么神气。金海石的天然水波纹，让这“猴子”置身其中，那就是“如鱼得水”了。我曾经在金海湖里荡舟，也曾经在烟台的八仙过海处“逍遥游”，而今能拥有这么一块金海石，望着它，是一种多么大的享受。每一个拂晓，每一个黎明，我都能看到金猴荡舟水帘洞。这样的画面，不断地激活着我的生命之舟，与时代风雨，风雨同舟。

乾隆拜佛

好大一棵树，好大一场雨。那果然是乾隆爷冒雨在树下拜佛吗？神态很虔诚，虔诚得这个世界一时间都成他的了；但他心中有佛，眼前有佛。人说，救人一命胜造七级浮屠。那盘旋而上的宝塔之上，坐着的是一尊佛吗？佛望着远方，佛似乎没有回眸乾隆爷的意思，但乾隆爷有与佛“相看两不厌”的神情，乾隆爷看得也很远。乾隆爷曾经多次登上丫髻山，且感叹：“早知有盘山，何必下江南？”盘山、丫髻山离金海湖不远，所以金海湖的波光就摄下了这永恒的瞬间吗？

谁在桥上走

是波光粼粼中的一座桥吗？桥上行走着一行……不是人，是动物，是活灵活现充满灵气的动物。那是一条狗吗？狗的背上还有一只小狗，欲过河去，回到主人的家、也是它们的家吗？如果像一匹马，那马背上的可就不是狗，分明像是一只猴子了。马上封侯，多好。前边悠悠然打前站的是一只猴子吗？那猴子是马背上猴子的猴妈妈还是猴父亲，还是猴的子女、继承人，尽可以浮想联翩；如果那是一只顽皮潇洒的松鼠，这也很有趣。但愿那只狗，没有狗拿老鼠多管闲事的闲心。同走在一座桥上，总是缘分。前不见古人，后却有来者。有河就有桥。多一座桥，多一条"天堑变通途"的路。人与动物相处，都在路上，都向往着回家，这就是人们和动物们不错的行程和盼头了。

大脸

好的石头、好的造型和画面，是两面看，或者说是多面看的。这块"谁在桥上走？"的石头的另一面，可谓"华丽转身"的一面。这块石头的反面、背面，亦有动人之处，且是各有千秋的另一番风景。

买这块石头的时候，那位还算楚楚动人的妇人说，这块石头叫大脸，北京人好面子，讲究面儿，所以这石头就叫大脸。我不用细看，石头的图案隐隐约约像京剧脸谱里的一张脸，这大脸还真够大的。且那大脸显得圆满、饱满、丰满，有鼻子有眼的，不乏生动感，好一张大花脸。我与那"大脸"，面对面，久久地相对，相对无言。想想，我倒是个从来不跟人攀比、不要面子的人，当然，不要面子和不要脸是两码事。既然"要脸"，那这大脸石是不是就不该失之交臂、落个小气了？况且，这石头等于是一举两得、一石二鸟，是不可分割的一体。卖石人是冲着大脸的面子"卖大脸"的。他一再说：北京人要面子、要脸儿，冲这大脸，你就赏个脸，多掏点银子，把这石头搬回去吧。可有面子哩。

是啊，要面子果然是有些人的本性——哪怕是死要面子活受罪，也是要不惜血本摆阔要面子的。有个小伙子和我坦言，别看他开着名牌轿车，吃炒饼连肉丝都舍不得搁；还有个少妇跟我说实话，大房子是买了，但几百万的贷款，还到多会儿是个头儿啊？为了一套房，得省吃俭用一辈子。看来要面子，还真难免活受罪。

想想，花几十张钞票，买一块大脸石摆在家里，倒未必是打肿脸充胖子，而就算高品位、高档次的收藏吧。于是，这两面画面皆佳的一块金海石，就摆放到我家的客厅里了。

苍鹭欲飞欲鸣

金海石大多为暖色调，多为黄褐色、暗红色、红紫色、黑褐色等色彩丰富的景观卵石；多变的颜色形成层次为红白、黄白、褐白等色彩相间交替出现的特殊纹理图案，自然界的千变万化无限生机，令人眼花缭乱、应接不暇。然而，灰色的金海石，极少。而那天我算是在半路上“捡漏儿”吗？我正在路边行走，一位操着金海湖本地口音的女子，忽然从轿车里钻了出来，她叫着我高大哥。是啊，她认识我，我买过她的石头。而此刻，她从轿车的后备厢里搬出一块石头，快言快语地说：大哥，这块石头刚磨出来，还热乎哩、没配底座呢。你看看，喜欢不？这石头不错哩。

就这么几句话，这灰色调的石头就归了我。当然，钱是没少要的。

我把那古朴、典雅的石头带回家，细细看去，那图案很是耐看。给人一种“清水出芙蓉，天然去雕饰”的感觉。我“触景生情”，“诗兴大发”：

一只水鸟出水中

疑是苍鹭疑是鹰
水鸟来自金海湖
飞到我家鸟不惊
虽然此鸟不言语
此时无声胜有声
放在案头笑对它
书声伴着俊鸟鸣
…………

是啊，这椭圆石头的正面，其图案活像一只活龙活现的、跃跃欲飞的、呼之欲出的鸟。这鸟栩栩如生，体态生动。它的腿颀长且线条流畅，弯曲适度。它像是欲捕捉小鱼，又像是在沉思之中。而细细看去，它的身边居然还有一只小鸟；而在它上方的一侧，还有一只大鸟。哎呀，三只鸟，这不是一家鸟吗？“一家鸟”，在我的眼前更立体、生动起来。虽然都是灰色调，可画面的轮廓和“着色”是清晰的，就像是一幅水墨画。难得。形似而更神似，给人相看两不厌的感觉。

这金海石与我的缘分不浅吧？如果那天和那位金海湖的女子擦肩而过，那这石头还能摆在我家吗？照那女子说：这是咱们的缘分哩。

什么人醉卧花丛？

购得一块金海石，长条形状，卧姿。那石头的图案还算美妙，卖石头的人说那图案是牡丹花，我却在那牡丹花里看出了一个人的影子，有头有脸，轮廓分明。这个“人”像谁？不像吕洞宾，也不像史湘云、杨贵妃，我怎么看着像西门庆啊？这是西门庆在醉卧花丛，宁可“牡丹花下死，做鬼也风流”吗？怎么是这样一个图案？这小石头在我的案头摆放了几年时间，后来我把它送给了亲友。亲友没有什么反应，他也许以为那东西就是一块石头？可黄金有价石无价。亲情在那石头里面含着，是千古也不会变的。

石上树

一方金海石，人见人爱，谁都爱不释手。只因这石头上的画面是一棵盘根错节、根深叶茂的大树，且侧面有一只匍匐的锦鸡，像是在孵化小鸡，又像是欲引吭高歌。石头不在大小，只要有相看两不厌的风景和意境，那就是奇石了。

好大一棵树，是在金海石上长着的一棵树。这树真可谓根深叶茂，根深蒂固。它的枝干纵横交错，又错落有致。高耸入云，却又深扎在黄土地里，跟着日月转，身上有几圈年轮？神仙也数不过来，因为这是上亿年的石头啊。世上哪有这么高龄的树？这树干看似有几分光秃秃，似乎缺少一些叶子，还有果子，树枝上好像还缺两只鸟？其实，不妨想象一下，树上的叶子落了，树上的果子让人摘走了，树上的鸟一时间飞走了……但，留得梧桐树，还怕招不来金凤凰？还怕春色不绿树冠？好大一棵树。我把这生长着大树的金海石送给了一位朋友。这寓意肯定是不错的。树高万丈有根，根连根，象征着子子孙孙、炎黄子孙。根脉、血脉、人脉、命脉、文脉……都在这一块石头上了。寓意美好。我还赋诗一首：

枝繁叶茂根连根
大树参天已成林
半夏半秋归鸟鸣
一轮冷月何处寻
莫道腊八冰雪多
铜干挺拔藏绿荫

脚踏实地黄土地

百代千秋万木春

那接受石头的人，回复了几个字：石头很完美。我回复说：石头上缺少一颗桃子。而哪里想到，不久后我就得到了一个“仙桃”。

仙桃

我所说的仙桃，也是一块金海石。这金海石是我在一家不大的文玩小店得到的。其时，那小两口正在卖文玩核桃，真正是把核桃炒上天、炒得红极一时的时候。当时一对文玩核桃，什么狮子头、官帽，几千块钱、上万块都不新鲜。核桃的商机巨大。小两口说是要专营核桃了，要把架子上的几块石头处理掉。当然，处理品的价位也是可观的。毕竟那算奇石。于是我便把那几块石头都收入囊中了。这其中的一块石头便是那个仙桃，也可叫寿桃。我是属猴子的，天生喜欢桃子。而这样的桃子，世上哪有第二个？它的形状实实在在像一个歪嘴桃子，且那桃身上还有几片叶子。它是一个黄桃吗？看上去又粉嘟嘟、红扑扑的，其体态极为饱满；摸上去，极为圆润。闻之，似有桃香扑鼻。用清水一冲，湿漉漉的，就像是挂着露珠的桃子。搬起来，沉甸甸地压手，却又体量适中、分量适中，算是得心应手。把它托在手心里，那就像是猴子献寿桃的一个“文化符号”了。这是多么难得的一个桃子呀。平谷是桃乡，那里有几十万亩桃林；听说辟邪的桃树，把疫情都挡在树林外面了。而这一个来自金海湖的桃子，比那些“秀色可餐”的桃子，还要宝贵一万倍。

石头有尾

动人奇石不须多。有幸、有缘得到金海湖畔的这北斗七星般的七块金海石，也算乐在其中、百看不厌。把这“七星石”一一写来，笔墨也不少了，再多了读者可能就看烦了。当然，如果多买几块奇石，放在合适的地方，反正也坏不了。指望它升值也不是不可以，因为金海石再多，也是有限的。想淘换几块精品绝品的金海石，以后会像大海捞针般难。当然，那金海湖的绿水青山，会永远在那里流淌着、矗立着，那就是永远的金山银山。

写了这么多金海石，意犹未尽。其实，我的不少诗文里，多有石头呈现。我与儿子高天然在线装书局合作出版了诗歌、摄影集《感悟奇石》，且是彩色印刷。老伴在《京郊日报》收藏版，发表了两个整版（通版）的文章《在奇石里发现诗意的高国镜》，并配发了多幅彩色照片和我配的诗歌。看似是写的石头，其实也是写我的人生。

我在作家出版社出版的长篇神话小说《八百岁少年传奇》里，没少写石头。我让大多小说里的人物，最后都变成了石头。那个女主人公木华艳给男主人公老国的八百岁生日礼物，就是八百块奇石。谁知道石头对这个世界有多么重要、对人生有多么重要？人类其实生活在石头之间，却忽视了石头。整个宇宙、整个星球、整个地球，哪里不是石头在支撑着？而金海湖那些金海石，哪一块不是一首诗一幅画？那是永不褪色、永不腐烂的诗画。

（高国镜，散文作家。代表作长篇小说《八百岁少年传奇》等各类著作20部）

一个林间漫步者的遐思

◎ 高立鹏

我喜欢金海湖，喜欢在这里的林间小路上漫步。

从城区出发，向东北行驶 80 余公里，就到了北京市平谷区金海湖镇。这里山水相依、风景优美，七成以上的土地被森林覆盖，素有“小北戴河”的美誉。

炎炎夏日，正是花木繁茂时节。我邀约朋友来到这里，随意选择一条小路，一边走，一边聊些与路相关的话题，想些与路相关的事情。

一

这是一片很大的森林，其中很多地方我还没有涉足。从西面进入，沿着一条笔直的马路前行。正值三伏天，路边的杨树高大挺拔，微风在树干间穿梭，带来丝丝凉意。我们慢慢前行，道路似乎没有尽头，路边的景色也少有变化。

“我们走林间小路吧！”朋友提议。脚下的路是宽的，也是直的，而小路迂回曲折，需要多走一些距离。我有些犹疑，但最后还是响应了朋友的提议。

一拐进小路，就见到一条小河，沿着小河前行，可以看到弯弯的小桥，还有一个美丽的湖泊。湖边长着几株柳树，看上去像一幅美丽的风景画。

“好美啊！”我禁不住赞叹。

“如果不走弯路，就看不到这么多景致。”朋友悠悠地说。

“美丽总在弯路上。”我表示赞同。

“其实，人生也是如此，没有捷径。走一些弯路，表面上看来是坏事，实际上，却能看到更多美丽的风景。”朋友补充说。

二

我们继续漫步。过了一片林，又是一片林。林间小路弯弯曲曲，时隐时现。

关于路，有说不完的话题。

人世间的道路形形色色，多种多样。

海陆空，远中近……

有的新，有的旧；有的宽，有的窄；有的直，有的弯。新路走着走着就旧了，窄路走着走着就宽了。

人不可能只走旧路，不走新路；只走宽路，不走窄路；只走直路，不走弯路。

没有路可以开辟出来，有了路也可能湮没无痕。

无路可走，这是没有的事。常言说，天无绝人之路。鲁迅说，其实地上本没有路，走的人多了，也便成了路。

行路的目的各有不同：一些人走路只为欣赏风景，一些人则是前往某个特定地点，还有些人兼而有之。

不过，有些人走着走着，就含糊了，忘了自己的初心。也许本是赏景的，后来只想着某个特定目标；本来打算去某个目的地，后来只顾赏景；本来两者兼顾的，结果两者俱亡。

走路的心态十分重要，如果只重目的，轻视过程，那么步履匆匆可能就会妨碍你欣赏沿途的风景。如果漫无目的，过于留恋美景秀色，那么就可能迷失方向。

走路还应该保持一定的节奏。节奏太快,失去后劲,可能欲速则不达,泰国有句俗语,叫“慢慢就是快”,意思是说,慢慢前行,持之以恒,能够收到行稳致远的效果;但是,慢也是相对的,节奏太慢可能丧失时机。

我很欣赏那些人:既看了风景,也到达了目的地。有时为了邂逅更多更美的风景,他们宁愿走些弯路,多耗费一些时日,却又不失心中的目标。

三

我们走走停停、时徐时疾,有时谈笑风生、滔滔不绝;有时宁心静气、沉默不语,任思绪天马行空,自由翱翔……

行路难,行路难,多歧路,今安在?人生旅途中处处有歧路,因此我们必须作出选择。在选择一条路时,不得不与另外一条路失之交臂;在与一批人相遇时,却与另一批人擦肩而过。

美国诗人罗伯特·弗洛斯特就曾在《未选之路》中感慨:

黄叶林中分出两条小路,
可惜我一人不能同时涉足,
我在路口伫立良久,
向着其中一条翘首极目,
直到它消失在丛林深处。

曾经听人说,人生都有 7 次机会,第一次和最后一次大多数人都抓不住。第一次是因为年轻,缺少积累和规划,最后一次因为感觉年华已逝,于是主动放弃。这个人生“机会定律”是否准确,我无法考证。只是觉得自己人生中的确有过一些关键时刻,在这些关节点上,我不得不进行一番选择。

记得初中即将毕业时，学校让我填报志愿。我因住校，父母不在身边，不得不独自面对读高中还是中专的选择。那是我人生中的第一次重大抉择，人生之路已经分为两条，我不能同时都拥有它们。

在那个年代，如果考取中专，意味着就业有了着落；读高中考取大学，工作同样有保障。前一条路已经有很多人顺利通过，后面一条路却少有人尝试，因为那时我的家乡升学率很低，能够考取大学的人寥寥。如果读高中而没有考取大学，意味着将来只能回乡务农，而那时普遍认为回乡务农没有前途。

我在路口张望，很快就决定放弃中专，选择高中。这个想法多少有些冒险。后来，我读完高中，顺利考上大学。现在回想，那时的我只是懵懂少年，但却有少年人常有的果断干脆，抉择时很少瞻前顾后，顷刻间就跨过人生的一个大路口。

7 年之后，我大学毕业，新的选择摆在面前：留京还是返乡？人生之路再次分为两条，我不能同时都踏上它们。我最终选择留京。这个选择没有后悔的理由，因为那时地区差距、城乡差距如此巨大，大城市的优势一目了然。在这里，我可以继续圆我的读书梦；更重要的是，这里丰厚的人文底蕴，可以不断拓宽我的心胸和视野。

时光倏忽，转眼又是 7 年。我由一介书生成了职场熟人，人生之路再次分为两条：是继续从事熟悉的业务还是转向陌生的领域。我犹豫再犹豫，徘徊再徘徊，终于选择了陌生的道路。这条路上，鲜花与荆棘同在，危险与机会共存。我体验到悬崖峭壁的风光，同时也体验到峭壁顶端的冷风。可是，人生有两条路啊，我不能同时都拥有它们。

岁月不断飞逝，转眼人到中年。这时的我，对人生的看法已经发生了微妙的变化，我不再觉得非此即彼、黑白分明，也不再相信绝对的好与坏。人生的选择固然重要，但踏踏实实走好脚下的路才是最重要的事儿。

每条路都有壮美的风景，每种人生都是绝妙的人生。我没有后悔当初的选择，但我不认为那是唯一的选择。我甚至想，如果当初作出另一种选择，我的人生大概也会十分美丽。

可是，人生没有如果，我无法验证我的想法。

四

我们的漫步还在继续，就这样走啊走，夏日的酷热、外界的喧嚣，似乎都与我们无关。我们的话题，渐渐集中到独行与众行的优劣上来。

人们常说，独行快，众行远。

历史上很多著名人物都喜欢独行，他们在独行中静静思索，并因此留下许多经典之作。

想起梭罗的《湖滨漫步》。

《湖滨漫步》又译《瓦尔登湖》，是我喜欢的绿色经典著作之一。十多年间，我陆续读完了一套绿色经典文库丛书，其中有《沙乡年鉴》《增长的极限》《多少算够》《伐木者醒来》等，梭罗的《湖滨漫步》也位列其中。

梭罗1817年出生于美国马萨诸塞州康科德，20岁毕业于哈佛大学，史料上评价他是个“品学兼优的学生”。

后来，他回到家乡教书，4年后辞去教职。他早期曾从事诗歌写作，后来转向散文创作。

1845年7月至1847年9月，他在瓦尔登湖畔搭建了一个简陋的棚屋，并独自居住了两年之久。《湖滨漫步》就是这段时期漫步与思考的结晶。

在《湖滨漫步》中，梭罗写下18篇散文，记录了自己两年来在瓦尔登湖畔的所见所闻、所思所想。瓦尔登湖的四季，像一条清澈的小溪，在作者的笔下潺潺流淌。

这是一本需要静下心来、慢慢阅读的散文集。在夏日宁静的早晨，在起床之后、上班之前的那段宝贵的时光里，只要有空，我就会翻开《湖滨漫步》

随意读上几页，大约两周后，我的目光已经掠过了全书的最后一章——后记，完成了一次愉快的阅读之旅。

书在我的指间一页页滑过，那里充斥着作者思想绽放出的美丽小花。

梭罗在书中描述自己在瓦尔登湖自给自足的生活、与农夫和邻里的交往。正是在这种亲身体验与交往中，他了解到农民生计的艰难，批判了那些富人奢侈的生活，认为“大多数的奢侈品，大部分的所谓生活的舒适，非但没有必要，而且对人类进步大有妨碍”。

他说，他生活的地方霍尔威尔是“真正迷人之处”，并感叹，“生也好，死也罢，我们仅仅追求现实”，现实才是生活所应该追求的全部。

关于无为，作者指出，冥想和无为也是很有意义的事。那种日子里，无所事事是最诱惑人的事业，它的产量也是最丰富的。

关于寂寞，作者喟叹，比起浩渺宇宙中的两颗孤星来说，隐居者与人群的距离算不了什么。人们挨得很近，心的距离不一定很近；相距遥远，心的距离不一定很远。所以，在湖边隐居，并不感到寂寞。

梭罗居住的环境，自然过滤了很多没有必要的接触者。他崇尚农耕，说，耕种是一件神圣的事，农民是一种伟大的职业。可惜，现在的农民成了屈辱的象征。他倡导简朴，并感叹说，如果每个人都像我一样简朴生活，又哪来的偷盗和抢劫。

面对美丽的瓦尔登湖，梭罗由衷地赞美：湖泊是大地上最美、最富表现力的地方。它是大地的眼睛，望着他的人可以测出天性的深浅。湖边的树木是睫毛一样的镶边，而四周森林蓊郁的群山和山崖是它的浓密高挑的眉毛。这让我想起宋代王观的那首词：水是眼波横，山是眉峰聚。欲问行人去哪边？眉眼盈盈处——在抒发对大自然的挚爱上，两者具有异曲同工之妙。

长期与自然为家，梭罗当然看到了自然的价值。他热爱野生动物，倾注极大的热情记录赤鼠、兔子等动物的故事。他把猫头鹰称为猫的长翅膀的哥哥，并进行了仔细观察。关于森林，他说，即便在这个时代，这新大陆上的森林，仍然具有极大的价值，比黄金更永久、更普遍。

《湖滨漫步》通篇贯穿着一个主题：人们如何才能好好地生活？在书中，梭罗提倡俭朴生活，追求人生的自由、自主、自在。他主张人应兼收并蓄、闲情逸致、心平气和。在书的结尾，作者呼吁，把你的视线转向内心吧，你会发现心中还有一千个区域尚未发现。到这些地方旅行吧，并成为这内在宇宙的专家。

梭罗终身未婚，心甘情愿做思想上与肉体上的独身汉。他不吃肉，不喝酒，也不吸烟。他虽然是个自然学家，但是从来不使用捕机或是枪。

梭罗于 1847 年 9 月 6 日离开瓦尔登湖，重新和住在康科德城的朋友兼导师拉尔夫·沃尔多·爱默生一家生活在一起。

1862 年 5 月 6 日，梭罗因肺病医治无效病逝，年仅 44 岁。在同时代人的眼中，他只不过是一个思想偏执、行为怪异的人，一个爱默生的追随者而已。直到 19 世纪末 20 世纪初他及其著作才得到了广泛和深刻的认识。

他说他的脚所走的每一步路，都是他要走的。照例他路走得越长，所写的作品也更长。如果把他关在家里，他就完全不写了。

五

谈到梭罗的《湖滨漫步》，自然会想到卢梭的《一个孤独漫步者的遐思》。

卢梭出生于日内瓦，是法国伟大的哲学家、教育家、思想家、文学家，18 世纪法国大革命的思想先驱，启蒙运动的代表人物之一。

他曾因化学实验双眼受伤，到宁静的乡村养病，后在巴黎科学院提出《新乐谱记谱法》，并写成歌剧《风雅的缪斯》，以教音乐、抄乐谱为生。1750 年因论文《论科学与艺术》而声名鹊起。1778 年 7 月 2 日在巴黎逝世。卢梭一生颠沛流离，因发表《科学与艺术的进步是否有助敦化风俗》而闻名，主要著作有《社会契约论》《论人类不平等的起源和基础》等。

《一个孤独漫步者的遐思》，记录了卢梭在瑞士一个湖中小岛上两个月的宁静时光，他在那里散步，荡舟，放养兔子，研究植物。

除了他，岛上只有一对税务官夫妇和他们的仆人。

这宁静的时光让他如此痴迷，以至于他希望在小岛上度过余生。

在《一个孤独漫步者的遐想》中，我们看到的是一个更加自由、坦荡和平静的卢梭。他说，他的遐想录只写给自己。一翻开这些记录，他便会想起当初下笔书写时的美好，让已经流逝的时光重现。这样的卢梭，不会再因为世人的误解和偏见而满腔怒火。纵然心中依然有矛盾和不理解，他也可以清醒地意识到事物真正重要之所在。他曾说，大地上的一切都处于持续不断的流变之中，任何事物都无法维持始终如一的形态。还说："灵魂，是人们唯一无法从我身上剥夺的事物。"他认为在瞬息万变的世界中，我们或许什么都改变不了，但始终应该关注自己的灵魂，守护自己的初心。这样的卢梭，不会再因命运的大起大落而大悲大喜。他变得坦然而平静，无论是回首往事还是审视当下，都能够以一种冷静而不冷漠的心境泰然处之。

《一个孤独漫步者的遐想》是卢梭的最后作品。这十篇漫步者遐想录，是卢梭"为自己而作"，它跟梭罗的《湖滨漫步》一样，讲述的都是一个孤独隐者与大自然对话的故事。这种推崇感情、赞扬自我，与大自然相融无间、息息相通的思想，是西方文化史上的绝响。今天读来，依然有种清新脱俗、震撼心灵之感。

六

过了一片林，又是一片林。翻过一座山，又是一座山。林间的道路不断延伸，我们的话题还在继续。

想到一个问题：是路成全了人，还是人成全了路？

很多寂寂无闻的小路，因为一些人走过而名噪一时。

江西省南昌市新建县就有这样一条小路——邓小平小道。

“文革”期间，邓小平曾经被下放到江西省南昌市新建县拖拉机场劳动，那时他已经是六七十岁的老人，经历了革命和建设的漫长岁月，彼时在“文革”的惊涛骇浪中失去了人身自由。在新建县的3年时间里，他每天来往于住地和工作的拖拉机厂之间，这段约两公里的僻径留下了他沉重的脚印。在这段上下班的路途中，邓小平总是一言不发，若有所思。没有人知道他在想些什么。久而久之，这里留下了一条小路，人们称它为“邓小平小道”。后来，邓小平被恢复了中央领导职务，从此离开了新建县，在耄耋之年以惊人的意志和决心开启了中国的改革开放事业。人们猜测，他的很多治国方略，发端于这条原本普通的小路上。

这条小路，因为与伟人邂逅，日后变得尽人皆知。我们是否由此可以得出结论：人是可以成全路的？

七

人可以成全路，那么路是否可以成全人？

那年春游去国家植物园，到了一棵歪脖子树前，人们说这里是曹雪芹故居。故居的后面有条小径，叫曹雪芹小道。据说《红楼梦》就是曹雪芹在这条小道上构思成型的。

小道上有块巨石兀立，传说是《红楼梦》里女娲补天余下的那块巨石。此外，还有一块石头上长着一棵古树。人们说那是宝黛木石前盟的灵感来源。

曹雪芹祖上是清朝皇帝的家奴，跟随主人入关到达北京，因为与皇帝的亲密关系，他的家族日渐兴旺发达，曾祖父、祖父、父亲都担任过江宁织造要职，前后长达60年。康熙六下江南，四次住在曹家。皇帝对曹家恩宠到了登峰造极的地步。但水满则溢，月圆则亏，等到新皇帝登基，曹家逐渐失宠，乃至被抄没家产，举家押往北京监视居住，从此掩埋无闻。曹雪芹亲眼目睹了家族兴衰，历经世间冷暖，在北京西山的一个地方、即今日的国家植物园里居住的日子里，写下了那部旷世奇著《红楼梦》，它是世界文学宝库中最璀璨的明珠之一。

曹雪芹搬到北京西山一带居住后，曹雪芹小道就成了他创作构思的地方。每天清晨或黄昏，他在小路上逡巡。一遍遍回望自己多舛的人生：他是汉族人，却与满族有着密切的联系；出生在江南，却在北方长大；儿时锦衣玉食，晚年却举家食粥、穷困潦倒。巨大的生活反差，让他对人生有了刻骨铭心的体验。

曹雪芹小道，这条坎坷路，造就了一个天才作家；这条寻常路，催生了一部旷世奇著。

八

有那么一条路，深处中国中西部的偏僻之地，曾经少人问津。但是 20 世纪 30 年代，一群人从这里走过，他们出发时 8.6 万人，到达目的地时只剩下数千人。这条路起于江西省于都县，终于陕西省吴起县，全程二万五千里。

这就是长征的道路。

这是一个路与人互相成全的生动例子。长征的道路举世闻名，那是因为一批优秀的中华儿女曾经从它上面踏过。实际上，长征的道路就是用这群人的鲜血浇筑而成。同时，这条路也锻炼了那群虔诚的男女战士，他们中的幸存者都有着铁一般的理想和信念，它成为日后夺取中国革命胜利的坚强保障，也成为新中国建设源源不断的精神动力。

这难道不是人与路彼此成全的生动写照吗？

…………

就这样，我们一边走，一边想，一边聊。过了一片林，又是一片林。翻过一座山，又是一座山。

不知不觉，天光暗淡下来，一层薄雾缭绕在金海湖周边。我们的思绪，就像湖上的那层薄雾。似有若无，不绝如缕。

（高立鹏，中国自然资源作家协会会员。著有自然文学作品集《罗平时光》）

回望三界碑

◎ 韩　梅

一

初秋，我放眼蜿蜒的燕山山脉，白色的明长城和黄色的土长城，犹如两条长龙聚首于群山之巅。那聚首处是明长城的炮楼遗址，正中矗立一座三棱柱体界碑，界碑正圆形的底座，被平分为北京、天津、河北三部分。这是长城上唯一的界碑，“1996 年”的字样清晰可见，簇新的朱红大字告诉我，这座三界碑还经常有人护理。

迎着和煦的山风，我在当地友人陪伴下，在八年后第二次登上了三界碑。我俩从红石门村的北山，沿山间小路爬上明长城，向东南爬行数百米，重登“一脚踏三省”的三界碑。我站在碑旁举目远眺，崇山峻岭，云雾缭绕，长城沿山脊线逶迤起伏，返身西望北京，碧波荡漾的金海湖就亮闪闪地映在眼前。

“这儿离河北、天津太近了。”友人指着山下告诉我，“早晨山上遛弯就溜达到了天津，下午遛弯可能就遛到了河北，一天逛遍‘京津冀’再正常不过了。”

我惊喜地发现这可真是个神奇的地方，北京平谷的红石门村，天津蓟州的前干涧村，河北承德的前干涧村，像三个亲兄弟在碑前肩并着肩，手挽着手。三个村落在山坳里若隐若现，袅袅炊烟，红墙绿瓦，令人心旷神怡。

三界碑东南，有条发源于河北省兴隆的泃河穿过天津黄崖关长城，一路泛着波光，缓缓流进北京平谷，跃入金海湖，又转入河北三河，经天津武清，汇入蓟运河，随海河东流入海。哇，这条从春秋战国走来的漕运之河，如今全线复流，水润三界，真是妙不可言。这一山，一碑，一水，一湖，在燕山山脉的臂弯里，交相辉映，诉说着苍茫的历史故事，也奏响生机勃发的时代之歌。

友人杨丽红，就生活在山脚下的红石门村，这是北京最东端的一个小山村，因村口有两座大红山而得名。“十年前我从河北嫁到红石门村时，这里环境脏乱，人烟稀少，邻村之间不通路，河北这边村民‘出山’办事需要绕道北京、天津才能到达，一到此处，手机信号就变成跨省漫游，除了偶尔来体验‘一脚跨三省’的一些山外游客外，三界碑几乎无人问津，三个村鸡犬相闻，但没有来往。”杨丽红对我说，“那时候到这儿来爬山的人，就是来体验一下‘一脚跨三省’，站一脚之后，就下山了，没有住下来看风景的。”

可如今呢？一条连接邻村的柏油路、一口汩汩出水的深水井、一座漂亮的农家院，还有那漫山遍野的果林……都是一幅幅村民走向幸福的画卷，静静伫立的三界碑就是活生生的时代见证。

站在古朴的明长城上，我俯瞰秀丽小山村，不禁思绪万千。几株核桃树沿着长城两侧的山坡生长，结满果实的枝杈，沉甸甸地在风中摇曳，偶尔会有几枝调皮地伸了过来。我欣喜地接过一枝，忍不住闻一闻它的芳香，杨丽红也接住一枝，递到我面前说：“你看，这是我们村特有的核桃，现在正是打核桃的季节，要不是陪你上山，这会儿我一定是在打核桃，这可是我们村的致富果。”一种掩不住的幸福感从她言语间自然流淌。我仔细打量着红石门村的核桃，漫山遍野，朴实无华，那种拼搏向上的生长，仿佛让我也生出了一种向上的力量。

二

红石门村北边和南面的山坳里坐落着两个前干涧村。

两个古长城脚下的村落，名字都与缺水有关。据村民相传，古代一位皇帝狩猎经过此处，想安营扎寨露宿一晚，结果四处找不到水，皇帝也只得慨叹："难道我们掉到干涧里了吗？"自此，"干涧"就成了这个村庄的名字。20世纪70年代，这个村被划分为两个村，北边的隶属河北省，南边的隶属天津市。

记得八年前，我头一次登三界碑，就是从天津前干涧村上的山。那天，从河北前干涧村嫁过来的闫凤伶对我说，她妹妹闫淑伶留在了本村，两姐妹家距离只有五公里，但生活水平差距很大。姐姐家的村子铺上了石子路，妹妹家村子还是土路；等妹妹家那边铺上石子路，姐姐家那边修成了柏油路，反正妹妹家总是落后一截儿。

"差距最明显的是饮水问题，天津这边早就通上自来水，妹妹那边一直'靠天吃水'，断顿时不得不从天津这边买水。"姐姐一提到这个话题就想到了妹妹那个河北的前干涧村。

当年，那个前干涧村出了个"女能人"刘海燕。她早年到北京打工，赚了第一桶金后，回乡带全村人致富。她回村后第一件大事就是自掏腰包为村民打口深水井，让乡亲们喝上纯净的自来水，可连续打了六口井，都没能成功。日子也像井水一样又酸又苦。

我再登三界碑，还没到河北前干涧村，已做了村支书的刘海燕在电话里就兴冲冲地告诉我，2015年的11月，村里第七次打井终于成功了，一口深达350米的水井流出清澈的山泉水，乡亲们吃上和北京、天津一样的自来水。2020年，连接河北前干涧村与天津前干涧村的五公里山路也打通了，她们村和北京、天津的道路完全对接上了，不仅外出打工、孩子们上学方便了，山上的果子也卖上了好价钱。

我走在连接两村的柏油路上，两旁的山楂树，郁郁葱葱，成熟的红果探头探脑，装扮着美丽的山村。家家户户堆着丰收的山楂果，院子外，院子里，房顶上，甚至门口的路上，到处都是大片大片红彤彤的山楂果，空气中弥漫着甜甜的味道。村民告诉我，晾晒好的山楂就等北京、天津那边开车来采购，村民不出家门就可以把山楂卖出去，每年光卖山楂就能赚六七万元。

我走进村上的街巷里，怎么也找不到八年前曾有过的旧模样。在与刘海燕交谈中，我了解到，那个曾为打电话漫游、喝不上自来水发愁的闫淑伶，如今日子过得并不比姐姐差。听说姐俩儿正谋划开个姐妹农家院呢。刘海燕意味深长地说："前两年，守着同一段长城，邻村的农家院开得红红火火，这边却冷冷清清，村上的老百姓看着都眼热。眼下不同了，我们找到了一条依托'三界碑'致富的门路。"

"天津前干涧村发展农家院靠的是'三界碑'品牌。"她踌躇满志地说，"我们这儿除了'三界碑'，森林资源更丰富、生态环境更好，这协同发展，我们也不能落在别人后边啊。"

离开河北前干涧村的时候，满山云朵，透着山楂树的身姿，看到陆续建成开放的四户农家院和一座精品民宿，在云朵中泛着五彩的光芒。

三

我抬起头，看到一缕缕轻纱似的云朵悠然地飘浮在村落间，远处的古长城也在山谷花海之上盘桓。一个宁静的村落，掩映在层层叠叠、丰茂的植被之中。

沿着那条乡间柏油路，我很快就到达了天津的前干涧村，原村主任张雪松在村口等着我，见面就说："那边刘书记给我打过电话了，让我在这里等您。哈哈，两个前干涧村的村民相互都熟，建了这条路后，两个村变回一个村啦。"

“这么说，我一脚又踏进天津了。”我笑着说，“两个前干涧村得天独厚，守着这么美的古长城，又守着这么美的自然风光，山水相连，唇齿相依，连我都想在此长住了。”

“是啊，两个村自古可就是血脉相连啊，乡亲们就像走亲戚一样走动。”张雪松也情不自禁地说，“有时候那边村民来这边办事，没赶上回去的公交车，我们村委会的人就自己开车把他们送回家；新冠疫情紧张期间，那边村民到这边超市购物，我们就把货物放到村界路边上，等他们过来取走。”

他的话让我想到了在登三界碑时，看到一条从岩上悬下来的古藤，盘根错节地紧紧连在一起，形成命运共同体。两个前干涧村何不如此呢？张雪松路上告诉我：“去年八月间，河北那边雨大泄洪，刘海燕书记打来电话，告诉我洪水奔这边山涧来了，有危险。我挂掉电话就赶紧开车到了险情处，果然看到洪水从上游奔泻而来，我下车就往回跑，沿着谷底挨家挨户敲门让村民转移，救下十多名村民。”

重走天津前干涧村，我眼前一亮，小山村愈发漂亮了，一栋栋农家小楼排排林立，乡间大道笔直开阔，花草满目，音乐入耳，画匾招展，一股浓浓的文艺气息扑面而来，好一派旅游小镇风光。一路上，那绵延十公里的古长城，串起的四十户农家院、六个精品民宿格外显眼，八年未曾谋面，这个村俨然成为全国闻名的旅游村。

“每年奔三界碑的游客不少，摄影爱好者、驴友，还有很多外国人都来这里旅游，有一年接待的韩国游客就有一万人左右。现在农家院每年每户平均收入都在十万元以上，规模大的一年可以赚五十万元以上。过去卖不出去的苹果、山梨，游客来了就抢着要采摘，借着旅游也都成了抢手货。”村民对我说。

八年前还在推广“观光游”的天津前干涧村，如今正在向“休闲度假游”转型，还吸引不少年轻人返乡创业，引来不少北京、河北投资客，来寻找发展机遇。五月间，北京一对小两口在村口开了一家民宿，还未开业，预订爆满。客人入住前，小两口忙着对客房里的卫浴用品、投影仪等设施设备做进行检查。“之前有个同事在这边开了个民宿，我们是过来捧捧场看一下，来了之后，感觉这边山也好，人也好，环境也好，我俩一合计，就决定在这投资。半年后，这个民宿就开业了。眼下民宿已经开始盈利。”女主人说，“说实话，这还得感谢村委会。我们跟房东初次见面就签约了，其实双方没有建立什么太大的信任，因为村委会出面签约，我就感觉干啥都敢干了，很安心。”

这个村的党支部书记刘志军是个“90后”，眼下正谋划着联合红石门村和河北前干涧村的村民，打造高端民宿群，打造三界碑度假小镇呢。巧的是，在对面山脊上，平谷区“90后”的返乡青年常毅伟投建的三界碑帐篷露营地也拔地而起，他正在谋划和两个前干涧村合作开发三界碑旅游。我灵机一动，马上给两位致力于打造三界碑旅游的年轻人“牵了线，搭上了桥”。不一会儿，大山两头，两位年轻人拨通了电话，相谈甚欢……

我和友人行将离开时，望着远方那块亮眼的三界碑，不禁浮想联翩：有一天，我会再来三界碑的，早晨在天津前干涧村爬长城，中午在河北前干涧村沐浴森林氧吧，晚上露营北京红石门村观赏星空……这是一次多么奇妙而惬意的旅行啊。那些在过去看来不可思议的事情，有望在不远的将来化为诱人的现实。

回望三界碑，那座枕着长城，挽着泃河，伴着金海湖的界碑，仿佛在对我微笑，笑得是那般迷人，那般可爱。

（韩梅，北京日报社国内国际新闻部高级记者、散文作家）

追梦的小溪

◎ 刘慧娟

相遇那条小溪，是一个盛夏的上午。

阳光将金色的光针，投射在小溪清澈的水面，每朵水花都熠熠生辉。蜻蜓自由地翻飞汲水，蝴蝶绕着时间起舞，溪水因此更加欢快，如同穿上新衣的少年或戴着心仪发饰的少女，蹦蹦跳跳地奔跑，仿佛追逐美丽的童年。

接近村庄时，面对左岸一望无际的庄稼和右岸大片大片的桃园，流水的脚步突然慢了下来，小溪若有所思地打了旋转，像望着田野作画，又像沉吟思忖。逡巡之间，便蜿蜒环绕出几块绿草覆盖野花点缀的浅滩。

溪边的田间路旁，传来一阵清脆的对话和朗声的笑声，震得时光及流水的影子，在乡村的光阴里发颤。庄稼与桃李丰收在望，流水的心愿落到了实处。阳光及风儿，也像受到花香果馨的感染，在一派祥和的田园景致中，舒缓地铺张放大，蔓延。一切，都云淡风轻起来。

这时，天、地、人、景，彼此物我两忘，都进入小溪流哗啦哗啦的欢乐境地。

“这条小溪，是北京市平谷区金海湖镇的小溪。”随行的工作人员梁超说。

“它不是普通的小溪，它是不受时间限制和时令制约的小溪，一年四季奔流不息的小溪。”任何时候，都可以看到沿途溪水的河床里，一丛丛泉眼，汩汩盛开着溪水的花朵，倾吐来自地壳深处的芳华，川流不息，从不停歇。

小溪具有与众不同的个性。内心燃烧永不熄灭的火焰，热情持久不变。

即使在白雪皑皑的隆冬，奔流在旷野的溪水，始终保持着十三摄氏度的恒温。这珍贵的寒冬暖意，护佑并滋润小溪河床的四季如春。花草树木，始终保有翠绿葱茏的生态盛况。

溪水是天然的泉水，水质达到一类标准，可以直接饮用。赶路的旅人或劳作的农人，口渴的时候，仰头畅饮一瓢，清冽甘怡，回味无限，倦意顿时烟消云散。保持温度不是目的，而是更好地造福于人，服务于社会，演绎了名副其实的“泉水叮咚响”欢歌，是有温度更有态度的小溪。

作为纯净直接可供饮用的溪水，是经过怎样复杂的锻造和潜心修炼而来的呢？

钟灵毓秀的山川，一定会有人杰地灵的造化，早听说这里有一处泉水，可以直接饮用，饮之不但心旷神怡，而且能治疗慢性病，长期服用可以健身美颜，还可以长寿，人们赋予泉水“长寿神水”，还说村里百岁老人比比皆是……可否就是这条小溪的泉水呢？

这些清清亮亮的水来自哪里？又将流向何方？不是说水也是有灵性的吗？也是汲取美与能量的生命的个体吗？

时间急促，这些悬于心中的疑问，一直留存在脑际，未及询问。但看到很多人围着溪水指指点点，唏嘘感叹，恍惚感觉这是一条追梦的小溪。

的确，小溪一边不停地追着梦，一边又在不停地编织着梦。而且，梦就在前方，五颜六色。有的远在天边，是供内心憧憬或未来实现的。有的近在咫尺，触手可及，侧耳就能听到回音。

在金海湖黄草洼村头的大核桃树下，几位农家婆婆一边做着手中的针线活儿，一边有一搭没一搭地说着话。她们谈论的内容丰富多彩，海阔天空。讲电视小品及娱乐节目的精彩片段，她们引用电影、评书及国学中的俚语金句，偶尔感叹一下人生。当然，她们谈论更多的是身边日常生活息息相关的事情。由桃子的收成好于往年，外乡人不远几百里来到桃园下订单，谈到儿孙们的学习成绩及大学之梦，甚至儿孙们结婚的婚房。

不经意间，每个人都在描绘着农家美好的梦。画面中既有田园风光及天伦之乐，也有打马远方的愿景和希冀。

轻松惬意的交谈，助长了溪水的活力，也惹得沙沙作响的绿叶，在风中频频微笑颔首。她们的前面，是核桃及葡萄的累累硕果，背后，是两扇阔可行车的朱红色大门，路过的人，只要稍稍一瞥，便可触碰到农家小康生活红红火火的日月。

千回百转的小溪，兜兜转转曲折蜿蜒，不知穿过几片林子绕过几道弯，欢欢喜喜地流到了一片诗意的谷地。这是金海镇的郭家村谷地。高大茂盛的树林里，溪水和绿荫自然而然地营造了适宜放飞心灵栖息的地方，正是轻奢时髦的网红打卡地，名曰“小溪谷”。

在这充满梦幻的幽深之处，一隅心灵净地渐次进入人们的眼帘。溪谷边的林子里，写意地散落着一片白色的帐篷，像雷雨刚过的森林中骤然生长的白色蘑菇群。一个连着一个。又如夜空中闪烁的星星，散发着迷人而温馨的光芒。

水车、秋千、皮筏、小小的摩天轮等充满现代化的魔具，个个玲珑精巧，温馨浪漫。至于一片片的小田园，更是梦中才有的化境。西红柿、辣椒、黄瓜、小香瓜及西瓜等果蔬，夏日的阳光下闪着诱人的颜色。

这边，是三三两两来自城市的年轻人，在谈论中优雅地享受慢时光。那边，是乐队在演奏青春激昂的摇滚。时间的另一边，又隐隐传来舒缓悠扬的轻音乐。在各种层次错落的景致中，鸟鸣是别开生面的点缀，能掀起无限感慨和丰富的联想。

小溪似乎感觉来到了自己的营地，更加自信积极地释放着自身的魅力。行走路线宽泛起来，溪水更加清澈见底。偶尔遇到狭窄地段，蜂拥着从石头间挤过，又弹奏出悦耳动听的乐音。

小溪谷自然天成，一派真纯梦幻。一湾活水涵养的天地，就像大自然的天然过滤器，铸造了区域绝佳的生态环境，积攒并释放人们希望拉长寿命的成分和因素。诸如负氧离子浓度高,污染指数低或零的情况,是天然氧吧,纯净的水源,新鲜的空气等。繁荣雅致的程度,堪比亚当夏娃的伊甸园。引得远近城市的游人成群结队地光临,络绎不断地分享。

小溪谷这处与心灵衔接得恰到好处的梦中田园风光,只是郭家村众多项目中的一个小项目,它是由政府牵头,以村委会为主体经营,农民企业家王子龙操持办起来的。

王子龙大概介绍过这个项目,他说郭家村北边儿有个小水库,南边儿还有一个小水库,中间夹着片谷地,于是,三点连一线,将三种不同风貌的自然地块,分别装饰打扮经营,中间的六十七亩谷地,南北水库旁边大概有一百亩草地,王子龙拿出一百多万元将三种不同的地块,作了碎片化农地资源整合,征得村集体同意,搞了这个青春诗意的地方。

王子龙说,因为这块网红地,带动了村民闲置房子的新命运。君临小溪谷的人们,流连忘返的心情让他们有住一段时间的愿望,于是,村里闲置房变成了民宿,成了栖息安放灵魂的寄托及处所,也给农民宣传推广自己的家乡创造了难得的机会。过去,农闲的时间,很多劳力都去城市打工,现在,身边的事业都干不完,而且建设的是自己的家园,建设积极性是发自内心的,既建设了美好的家园,又振兴了乡村。所以,想干,也开心干。

新的政策及新的方式,让新时代的农民,有了更新颖更深刻的认识,认知程度不断提高,感觉金子就在自己的一亩三分田,不但不再出去打工,在城市打工的人,也纷纷回乡。围绕政府扶持与政策指引,村民们开始探索社会与精神的需求资源,让快的变慢,慢的变快,各种产业协调发展。整个村子,都在时光的车道上奋蹄扬鞭。

最后,王子龙笑着说:“相遇小溪谷,便相遇了所有美好的事物。”寂寥已成过去,金海湖的各个村子,都在次第经历着华丽的变化过程。流水淙淙,匆匆而行,它究竟要流到何处?

离开网红打卡地小溪谷,溪水也跟随人们的脚步加快了速度。

“喏，最牛的地方是山顶，有没有发现，咱们是越走越高？这叫步步高。”说话的是镇领导沈书记，“如果往回走呢，那就是步步顺啦！”乐观的心态，吉祥的说法，听起来简单易懂，实则蕴含丰厚的内容。

站在山顶，可以看见对面的蓝天下，一片庞大的建筑群坐落在湖光山色中，其中白色的建筑，矗立于辽阔的水面，像极了澳大利亚的悉尼歌剧院。

不用说，这就是大名鼎鼎的金海湖了。

金海湖有“入则宁静，出则繁华”之说，说的是它具有众多吃住行娱乐一体的度假村。至于金海湖名震江湖，那是从20世纪90年代就开始了，因为这里水质好，水面辽阔，青山环绕，风景秀美，曾经多次举办过国际、国内水上赛事。金海湖风景与声望日益走高，在各种生态环境评比中频频得奖。

据说金海湖原本是一个水库，水库上游有座富含黄金的大山，人称大金山。下游又有名叫海子村的村子，故名金海湖。金海湖镇，或许也就因金海湖而得名的吧！难怪有“世界金海湖，繁华已出现”的说法，亲临金海湖，才真实地感受到非同一般。

金海湖坐落在金海镇上宅村之南。据平谷志记载，康熙十八年，平谷及附近地区曾发生过一次大地震，使这块位居北京、天津及唐山三地接壤的三角地带，形成了峡谷。后经大自然风蚀雨濯，地形地貌越发崎崛俊美，加之自然生态保持完好，山水意象，越发审美情趣及观瞻价值，于是，先后有“金海湖旅游区”“金海湖公园”“金海湖风景区”的名称更迭。

原来，那条清澈通灵的小溪，已经在不知不觉中，从容地将我带到了北京平谷金海湖国家4A级旅游景区。

山外青山水外水，层层青山层层绿。环绕金海湖的三重山水风光，还有闪耀着湖光塔、望海亭、锯齿崖、金花公主墓及各个自然景观，而且，每个景观，都身披生动传说的光芒。

据说金花公主是金代章宗皇帝的女儿，武艺高强，端庄美丽，聪明仗义，可惜年纪轻轻香消玉殒，人们惋惜这样一位才貌双全的公主，在公主墓前雕了一个巾帼英雄塑像，抚慰后世人的惋惜之情。

当一方俊逸野性潇洒的山水，与美貌妙龄且聪明伶俐具有巾帼英雄气的金国公主联系在一起，山便有了剑气，水生出了柔情。

白天，人们解开平日心灵和思想的所有制约或束缚，借助游船、快艇、滑索、水上摩托、水上飞伞等四百多种水陆空娱乐项目，在水上主题乐园释放生命的自由与快乐。

夜晚，万籁俱寂，一天中的欢笑和歌声，尖叫与感叹，都随着黄昏的降临而慢慢落下帷幕。这时，青山与绿水有了陶醉后的安静，山水在森林中互放光华，湖面转为鱼与水鸟的世界。

绿头鸭及同伴翻动翅膀，冷不丁拍出的水声，引得白鹳和大天鹅机警地昂起了漂亮的长颈，快速探测周围的动静，海鸥，苍鹭偶尔在夜晚的湖边斜飞，划出几道半圆弧线，而鸳鸯们，却带着相亲相爱的温情，早已进入甜美的梦乡。

尽情玩耍一天的游人，在大自然宁静的华美中，渐次进入“夜阑卧听山湖声”的化境。

这时，我突然想起了引导而来的小溪，可是，在泱泱湖水面前，已经不见了它的踪影。我有些遗憾，也有些惋惜。我问同行的人：“那条小溪呢？”

回答说：“金海湖镇的小溪有八十多条呢？你说的是哪一条？”我因回答不出那条小溪的名字语塞。而知情的金海湖镇工作人员梁超，早已乘车返回。

条条溪流理应归入大湖，我这么想。我最先认识的那条小溪或许汇入了金海湖，到达目的地。或许，它长途跋涉另辟蹊径，独自向远方流去，我不得而知。但我知道金海湖镇境内的那么多条小溪，那么多民宿及休闲旅游度假区，它们，都低调奢华地悄悄隐喻在中国乡村建设的时代洪流中，有滋有味地慢行，且行且珍惜地享受生命的过程。

从此，我的内心，日夜便有一条追梦的小溪从心田流过，它追逐着大江大河，追逐着林中的瑞兽与天空中的飞鸟，逐梦而行，叮叮咚咚。

哦！我明白了，因为心有梦想，那条小溪才恒久火热，并永不停息。

（刘慧娟，上海散文诗协会主席、中外散文诗学会会员、贵州省作家协会会员。代表诗集《无弦琴》和散文诗集《白云的那一边》）

将军关秋日

◎ 剑　钧

一

那年春日，我去了平谷的梨树沟，站在沟顶，满眼梨花，一地葱茏，遥遥远眺古火山口、古梨树、古长城，似乎都在诉说着那里的悠悠历史。明朝那会儿，平谷隶属蓟州，一任总兵就是声名赫赫的爱国将领戚继光。卧榻远山的横亘长城中，那残存山野的空心敌楼即为戚大将军一手创建。友人告诉我，平谷的明长城虽鲜为人知，但却独具特色，最应观赏的当为离梨树沟二十多公里外的将军关古长城。这段长城最早是北齐时用石块修筑，到了明朝又重新修建，加砌了烽火台、敌楼。那时的明长城，可谓蜿蜒京城之东的第一要隘。于是乎，将军关便在我脑海里留下了一个深深的印记。

今年秋日，我如愿以偿地去了将军关，两山对峙的峡谷，山峦起伏，秋色满眼。金黄色的草甸，沧桑的石头城墙，还有绿色里的一抹金黄，一抹艳红，似乎都在向我倾诉那悠悠岁月和辽远传说。将军关的秋日，在高远的蓝天之下，和煦的秋风之中，仿佛有一种天成的高傲。她没有春日古长城的盎然春意，却有秋日古长城的勃然秋色，这也许是戚大将军的金戈铁马，得以“秋风扫落叶”的豪气使然。

我踏着窸窸窣窣的落叶，沿着古长城入口的石阶往上走，那便是昔日“一夫当关，万夫莫开”的将军关了。将军关又名“将军石关”，东靠平谷金海湖的茅山，东南临天津蓟州的黄崖关，西北近密云的墙子路关，是明长城拱卫京师的第一重要关口，自古为兵家必争的咽喉要塞。明朝隆庆二年（1568），明穆宗诏命戚继光训练蓟州、昌平、保定等地的士兵，总兵官以下的官员都受戚继光的节制。戚继光到任伊始，蓟州尚有总兵郭琥在位，戚继光屈为总理，无法统一号令。不久，朝廷将郭琥调走，以戚继光为总兵，镇守蓟州、永平、山海等地。戚继光新官上任三把火，复修了将军关，成就了如今北京硕果仅存的明代石砌关城。将军关凌驾于高山峡谷之间，数百载的岁月沧桑，当年雄踞的将军石关，早已风光不再，但从绵延的石砌边墙，仍可依稀辨认出古长城曾经的威灵气势。可谓“残垣北望一平川，绝壁层崖对两山”。

将军关为金海湖镇所辖，是个有山有水的好地方。山峦之间有水流于其间，古称海子。至今仍有以“海子”命名的村落。早在1959年，人们在山间筑起大坝，最初称之为海子水库，后又不断续建，而今有了“金海湖”这个美丽的名字。将军关守望金海湖，背靠湖光山色之美，依偎峰峦叠嶂之骄，怪石嶙峋，秋色迷人。远远望过去，漫山遍野，在秋风的浸染下，一片葱绿，一片金黄，一片橘红……那些飘飘洒洒的落叶，如蝶似舞，扑向了大地母亲的怀抱。

我拾起一片落在脚边的树叶，那是一枚美丽的红叶，有五条纤细的纹路，就像是五根毛细血管流淌着红色的基因。那枚红叶在经历了春的淡绿，夏的深绿和秋的橘红后，也走完了短暂一生，即将化为泥土，去营养明天的红叶。这是一个生命的轮回，一年复一年地与古长城为伴，直到永远。我走入深秋的将军关，感受着大自然的生命魅力，很有一种仪式感。这不禁让我联想到历史的轮回，朝代的更迭，历史人物的交替，都不能改变中华民族的发展步伐。

二

将军关古长城当年选址于两条巨大山脉之间的开阔谷地，凸显了军事防御上的优势。这座石城，除去关隘、敌楼等处用条石作基础，大城由青砖垒砌之外，皆为就地取材，以石垒筑而成，故有粗犷豪放的自然之美。说起明长城的起源，始建于明朝永乐二年，东起丹东老虎山，西至嘉峪关，依山而建，雄浑气派。将军关长城，凭借两山之险，又经戚继光复修之后，光显于世。

将军关东部城墙犹存，但多处坍塌，山峦峰顶有一敌楼，当地人称“正北楼”。现今的将军关段城墙得以初步修复，城楼上比较平坦。站在城墙上可俯瞰周边秋色，远眺对面原野与青山，现点点金黄秋色，很有那么一点沧桑感。遥想当年，戚继光在修建这一带石城时，“因地制宜，用险制塞”，山势低矮处，加高城墙；山势高峻处，修建敌楼，在个别地段还加修了障墙、支墙、挡马墙，使得防区内长城设施最为完备，构筑最为牢固，布局最为严谨。戚继光就是在此巡视布阵，进可攻，退可守，有效地抵御了来犯之敌。他在任蓟州总兵时，多次率兵征战平乱，北部来犯之敌虽数度呼啸而至，却始终无法从将军关口攻入，只得转而进犯辽东。1754 年，戚继光奉旨驰援辽东守将李成梁，并将其击退。凭借赫赫战功，戚继光累迁左都督、少保兼太子太保等官职。这也为戚继光镇守将军石关，留下了一段佳话。

将军关西部有座山势陡峭的金山，并未修筑连续的城墙体，只在关口到金山的山梁上修有一段长有千米，高约六米的石墙，止于山崖之下。当地老乡称之为“大坝墙”。据史书载，山崖顶上有自北向南连贯的石砌城墙，可如今大部坍塌，甚至难觅踪迹，只有零星几座损毁严重的敌楼尚在，在萧瑟的秋风中，与摇曳着枯黄的野草和形单影只的孤藤为伍。若是站在山崖之上，瞭望整个将军关景区，弯弯曲曲的断墙颓垣串连起一座座隐隐约约的敌楼，像是一条随形珠串飘逸灵魂，散发出一种残缺之美。不是吗？那高耸的敌台，那褚红色山崖，那忽隐忽现的墙体，都像是在一个硕大秋天画框里，犹如一个精致的微缩景观。

据当地老人讲，明初之时，将军关尚未修建，此处谷口要隘是由掌管一方的都指挥使司负责镇守。有一年，镇守谷口的都司率军连续击退三次进犯之流寇，大获全胜后，得到朝廷褒奖，并立石为证。据民国三十三年(1944)《蓟县志》载:“石高三丈六尺，兀然矗立，形基状伟，上刻‘将军石’三个大字，为明成化元年(1465)参将王杞书，以示纪念。当年戚继光复修将军石关长城时，那尊巨石就定然于此，想必也是独具匠心，欲以此镇关之石护佑关城。将军关修建之后，遂亦以此石命名。尔后的将军石关，正关上有三层敌楼，内墙有券门可出入，门南为演武场，眼下这块巨石尚在，就立于守关将军点兵处和指挥台边，人称“将军石”。我伫立在将军石前，望着石后的城墙和远方的峰峦，不禁浮想联翩，杜甫的诗句:“车辚辚，马萧萧，行人弓箭各在腰”，犹如一幅幅电影画面重现并跃动于我眼前。将军关的巨石可以作证，将军关的条石可以作证，那些为国家和民族出生入死的爱国志士，世人是永远不会忘怀的，他们就像将军关的名字一样，永远镌刻在华夏文明的历史史册。

三

将军关的秋色，不光美在遥远，也美在当下。一条蜿蜒的将军关古栈道，将遥远的历史与当下的现实连接起来，就像是将军关的石河千百年来，由北向南流淌，不舍昼夜，奔向诗和远方。秋天的山峦，常绿的是松柏，渐黄的是野生的椿树和榆树，渐红的是远方的枫树，还有那漫山遍野做最后释放的各色小花，都在尽力装扮着将军关的秋日。

数百年间，大明将士巡守于重叠山峦，攀爬于山巅城墙之上，石关左右各建墩堡一座，由驻军戍守，在关东上岗处设了关城，并列了城楼三座。其上层布有垛口，中空四壁有箭窗。在城楼底侧驻守着重兵。三个拱门，可通骑往来，传递军报。如若是秋日，蓝天高爽，再配以秋风、秋叶、秋云，也是好一幅边塞秋色风景。到了清代，北部威胁不在，将军关由把总守卫，其拱卫京城的防御功能也减弱了，但将军关仍不失为一处绝美历史见证。我在将军关长城的登高处，远眺对面的群山峰峦，秋色掩映着伸向远方的古长城遗迹，青石、青砖组合的断壁、残堡与修复的城墙相映成趣，似乎是历史与现实的握手，一齐在面向未来。

沿将军关的城墙攀爬到另一道山峦，东向的山峦更高、更险、更峭。那儿的鹰嘴峰，原为一座关城，而今只余北门一处犹存并局部修复。那里的山峰明显高于将军关所在的山梁。鹰嘴楼城墙内的山体发现了古树化石。由此推断，远古时代，那里曾是一片原始森林，其树化石状的岩石环状粗大且密集，形同树根的化石则如同盘虬卧龙，伏于山石上，颇为罕见壮观。我不禁想起，在梨树沟时见到的火山口，便推想到，若在亿万年前，当一片茂密的原始森林被周边的火山吞没时，那些参天大树被炙热的岩浆严密包裹逐渐形成了化石，形成了树化石群。大约五百年前，将军关长城修筑时，工匠们便在此开山取石，使得树化石亮相于世，便形成了今天的奇观。今日一见，恍如隔世，这也许就是将军石关古长城的魅力之所在吧。

将军关下，有一以此关命名的将军关村。我虽未进村，但从古长城上可以隐约看到一栋栋农家小院，整齐排列，倒是颇像欧式别墅。现代的气息让这座古长城融入了时代的色彩。如果是在旅游旺季，我倒更想走进小山村，入住农家乐民宿，品尝一番平谷的乡下特色佳肴：鲜排骨豆角、柴鸡炖山菇、醋熘白菜、炖水库鲜鱼、黄桃罐头、野菜饽饽、小米烙饼……

此时，我走在原野上，脚踩落叶的沙沙细响，仿佛是生命的耳语，在秋风瑟瑟中歌唱，没有一点悲秋的弦韵，有的只是明天的憧憬。天高云淡中，头顶掠过一群雁影，扑扇着矫健的双翅，向着更高的蓝天飞翔，悠然间，我心头一亮，有一种古长城上，“望断南飞雁”的“好汉”感觉。

（剑钧，作家，中国作家协会会员）

靠山集的集

◎ 李树一

时代在进步，经济在繁荣；社会在发展，国力在提升。改革开放以来，随着全国人民幸福指数的不断提高，饮食文化的逐渐普及，食品需求趋于多样化，全国各地富有特色的城乡大集如雨后春笋般与时俱进、层出不穷、花样翻新，北京周边的大集更是在此起彼伏中彰显了时尚与传统的完美结合，深受群众欢迎。这些大集有的是应百姓呼声近些年新成立的，有的是成立多年中间停掉后今又重新复建的，而有的却是几百年来一直就没有停掉过且越办越好越买卖兴隆的，靠山集的集就是其中之一。

靠山集的集，一句话五个字，前后可分为三层意思：即前三个字里包含有两层意思，第一层意思是说靠山集的集是个集；第二层意思是说靠山集这个集的后面有座山，而这座山的名字叫什么却没有说；后两个字首先肯定了靠山集的集确实是个集，而且强调了靠山集的这个集是谁的集，自拟答案则给出的是靠山集的集，无形中指出了这是一个村庄的集，而这个村庄的名字恰恰就叫做靠山集。

我这么解释似乎有点繁乱，但有一点可以明确肯定，靠山集的集的确是靠着大山的一个集。这一点已经定不可疑，有考察为证：据考察，靠山集的集五个字里尚未可知的这座山的名字叫元宝山，因其外貌远观近看都像一个大元宝，故得此名；又因从前元宝山上长满了荆棘、茅草和灌木，所以，靠山集村的老辈人，都管元宝山叫茅山；再往前可追溯到六百多年前，明代的靠山集人，称元宝山为碣山。碣在中国汉字里的主要字义是指圆顶的石碑，如残碑断碣、墓碣等，而山最早则见于金文，其本义是地面上由土石构成的隆起的部位，由于高耸被引申出“大”的含义，又引申出“坟墓、隐居之处”等含义。因为靠山集村地处碣山脚下，所以靠山集的集在明初时被称为碣山集，清代又改称为苛山集。为什么清代改称为苛山集呢？我想，因为苛字本义是小草丛生的样子，大概是清代的靠山集人，将灌草丛生的元宝山，与山脚下商贸繁荣的集市，紧密联系到一起的缘故，所以才改称碣山集为苛山集的吧，但这也并未可知，只是猜想而已，还有待于进一步考证。可是，后来演变为今称，这可是尽人皆知的大白话了，省略了以往碣山、苛山的烦琐，只取了一个山字，前加一个靠字，意思便直截了当，呼之欲出，因此，这个集就叫了个靠近大山的集即靠山集。

集，顾名思义，它是商贸聚集的市场，也是民间商品按照自然规律自由交易的场地。据《易·系辞》记载：“日中为市，致天下之民，聚天下之货，交易而退，各得其所。”就是说，古时候的集市，早晨和上午就已经开始了，到中午的时候为齐集之时，集上百货俱全，人山人海，公平交易，到下午的时候人们便逐渐散去了。所谓“集有期，约定而俗成”就是这个道理。古人到集上去，有固定的时间和地点，到集上去的目的不同，叫法上也各不相同：管到集上买卖东西叫“赶集”或者“上集”；没什么事到集上参观、散心，漫无目的的闲逛，见可买的东西就买点儿，无可买的东西也很开心，称为“逛集”；交易按规定时间结束以后叫“散集”。

集，历史悠久，史料中多有记述。据史书记载，早在唐末宋初就出现了季节性的集，出售的都是一些季节性的商品。宋人赵忭曾经在他的《成都古今记》中，写下了“正月灯市，二月花市，三月蚕市，四月锦市，五月扇市，六月香市，七月宝市（用多种宝物装饰的器物），八月桂市，九月药市，十月酒市，十一月梅市，十二月桃符市”的文字，即可作为佐证。但后来也有非季节性的集，销售的都是些生活必需品和日常生产、生活用品，如粮、菜、鱼、蛋、肉、禽、畜、茶、油、酒、米、面、糕、锹、镐、锄、犁、刀、布、鞋、簸箕、笤帚等。

靠山集村是北京市平谷区东部的一个自然行政村，归金海湖镇管辖，西距平谷城区十八点六公里，距金海湖镇政府驻地三公里，上（宅）陡（子峪）公路经村中间通过，西（樊各庄）烟（筒岭）公路自村北过境，通有29路公共汽车，地理区位紧邻河北省的兴隆县和天津市的蓟州。村西北部、北部、东北部三面环有群山，与东部、西南部的平原合为一体，地理形状犹如人的左手掌，靠山集村就是左手掌的掌心，而村北的元宝山就是左手掌的大拇指。村内中街正南，有华北地区罕见的始建于明万历四十六年（1618）的倒坐观音庙，庙内正中供奉着送子观音像，东侧为地藏菩萨，西侧为药师佛，廊墙处绘有伽蓝菩萨和韦陀护法影像。村东有从多处山脚汩汩而出的黑枣树根老泉，因其年代久远，泉水依然丰沛，潺潺穿村流过，更显弥足珍贵。靠山集的集真正形成大集规模是在明代，迄今虽已越六百多个春秋，但却仍然保持着自然发展的状态，尤其经过六百多年的历史更迭、社会变化，现在已经是京、津、冀周边村民重要的生产、生活用品和农副产品交易的集散地了，被誉为北京东北部地区最大的一个集。

据清康熙四十三年（1704）《蓟州志·市集》记载："苛山城每逢二七日为集"。就是说，靠山集的集在清代时就已规定，每月农历的逢二逢七日开集，正常情况下，每年至少要开七十二个集日。如果有特殊需要，随时可提前通知加集；或遇突发灾害性天气及疫情等重大公共事件时，也可随时通知停集。总之，无论是加集还是停集，都会进行得井然有序，往往根据实际情况，准确地做出加停集时日的临时性调整，加停集时日过后，按部就班，每月的逢二逢七正常开集时间可继续进行。时至今日，靠山集的集依然沿袭着这个传统。每当开集之日，京、津、冀三地邻近城乡百姓客商云集于此，从最初的驴搭马驮、肩膀挑、小车推，到现在的电动三轮车、小型货车、大卡车运输，与时俱进，今非昔比，货物源源不断地运来，什么粮食、山货、谷米、蛋类、调料、蔬菜、瓜果、特色小吃应有尽有，农用产品、生产资料、家庭用品、日用百货一应俱全。春天，这里的树苗子最全；夏季，这里的凉席你随便挑选；秋季，这里的水果、各种豆类品种齐全多样；冬季，来自河北兴隆、天津蓟州、内蒙古等地的牛羊肉格外新鲜。大集除满足了本地区周边几十里以内百姓的日常生产、生活需要，增加本地区农民自产的农副产品、蔬菜、水果以及地区土特产的交易量以外，同时满足了京、津、冀三地邻近城乡百姓的农副产品交易和商品采购的需要，也提高了京、津、冀三地邻近城乡百姓的经济收入。2016 年，靠山集大集被认定为区级非物质文化遗产，使得这百年老集愈加繁荣起来，并逐渐向现代化业态转移，成为搞活地区经济的一大亮点。

熟悉大集情况的人都知道，赶集、逛集其实是一件非常惬意的事情，不仅能给人们带来物质上的满足，更能给人们带来精神上的享受。不少人喜欢逛集，他们一旦钻进纵横交错的集市，就迷失在熙熙攘攘的人间百态中，沉醉在儿时记忆的乡土味道中，什么兴隆的酸梨、唐山的杂粮、蓟州的红果、三河的卤水豆腐、张家口的山药蛋，在集上都能买到。从前，河北兴隆和天津蓟州来靠山集赶集、逛集的人，甚至要徒步翻山越岭，天不亮黑咕隆咚时就得上路，如今很多外地的城里人，也常驱车不远百公里前来赶、逛靠山集的集，或许是靠山集的集历史悠久，牵引着他们的一段乡愁，或许是靠山集的集名气大、货品全，他们坚信到靠山集的集上走一趟，肯定能买到他们想买在别处又买不到的东西，或者就为了十足地滋补一下干渴多时的心理需求而已。

到靠山集的集上去赶集、逛集是京郊人的传统，尤其是金海湖附近的农村一带，当地小卖店货物有限，人们大部分的生产、生活必需品和日常生活用品，都要到靠山集的集上去买，即使不买什么东西，也愿意到集上逛一圈儿。到靠山集的集上去赶集、逛集，似乎成了家家户户日常生活中必不可少的一个项目。随着国民经济的恢复与发展，社会购买力迅速提高，人们对生产、生活必需品和日常生活用品的需求日益增长，靠山集的集便在原来规模的基础上，迅速兴隆壮大起来。在一些上了年纪的京郊人的记忆里，每次到靠山集的集上去赶集，都像过年一样热闹，有人甚至还把在集上的感受编成了文艺时调唱出来，唱词曰：

爷儿俩赶集看不暇，
人山人海闹喳喳。
东街贸易栈，门口挂牌价；
西街摆地摊，百货样儿杂。
小伙儿买锄头，姑娘选花袜；
老婆儿办食材，
萝卜白菜袋里装，
地瓜粉条肩上搭
…………

改革开放以后，为了方便人们购买商品、日用品和修理生产、生活用具，平谷附近郊区县共同组织手工业者赶集，一是活跃物资交流、出售产品，二是扩充大集项目、承揽修理业务。手工业者没上集以前，农民到靠山集的集上买把能当小斧子用的名牌山镰刀、独乐河的山镐等品牌农具，得跑很远的路；手工业者上集以后，农民们可以到集上任意挑选，如果需要特殊规格的，还可以在集上订货，到家里或者是下一集取货。

随着城市化脚步的日益加快，京郊的许多大集逐渐被商场、超市和便利店所取代，但靠山集的集仍然定期开市，并且红红火火，集上每每人头攒动，人流熙熙攘攘，到集上来出售商品、赶集买货的人，仍然车水马龙，络绎不绝。那么，靠山集的集是凭借什么样的实力，在百花齐放的商品大潮中站稳脚跟，聚拢人气，开拓发展的呢？其实，这个问题在我的脑海中，已经思考很久了。记得那还是在去年春上，我在构思靠山集大集题材怎么写的时候，在提纲中提出了这个问题。动笔的时候我在想，要想回答好这个问题，就必须到大集上去考察一趟了。于是，我放下笔，在一个大集开集的日子，起了个大早，走进了靠山集的集。

靠山集的集历史悠久、名气之大、有较深厚的人文底蕴，京、津、冀尽人皆知，这倒不必细说了。靠山集的集货品全、花样品种多、有特色，这倒是需要隆重地介绍一下的。我想，靠山集大集在六百多年里始终红旗不倒，也许与它有较深厚的人文底蕴、较高的人气、务实的经营理念有关。

这究竟是一个什么样的大集呢？这是一个位于靠山集村村南，背靠高山，面对东西昌金路、南北宅陡路交会的十字路口，右邻将军关石河的河套西部，一个偌大的路边空旷场地上的大集。早在唐末宋初，这里归古幽州管辖。当时，北宋时期的游牧民族就在这里开放了榷场，由官方组织管理，百姓积极参与，公平交易，买卖自由，为明代以后的商贸活动繁荣发展，奠定了基础。这里的每一寸土地，似乎都见证过有史以来的商贸云集。所以，今天这里才理所当然地成了北京东北部郊区的一个最大的集。

靠山集的集上，不仅有蔬菜水果，板栗、蜂产品、绿色杂粮、土鸡蛋、食用油等农副产品，果脯、驴打滚、年糕、冰糖葫芦等特色休闲食品也很丰富；北京的黑猪肉、酱卤肉、冷切肠等肉制品、二锅头酒系列，应有尽有，花样不断翻新；还有景泰蓝、玻璃制品、羽毛画等工艺品和服装服饰；而且高品质的“洋货”也加入到了靠山集的大集中来，数不清的进口食品、日用品、生鲜品、保健品、化妆品，均以优惠的价格出售，走的是跟本地的土特产品一样的亲民路线。

我走进大集，首先进入我视野的是一对中年夫妻。他们来自广西，在这里做生意已经八年了，逢集必来。妻子给人的感觉真诚、善良，而且绝对能管得住身边的丈夫。他们经营的产品有自制的粉条，张家口土豆粉制作，五元钱一斤。还有晶莹透亮的地瓜粉条，八元钱一斤。红小豆四元钱一斤，玉米面三元钱一斤。蜂蜜泡中草药十元钱一斤，里面有藏红花和罗汉果等多种中草药。他们经营的黄豆豉颜色纯正，两元五角钱一斤。小米是山西沁州产的黄小米，油光闪亮，一看就是新小米。

第二个映入我眼帘的是个卖古玩字画和根雕的大哥，一米八多大个儿，黑红脸膛，五大三粗，怎么看都不像个搞艺术的。然而，此人手脚相当灵活，尤其书法造诣很深，双手能写梅花篆字，左右开弓，双管齐下，作品深受人们喜爱。可遗憾的是，他的书法不卖，只供人们欣赏、招揽人气。他卖的都是些柏木的物件，物件上雕刻最多的就是葫芦和花瓶之类的玩意儿，直径一般都在十厘米左右。经过抛光的柏木，显出特有的淡黄色，呈现出美丽的花纹，很是诱人。地面上除包裹严实的古玩字画以外，还摆放着一个根雕的鹿头。鹿头两耳灵动，眸边有轮，鼻直口阔，目光炯炯；鹿头上还雕刻着一对儿鹿角，鹿角对称着左右分开，呈树木的枝杈状；再加上整个鹿头和鹿角的根部局部重点佐以些许鹿毛，鹿毛上涂以活鹿的三原色，跟真的鹿头放在那里一模一样。

这位大哥的摊位摆得很宽也很长，里面除了古玩字画和根雕以外，还有琳琅满目的工艺品，什么青铜小人、马踏飞燕、泥秦俑、小瓷墩、瓷娃娃、瓷枕、红木手串、碑刻拓影、毛边纸书、旧书等。旧书堆吸引了我，我蹲下来，拿起一本纸很薄有些发黄的书翻看。当然，翻看这种书需要小心，因为有了年代，纸脆。由于我今天的任务不是来淘书，所以就在众多的旧书里扫了一眼书皮儿，发现有《四体百家姓》《三国演义连环画》《聊斋志异》《本草纲目》《李太白集》《杜工部集》《唐诗品汇》等。不知道这位大哥祖上是干什么的，但我知道，一般不是祖传，这些旧版书在市面上很难见到。

第三个吸引我目光的，是距卖古玩字画和根雕大哥摊位约三十米距离，中间隔着三个摊位的一个卖折扇、雨伞和拐杖的摊位，也就是在根雕大哥这儿再往前数第四个摊位。出摊儿的是位老者，满面红光，精神矍铄，看年龄也就五十出头儿，一问惊悉已经七十有三了，据说还是一位出色的民间艺术家，诗、书、画、雕刻，无所不能。认真观察老人家经营的产品，发现的确很有艺术特点：折扇带花草的一把也没有，扇面儿上一律是字，大小各种字体的书法俱全，在狭小的扇面儿上，营造出了独特浓厚的书法艺术氛围。扇面儿上的这些字，均出自于老人家本尊之手；看雨伞，江南美丽柔情呼之欲出。伞盖儿上的画面儿，均为才子佳人、河湖岸柳，简约中不失细节，大方中略带娇羞，含情脉脉，楚楚动人。这些画面儿，亦为老人家个人才情的充分显露；拐杖更是一绝，材质有枣木的、黄杨的、紫竹的、紫檀的、花梨木的、山刺儿的，等等，全都是些珍贵的实木，塑料、金属、化学合成的一个都没有。这些珍贵的实木，均被老人家精心制作成丁字形、拐角形、弯钩形的高品质拐杖出售。拐杖的把手处，都有简单的雕刻，花鸟鱼虫皆在其上，活灵活现，栩栩如生。尤其龙头拐杖，势如蛟龙出海腾空，叱咤风云，威风凛凛，呼风唤雨，搅动天庭。拐杖的下端，都设有固定的不易被看见的抓地装置，时刻保护着主人的出行安全。

老人家出售的产品虽好，但也不尽是赞美的声音。当时，在我身边，就有人对山刺儿拐杖提出了质疑，说："什么山刺儿、山刺儿？分明就是花椒木嘛！"老人家闻听此言也不急，笑呵呵地给人家解释，说："是花椒木不假，我也没说它不是花椒木，但我更愿意叫它山刺儿。因为山刺儿看着形象，叫着顺嘴儿，听着更有个性。"按照老人家的说法儿，我拿起一根摊床上的山刺儿拐杖，从头到尾，仔仔细细地端详了一番，确实看到了它怪诞的生长过程和不可思议的纹理形象。于是，我意味深长地抚摸着拐杖上不拘一格长出来的刺疙瘩，默默地肯定了老人家"接地气"的叫法儿。

往里走，新鲜的东西更多。许多的海产品，已堆满了市场的一隅。卖豆腐、酱菜的摊贩，都在极力地吆喝着自己的商品。听他们的声音不是当地人，交谈后才知道，他们来自河北的滦县、天津的蓟州等地。转过弯去，就是卖柴鸡蛋、红果干儿、豆角干儿、葫芦丝干儿的摊位。豆角干儿我太熟悉了，我小时候我们家的园子里年年架满豆角，连园子的围栏上都爬满了豆角秧，吃不了，我母亲就用线绳将豆角穿成串晾到屋檐下，冬春作为缺菜时的补充。可是在我的眼前，葫芦丝干儿我不认识，我问那像线绳一样缠起来卖的东西是什么,摊主告诉我是葫芦丝干儿。葫芦丝干儿我在饭店里吃过不止一次,葫芦丝干儿炒瘦肉很好吃,但是在集上我还是第一次见到原材料的真面目。

再往里走,除了花花绿绿的服装鞋帽以外,还能看到许多只有金海湖边才有的老物件儿。比如,蒲墩、蒲包、蒲囤子、苇笆、苇茓、苇席、蝈蝈笼、蓑衣、草帽等。这些东西都是用蒲草、水葱、三棱子草和芦苇等水生草本植物精心编制而成,而这些水生草本植物又是有湖有河有泡子有池塘地方的特产。而没有这些特产的地方,能工巧匠们只能用玉米皮编制。除此以外,我还在摊位上看到了按对儿卖的菱角,每支搭送一张大荷叶的莲蓬,栽植在特制瓦缸里的大小迷你王莲、睡莲等。因为我从小在沙湖边儿上长大,我们那儿的沙湖里,也盛产着蒲草、水葱、三棱子草和芦苇等这些水生草本植物以及菱角、荷花等水中特产,所以,当我看到用这些东西编织的器皿和那些水中特产时很亲切,有一种一见如故的感觉。

在蒲草、水葱、三棱子草和芦苇等水生草本植物制品和水中特产的对面,我忽然发现了一口铡刀,这东西只有上了年纪的人才认识。过去,乡亲们用它铡饲草喂养牲畜;药铺里用它铡草药配制汤药。可是,这口铡刀既没有铡饲草的铡刀那么大,也没有铡草药的铡刀那么小,而且它刃口的两边还用铁质的料卡子包着。也许我的知识不够全面,也许我的见识还存在偏差,对于这口铡刀,我一时还真不知道它是干什么用的了,但从它木质架子磨损的程度上看,年头已很老是板上钉钉的了。在此,我只能肯定地讲,它确实是一口铡刀,干什么用的就说不清楚了,遂问摊主,摊主微笑着,也只是不好意思地摇摇头而已。

走过铡刀,一处摆满虎头鞋、虎头帽、虎头枕的摊位又吸引了我。一位正在挑选虎头鞋的老人告诉我,她这是专门买给自己刚周岁的小孙子的。老人家说:“还是这纳的鞋底子好穿,既保暖,又透气,又凉爽,小孙子穿上这虎头虎脑的鞋,定会免病免灾的了。”旁边一个摊位上,摆满了笤帚、菜板、盖帘儿，还有铁皮浇花壶和铸铁大锅。摊主说：“这些东西好多老年人用着顺手，特意从城里过来买。”这里不仅有民俗产品、老物件，还有老年间的吃食，用糯米面和大黄米面做的豆包，油光发亮；发面做的米饽饽、玉米面发糕，宣腾腾，散发着独特的味道。

再往前走，土特产及蔬菜摊位，几乎占据了大集的一半区域。瓜果蔬菜，肉蛋禽粮，山区特产，冻柿子、冻梨、婆婆丁、苦碟子、粉肠等，都是当地人自家产的、野地里挖的。这个季节，正是青菜上市的时候，所以，各种小青菜就摆了出来，一块钱一把，新鲜水灵，便宜得很。自家地里种的西红柿，看着青，可里面沙甜，好吃得很。自己晒干的蒲公英，从地里挖来的，论袋卖，一大袋子才二十元，够吃好久的了。还有自产的干花椒，味道醇正；十块钱一根的大麻花，挺有天津的味道。粉糕炒着吃、凉拌都可以，就这么直接吃也行。应季的西瓜十块钱四斤，香白杏有八块钱一斤的也有十块钱一斤的，保真大樱桃十五块钱、十八块钱一斤不等，质量和品相随你选。两块五一斤，或者十块钱四斤、五斤的香瓜，不但品种多，价格也很便宜。葡萄的价格一直以来维持在十块钱左右，看来一时半会儿没有降价的趋势。不过，十块钱两个的火龙果，别的地方已经有降到十块钱三个的了，估计这里下集也会降到十块钱三个。两块钱一斤的国产香蕉已经是行情价了，估计没有再降价的可能，其实这就已经是很实惠的价格了。

土特产及蔬菜区域，不但直接卖成品蔬菜，而且还卖菜苗。喜欢田园生活体验的城里人，可以买点儿，回家种在阳台上，自己种菜自己吃，也是一种不错的生活方式。

在这个土特产及蔬菜区域里，常见的蔬菜有：芹菜、蒜薹、蒜苗、圆白菜、旱黄瓜、莴笋、西葫芦、苦瓜、大白菜、冬瓜、白萝卜、胡萝卜、水萝卜、辣椒、水黄瓜、西红柿、豆角、油菜、花菜、土豆、大葱、生姜、大蒜等，几乎每个卖蔬菜的摊位上都有这些个品种，而且新鲜，价格也比较均衡，没有发现随便涨价降价搞不良竞争的现象。

在这个大集上，粮油副食，鱼肉蛋禽，自然是会有的，价格也很实惠。来自农家的纯正柴鸡蛋，才九块钱一斤；北方人手工腌制的咸菜，二十来样拼斤卖，才八块钱；北方大酱，北方人家家户户餐桌上无冬历夏不能缺少，营养丰富，滋味好；新鲜的猪血豆腐、热乎的卤水豆腐，还有来自三河的特产五香豆腐片，在这个大集上散发着自己独特的芳香。各类香料在这里也是从未缺席的，中国美食丰富的味道，很大一部分就得益于它们。这里有现磨的胡椒粉，老远就能闻到一股浓香。泡水喝的金菊、下酒吃的花生米、蚕豆，要么是自家炒的，要么是自己晒的，与超市里包装好的相比，风味要纯正得多。至于猪肉，前槽肉八块钱一斤就能买到，后丘肉九块钱一斤，五花肉也不过才十一二块钱一斤，跟前两年相比，价格降了很多。卖猪肉的摊贩很有经验，在用木板搭起的架子上，摆出一溜大盆，每个大盆里，都满满地装着从猪身上分割出来的东西，有猪蹄、猪头、猪肠、猪肚、猪肺、猪心、猪油、猪皮、猪尾，还有用猪血灌成的猪血肠半成品。

紧挨着卖猪肉的摊位，是卖水产品的摊位。鲜活的鲤鱼、鲫鱼、草鱼、鲢鱼（花鲢白鲢）、滑子、泥鳅等，活蹦乱跳，价格合理。遇到图省事回家就炖的买主，摊主可为其免费宰杀，干净利落，宰杀完还不忘把鱼泡泡塞进鱼肚子里。冻成坨的有鱿鱼、墨鱼、刀鱼、鲳鱼、鳕鱼、鲅鱼、比目鱼、令吉鱼等，基本上都是海产品，享受出库价格，保证冻鲜质量。哦，对了，即将夏天，小龙虾也大量上市了，夏天正是吃小龙虾的时候。当然，也不能忘了其他虾类，草虾、海虾风味不一，品质不同，野生的养殖的都有，金海湖里的也有，价格各不一样，这个买的好与不好，需要买主要有丰富的经验和眼力才行。

时间在飞快地流逝，看看时间，已近中午。逛了半天的大集，肚子有些饿了。我来到美食区域，想吃点东西。这里有烤冷面、凉皮、凉面、鸡蛋灌饼，还有煎饼、果子、牛肉面和奥尔良烤鸡等。因为我喜欢吃面食，所以就排在了牛肉面队伍的后边。来一大碗牛肉面，就算是今天的午餐了。吃饱喝足，也差不多快要到散集的时间了。

根据半天的考察，我粗略地计算了一下，今天，靠山集的集上摊位差不多达到了五百个，人流量大约能达到三万人。我不禁想，这个号称一脚“踹”三省的地儿，果然是名不虚传。实际上，在这半天的考察时间里，我还得到一个信息，那就是在我禁不住赞叹赶大集快乐、大集最热闹的时候，一位大嫂告诉我，赶大集最快乐、大集最热闹的时候不是现在，而是年集。年集是什么时候？大嫂告诉我，是每年的腊月二十三左右。于是我当即决定，今年年底我一定前去赶一次靠山集的年集。

记得老北京曾经有一支说唱童谣，在平谷的金海湖一带尤其盛行，其中有唱词这样写道：

小孩儿小孩儿你别馋，过了腊八儿就是年。

腊八儿粥喝几天，哩哩啦啦二十三。

二十三，糖瓜粘。二十四，扫房日。

二十五，炸豆腐。二十六，炖羊肉。

二十七，宰公鸡。二十八，把面发。

二十九，蒸馒头。

这首童谣生动地描绘了北京人过年前该做的准备，人们曾经在这首欢快的童谣声里，憧憬着过大年的情景。过大年，在过去也曾经是人们一年中最热烈的盼望，尤其是乡村人，更有甚者是乡村里的孩子们。尽管忙忙碌碌，但却按部就班、有条不紊，而且充满了乐趣和希望。在这些烦琐却温馨的准备中，很大一部分是在准备过年的吃食，过年挂的、贴的、用的必需品，有条件、有情趣、讲究一点的人家，还要准备几件北京风物，人们把这些东西统称为年货。到了一年的腊月下旬，大部分人家就把家里所有的年货拿了出来，检点一下，缺啥少啥好到靠山集的年集上去买。

去年腊月二十三过小年儿的前一天，腊月二十二，正是靠山集的年集开集的日子。为了体验生活，考察靠山集年集的快乐、热闹和红火，我起了个大早，天没亮就上了路。那天的天气真好，一丝风都没有，我根据深邃的天空中，星星眨眼闪亮的程度，判断天亮后定是个风和日丽的早晨，而后阳光会大好。我憧憬着，赶年集的人肯定会熙来攘往，把个年集挤得水泄不通。

果然不出我所料，当我几经反转，弃大路走小路，赶到集上的时候，太阳已经升起老高，集上几乎没有一点儿空地儿了，黑压压的全是人和货物，远近人声嘈杂、群情鼎沸，买卖声四起。靠山集的年集果然厉害，规模和货品比平时增加了近一倍。

增加最明显的就是年货区域。

在年货区域的吃食摊位上，我看见了羊肉片儿、冬储大白菜、卤煮火烧、关东糖、冰糖葫芦、腊八儿蒜、炸丸子、豆儿酱、芥末墩儿、冻饺子、煎饼馃子、艾窝窝、糖杂面儿、江米面儿、煎灌肠儿、杏仁茶、油茶面儿、热茶汤儿、蜜麻花儿、豆腐脑儿、醋调凉粉儿、豌豆黄儿、玻璃粉儿、甑儿糕、驴打滚儿、羊胡子糕、打糖锣、猴拉稀、蛤蟆骨朵儿、刮刮肉、豆汁儿、饽饽、切糕、扒糕等。

在这些老北京人过大年必须准备的吃食中，我最喜欢羊肉片儿和冬储大白菜。在我的记忆中，羊肉片儿数张家口大尾巴肥羊的最好，内蒙古锡林郭勒盟黑头白羊的次之。看了看摊位冰柜里的羊肉片儿，两样都有，我不禁微笑着冲摊主伸出大拇指，为他点了一个大大的赞；大白菜人人喜欢，几乎是“国菜”，熬、烧、炒、扒、熘、做汤、凉拌，乃至包饺子、蒸包子样样拿得起来。有一道“开水白菜”是川菜的头牌。白菜品种很多，做醋熘白菜要选择北京地区产出的青口白菜，棵大粗壮，叶厚瓷实，帮子长，韧性大，特别适合醋熘。看了看摊床上的大白菜，全是青口大白菜，堆得高出人头，尤其吸引买者的眼球。

在年货区域过年挂的、贴的、用的必需品摊位上，我看见了灯笼、春联儿、门联儿、福字儿、挂旗儿、年画儿、剪纸、窗花儿等。

在这些老北京人喜爱的过年必须挂的、贴的、用的必需品中，我最喜欢年画儿和春联儿、门联儿。在我的记忆中，年画儿是家家户户过年必不可少的，除了毛主席去安源、各族人民大团结的年画儿外，还有骑着大红鲤鱼的胖娃娃，踩着风火轮的“哪吒闹海”，剧照一样的梁山伯与祝英台，《红楼梦》里的林黛玉和贾宝玉，电影剧照《英雄儿女》《柳毅传书》《西厢记》《桃花扇》，古代四大美女，麻姑献寿，嫦娥奔月，仙女下凡，天女散花等。看了看摊床上的年画儿，五彩缤纷，题材广泛，看得我眼花缭乱，但在这些年画儿中，最吸引我眼球的，要数北京市平谷区总工会美协副主席王刚先生《靠山集大集一角》和《丫髻山金顶》两幅绘画作品了。这两幅作品曾经在2017年，入选过平谷区文联主办、平谷区美协承办的“今日平谷·中国著名画家平谷写生作品展”。而对于春联儿和门联儿来说，我再熟悉不过了。当年，我就曾亲自撰写过春联儿、门联儿到集上去卖过。我们那时，也有把春联儿叫炕条儿的。那时，我写的春联儿是把长方形的大红纸，从长边上裁下六厘米的一条，用金粉特别调制的金黄色墨汁，由上往下竖着写春联儿的词句。至今，有一首春联儿的词句还停留在我的脑子里，词句曰：

春风春树春水流，春花春草放春牛。
春花开在春园内，春鸟落在春树头。

这还没完，在这四句的下边，还要写上四个字，即：

新春大吉！

最后的感叹号要斜着写，这样既美观大方又有艺术感染力。写门联儿较之写春联儿要随意一些，一般门联儿的词句都是因户而异，最常写的有：

天增岁月人增寿，春满乾坤福满门。

又是一年芳草绿，依然十里杏花红。

生意兴隆通四海，财源茂盛达三江。

向阳门第春常在，积善人家庆有余。

春前有雨花开早，秋后无霜枝叶鲜。

天恩春浩荡，文治日光华。

横批多是写些比较开心、有意义的吉祥话儿，比如：

春光明媚，万象更新，人勤春早，

五福临门，人寿年丰，春风化雨，

福星高照，吉祥日暖，天地同春。

看一看眼前的摊位上，似乎没有春联儿，不知什么原因，而门联儿却非常多。我扫了一眼，门联儿的词句竟然都是一些新词儿，金字、黑字的都有，上写着：

改革开放春风暖，民富国强万家欢。

创大业千秋昌盛，展宏图再续辉煌。

花灯灿烂逢盛世，锣鼓喧天颂华年。

雪掩山城增秀色，人驱冠疫沐春风。

闭户封城同抗疫，迎风冒雪共倾情。

横批也别有新意：

辞旧迎新，国泰民安，春回大地，

财源广进，居安思危，永保平安。

想想我先前写过的春联儿、门联儿，词句似乎已经“OUT”了许多。看来，想要与时俱进，不被社会淘汰，迅速迎头赶上去为正理。

在年货区域的京郊风物摊位上，我看见了牙雕、玉器、漆器、地毯、景泰蓝、玻璃器、匏器、绒制品、泥塑、面塑、毛猴儿、鬃人、绢花绢人等。

在这些老北京人喜爱的京郊风物中，我最喜欢漆器和毛猴儿。在我的记忆中，漆是用割漆树流下的汁液制成的，是人类最早使用的防腐剂，把它涂在碗、盘、杯、盏、盒、家具等上，就叫做漆器。古代最早以木胎骨漆器为主，汉代以后除涂在木胎骨上以外，还涂在麻、布、竹、陶、铜、铁、角、皮、骨、石、金、银、铅、象牙、缯帛、玳瑁等胎骨上。漆器讲究漆层涂得次数越多越好，工匠们在越涂越厚的漆器上用刀刻点儿花儿，用笔描几下作为装饰，这就赋予了它以雕漆的工艺，千百年来深受人们的喜欢。看了看摊床上的漆器，有瓶、盘、箱、盒、罐、几、杖、文具、玩物等，多以红色为主，也有黑色的，图案有云龙、山水、人物、楼阁、亭台、花卉、禽兽等，均栩栩如生，温情脉脉，雅俗共赏。毛猴儿三四厘米高，浑身布满密密麻麻的棕色或白色的细绒毛，通体稍有些透明，是一种供人们玩赏的精巧的手工艺品，尤其是小朋友们的最爱。看了看身边摊床上的毛猴儿，乍一看，还以为是真毛猴儿的标本呢。听摊主介绍说，他卖的毛猴儿，都是他自己亲自采集的知了壳和玉兰花儿的花儿骨朵(即辛夷)制成的。制作时可花了不少的工夫，得先将带有绒毛的玉兰花儿的花儿骨朵挑出来，进行处理后备用，以作毛猴儿的身子，然后再将截取好的知了壳的头和爪子，用特制的胶水粘到身子上去，最后再一个个地做出各种姿势来。我贴近了毛猴儿细看，确实发现每一个毛猴儿的姿势都不相同，正如摊主说的那样“千姿百态”，确实别有一番风趣。

我环顾四周，年货如海，顾客如潮。面对着年集的规模之大、货品之多、货源之广、人员之杂、特色之鲜明，我忽然产生了一个奇怪的想法。我想，如果将靠山集的集按地方特色和民族风俗、风情分成组团，比如分成东北组团，四川组团，陕西组团，山西组团，山东组团，湖南组团，广东等地方特色组团，或者分成内蒙古组团，宁夏组团，新疆组团，图们、延边等少数民族风俗、风情组团，每个组团选出一名团长，专门组织当地货源，形成产、供、销一条龙经营服务，从源头上杜绝假冒伪劣产品的出现。这样一来，不但地方特色货源有了保障，也不影响京郊百姓的自产自销，而且大集还得到了长足的发展，更重要的是方便了全国各地在京群众的购买，尤其是外地在北京及京郊的上班族，可以直奔自己熟悉的主题、味道，购买家乡从小就用惯了、吃惯了的用品和食品，省去了以往到集上后先寻找再选购用去的大把时间，岂不是三全其美的好事。

再往前走，一片空地上货架琳琅，友人告诉我，那是应市场需求，为平谷大桃修建的一个大桃专卖市场。这是靠山集村党支部为了解决大桃销售旺季，果农销售难问题专门建立的。为改善市场环境，使村民文明经商，村党支部还筹资建立了商品一条街，两排二层小楼，有七十户村民或购买或租赁在此经商。大集市场和商业街在逐步改善中逐步吸引着各地商户，商户越来越多，逛集、逛街、售卖、买货的人也越来越多，发展势头很好。

据可靠资料显示，目前，大集占地面积达到五万平方米，每逢开集之日，来大集做店经商的客户平时就已经超过了五百户，集上共建有固定摊位和临时摊位七百余个供人们选用，大集人数最多时已经达到了七万两千余人，商品成交额一度达到了五千万元以上，平均每个摊位的人均月收入都超过了两千元，直接或间接地解决了几千人的就业、生活问题。这一成果，着实值得庆贺。然而，更值得庆贺的还有，市场中的八个专门管理人员中，有七人是靠山集村的村民，他们的工作任务是管理市场、维护市场的正常交易秩序和保证市场环境的干净整洁。他们都很热心诚恳，无论谁遇到困难，都勇于挺身而出，努力帮忙解决。可以肯定，这个百年老集，在现代化商品交易中的强大支撑作用已越来越被人们认可和重视。

靠山集的集，历史悠久的集，与时俱进的集，历久弥新的集，开拓进取的集，海纳百川的集。相信靠山集的集在这个特殊的困难时期，定会以超强的自信心，优良的传统观念，科学的管理理念，与全国人民一道，共渡难关，经受住疫情的考验，战胜疫情，凝聚力量，蓄势待发，再创辉煌，以其更大的发展空间和规模，更优秀的服务质量，回馈京、津、冀周边广大人民群众一直以来的拥护、支持和爱戴，共同把靠山集的集建设成为具有中国特色的，老百姓心中时刻也忘不掉的集。

（李树一，生态文学作家，代表作《儿时的记忆》《在科尔沁沙地里》《树海人生》等）

北京有片金海湖

◎ 吴颖丽

在秋光烂漫的时节，我又一次驱车80余公里，赶赴金海湖的秋天。

浸润在金海湖的山水斑斓里，我不由得兀自遐想，也许，爱上一座城，应该是从爱上这座城的一山一水、一草一木开始的。

不是吗？每当我们追忆故乡，脑海里首先演映不绝的，不就是那些亲切的山水吗？祖居江南的人，想到南风习习的小桥流水，自会莫名激动，心有微澜。而世代生活在北疆的人，总能视朔方风雪如寻常，全然无视那些外地人所谓的凛冽——因为那些凛冽，本就是他们的生活。

我出生在呼伦贝尔，确切地说是呼伦贝尔市额尔古纳右旗(现称额尔古纳市)。即使从初中一年级就离开额尔古纳右旗，成为一名海拉尔二中的住宿生，并从此远离那片山水，由海拉尔而哈尔滨，由哈尔滨而北京，走上了许多僻远之地的孩子们所共同走过的去乡求学、自我发展之路，转眼荏苒到中年，成为"别人眼里的业有所成人士"，也算是走过了"万水千山"，见过了"千秋风景"的人。然而你要问我最想到哪里去，我还是会毫不犹豫地回答你，"回到故乡去"——每逢节假日回乡探亲，我总会像同乡们所感叹的那样，"只要开始筹划着回去，就觉得浑身上下哪儿哪儿都舒服。只要踏上回去的路途，就看着哪儿哪儿都顺眼"——故乡于我，最不能忘的，当然就是那条"蜿蜒流淌的额尔古纳河"——小时候，那是年轻俊美的父母骑着轻快的自行车，载着我和弟弟常去光顾的地方。在那条亲切的额尔古纳河边，母亲会怡然自得地清洗她心爱的衣物，父亲会怡然自得地垂钓休闲。而我和弟弟，不是用空罐头瓶“舀”小鱼玩，就是躺在河畔的青草地上，晒着午后暖暖的太阳，做着只有年少时才会有心情做的梦——每每忆起那段时光，我的鼻翼间似乎还会飘过那些丝丝缕缕的青草香，那些再也找不到的芬芳。

1986年，我考入东北林业大学，平生第一次坐上老旧的“绿皮火车”抵达了我的“第二故乡”——素有“东方小巴黎”之称的北方名城哈尔滨。在那个美丽的“冰城”，我度过了宝贵的大学时光，遇见了属于自己的爱情，并走上了人生中的第一个工作岗位，成为一名“哈尔滨人”。回眸在哈尔滨度过的十五年光阴，最令我怀念的，还是松花江上的太阳岛，是松花江畔的斯大林公园——太阳岛，那是我和大学室友常去游玩的地方，也是父母第一次到哈尔滨看我时一起饱览江上美景的地方。而斯大林公园的江边人行道，则是我和爱人谈恋爱的“打卡步道”，更是我们在婚礼当日拍摄了许多难忘瞬间的“外景地”——至今，被充当摄影师的同学用心抓拍到的几幅“甜蜜镜像”，仍旧摆放在我的书桌上——我想，这些镜像中的我和他，还有松花江步道上那些亲切的松林，以及投射在松林间的那些斑驳的暖阳，就是我那段光阴里最美丽的珍藏，最美丽的梦想。

而“北京有片金海湖”这个“山水收获”，则是我到北京工作从而成为一名“北京人”多年之后的意外惊喜。

2018年的秋天，为了陪爸妈看看京郊还没看过的风景，我在网上各种搜索，无意中看到了关于金海湖的简介。“哦？北京还有这么个好去处？要不咱就去转转？”，听到我说金海湖景区素有“小北戴河”之称，爸妈表现出了浓厚的兴趣。“果然是仁者爱山，智者爱水呀。”我一边和爸妈玩笑着，一边做好了“金海湖自驾游”的出行准备。

有些人，有些事物，是“相见不如想念”。而金海湖则不。它属于那种“越远离越想念，越贴近越爱恋”的别样去处。

金海湖，得名于它所依傍的那座大金山，和它所坐落的海子村，以及那一池波光粼粼的碧水。据平谷县志记载，清康熙十八年（1679），北京平谷、三河一带曾发生过大地震，形成了一处河峡谷，也就是金海湖的前身。1959年，当地15000多名平谷儿女勠力苦战，就地辟建了水库，并亲切地为它命名“海子水库”。海子水库解决了当地蓄洪、发电、灌溉等生产生活的主要水源问题，是平谷区最大的水利工程，也是北京市四大水库之一，正经拥有过一段响当当的“水利万物而‘有’声”的高光岁月。20世纪90年代初，金海湖又凭借它三面环山山山叠翠和四季皆景景景怡人，凭借它85%的森林覆盖率和6.5平方公里的宽阔水域，成为集“我爱北京山和水旅游活动”优秀景点、北京市首批市级风景名胜区、文旅部国家体育旅游示范基地、国家生态旅游示范区、首届北京网红打卡地等美誉于一身的国家4A级旅游风景区，成为白鹳、黑鹳、大天鹅、灰鹤等60多种珍贵水禽的重点栖息地和京郊第三大红叶观赏区，作为“生态平谷”的金名片，吸引着爱山爱水爱自然的人们一次次来到平谷，一次次来看金海湖的春夏秋冬——我和爸妈第一次看到金海湖的时候，正逢它多姿多彩的秋日盛景——那秋阳的柔软，那秋风的和缓，那秋水的潋滟，那秋叶的浪漫，时隔多年仍记忆犹新。而彼时那溢满身心的山水芬芳，交织着互文着，与爸妈彼时那舒心的笑意一起，稳稳沉淀在我记忆的深处，温暖明朗，如梦如诗。

赶到金海湖的时候，我又一次恰逢它静美的午后。泛舟湖上，游弋在秋光轻笼的如梦山水里，我在想，做一个平谷人是幸福的，因为他们拥有美丽的金海湖。做一个北京人是幸福的，因为他们拥有大运河拥有八达岭，拥有这水蓝色星球上独一无二的大风景。做一个中国人是幸福的，因为他们正在绘就着一个伟大民族的复兴梦。

是的，做一个心中有山水的人是幸福的，因为山水之间可容梦。

（吴颖丽，中国作家协会会员，中国少数民族作家学会会员。代表作诗集《达斡尔艾门之歌》及作品集《温暖的世界》）

“大医”护卫金海湖

◎ 陈剑萍

引子：森林火灾是森林三大自然灾害之首，森林防火事关林业生态安全和人民群众生命财产安全，防止森林火灾的发生保护林业生态建设成果，北京市平谷区金海湖镇的人们，为了护卫美丽的金海湖，“大医”在行动。

金海湖镇地处北京市平谷区的最东部，从地图上看，它像是背靠着北京市挺直脊梁伸出双手的青年，每天从这里迎接京城初升的第一缕阳光。这里，有距今六七千年的上宅文化，享有“东有上宅，西有周口店”的美誉；这里，明长城蜿蜒纵横、恢弘雄伟，长城文化、宗教文化、民俗文化氛围浓厚，百年老集“靠山集”历久弥新；这里，是一个山清水秀的地方，森林覆盖率高达 87%。古老而又年轻的金海湖镇，青春昂扬，生机勃发。

然而，2019 年夏日发生在这里的一场山火，让人顿生痛感、刻骨铭心。那是 6 月 24 日下午，金海湖镇洙水村南突发山火，晴朗的天空下，浓烟从升起到大火蹿到山顶前后不到 10 分钟，火苗高达几十米。一时间，一辆辆红色的消防车呼啸着奔赴火场，火灾现场先后调集了 22 支森林消防队伍及武装民兵，经过 800 多人 4 个多小时的协同作战才把明火全部扑灭。事后查明火灾过火面积超过 100 亩，火线长度约 200 米，起火原因是本村一位患有精神疾病的老人烧荒。

金海湖镇，东临天津蓟州区，北临河北兴隆县，镇域面积 130.4 平方公里，山区面积大、林区分布广，其中生态林管护面积8万亩。据2010年《北京市平谷区志》记载，平谷区有230年至560年的古树58株，其中金海湖镇有古树侧柏、油松、国槐、银杏18株占平谷区古树的31%，87%的森林覆盖率更是使得这里成为森林防火的重点地区。而土壤和地质结构特别适合桃树、核桃和板栗等的生长，其中油松、侧柏、核桃、花椒树富含油脂，村民常年劳作与林木打交道容易失火。同时金海湖镇面对春季少雨、夏季高温、雷电天气较多的不利气象条件；面对偏远山区林木生长茂盛，全面禁烧后可燃物大量积累，森林植物丰厚的自然条件；面对人为违章野外用火风险高，供电设备、车辆事故等易发，垃圾自燃、雷击起火、火源繁多难控的客观局面，笔者从北京市园林绿化局了解到，2022年北京地区的森林防火期从10月1日开始比往年提前了整整1个月，金海湖镇更是在各个进山口增设防火检查站、安装警示牌，安排专人看守，严格实行“入山登记、出山销号、禁带火种”制度，生态护林员全部上岗，实行24小时值班和巡查制度，开展消防安全应急演练，真正做到抓地有痕、落地有声、定点把守、重点防范森林火灾的发生。

金海湖镇有28个村，其中山区、半山区18个村，3.4万人，共有生态护林员404名，森林火情瞭望塔1座和一个23人的森林消防中队。护林防火实行瞭望塔瞭望员观察、生态护林员巡查、消防中队检查的三级查看制度，区、镇、村三级森林消防体系，实行林长制负责、京津冀三地联防管理，这为金海湖镇筑牢了森林防火屏障，守住了环金海湖的这片绿水青山。

朗朗秋日，我有幸探访金海湖镇的护林防火工作，开始了一集、一湾、一关、一湖行。

悠悠古韵靠山集

靠山集村在明代已经成村，自古的农贸集市延续至今，每月农历逢二、逢七日开集，覆盖周边40多公里的京津冀地区百姓。在新冠疫情发生之前，我来赶过大集，商贩最多时一天有一千多个，赶集三万多人，大集上售卖的多是当地的农业特产，集市上欢声笑语，高高低低的叫卖声就像是说唱竞赛似的此起彼伏，演奏出乡村恢弘快乐的交响曲。

金海湖镇森林防火队队部坐落在靠山集村。这天上午，我来到预约好的金海湖镇森林防火队，进门办公室衣架上一套深蓝色日常训练服、墙上一把军绿色水壶吸引了我的视线，水壶下方标签刘云凯。墙上张贴着一长串林长制制度，有金海湖镇林长制组织结构图、林长名单和责任区、工作职责和培训制度、办公室成员单位和责任分工等，而彩色的百万亩造林初步选址范围图上大面积的绿色让我眼前豁然一亮。

初次见面的金海湖镇森林防火队队长李铜个子不高，国字脸上两道浓黑剑眉，额头上刀削斧刻般五条深深的横向皱纹。李队长是金海湖镇东水峪村人，当我说明来意，这位56岁的精壮汉子若有所思，声音不高但几乎一字一顿，透着稳重和坚毅。我在笔记本上快速地记录着。

森林火灾，是失去人为控制在林地内自由蔓延和扩展对森林、森林生态系统和人类带来一定危害的林火，是一种突发性强、破坏性大、处置救助较为困难的自然灾害。防止森林火灾是我们工作的重中之重。

金海湖镇山场面积13万亩，生态林面积8万亩，生态护林员404名。镇里成立了镇级护林防火指挥部，负责全镇的护林防火工作。在发生森林火灾时，镇、村、企业等各级防扑火组织机构统一由镇护林防火指挥部统一调度指挥。按照上级部门制定的“五个一”即一支队伍、一张图、一辆车、一根管、一个向导的工作体系在金海湖镇有林村逐步落实。在2020年金海湖镇政府为完善林木病虫害防治、森林防火等工作机制，投资200多万元加强了对防火设施设备、森林防火队员等方面的建设。为了加大“三烧（指烧纸、烧荒、烧垃圾）”管控，镇里自筹资金增加13名平原管护员，及时清理重点地区的林下可燃物并对镇边界地带增加防火隔离带，有效地防止了过境火的发生，也确保了金海湖镇 2021 年以来森林火灾的零发生。

2019 年 2 月，靠山集村、洙水村各有一个村民焚烧秸秆儿树叶，执法人员当场指出并责令其立即改正，依据《中华人民共和国大气污染防治法》对违法人做出罚款。现在各村的大喇叭里每天都会循环播放护林防火的宣传常识，对于烧荒行为查到一起处罚一起，具体处罚由烧荒人子女代交罚款，烧荒人自己到村里广播站读检讨书其自然是羞愧难当，大家也引以为戒。这是一种很好的群众自我教育方式。

林长制与护林防火工作是什么关系呢？李队长饶有兴趣地说：

从大的方面说，上至各省设立总林长，由书记、省长担任，下到市、县、乡（镇）、村、生态护林员的六级林长制体系，生态护林员是林长制工作机制的最后一公里，责任尤其大。林长制有组织落实森林草原防灭火的主要职责，主要任务坚持森林草原防灭火一体化，落实地方行政首长负责制，提升火灾综合防控能力。我们金海湖镇林长制总指挥是书记沈立军、镇长曹静。

上午例行的巡查李队长带队出发后，我和健谈的副队长王振立、刘云凯继续聊。

森林防火队现有 23 名队员，常年实行准军事化管理，年龄结构从 30 多岁到 50 多岁的队员不论是平时训练还是防火巡查以及火情出警，火警面前从来没有一个队员退缩过。出警时携带的水带很重，尤其是车行不便时大家都抢着轮流背，真正的兄弟情。工作中各部门支持配合、齐心协力，年年工作都有新起色。

每天早上，一辆黑色小面包、一辆白色皮卡迎着朝阳出发，防火队两组队员每天两次巡护在山区、半山区的 18 个自然村，对各村的进山森林防火检查站卡口巡护，检查护林员的上岗情况，确保 24 小时有人值守，遇到“三烧”第一时间“打早、打小、打了”，将火灾处理在萌芽中。

“过年的时候能歇歇吗？”“不能，越是过年越忙，神经绷得紧紧的，不敢有丝毫放松。大家有在队里值班的，有在分片定点巡护的，从年三十下午听着辞旧岁的鞭炮声，一直要到大年初一中午鞭炮声真正落了才能回到队里。过年在家守岁饺子是吃不上的，与家人一起守岁更是奢望。你问李队长啊，他在家排行老二，老母亲跟着他过，这一晃 20 多年了他就没有在家过过年。哎，我们都习惯了。”

说话间，刘副队长拿来生态护林员橘黄色的马甲给我看，李队长他们巡查回来了。我问起金海湖镇哪个村的护林防火工作做得好，李队长剑眉一蹙，脱口而出：“都不错，黑水湾、将军关两村名列前茅。走，我们去实地看看，一看你就明白了。”

黑水湾旁淘金村

黑水湾村地处山区，北依金水湾，南临金海湖，群山环抱，距镇政府驻地 4 公里，地域面积 11.98 平方公里。村有山场 11401 亩，种植有松树、柏树等树种还有自生的灌木草丛，林区有水源地 1 处，森林覆盖率高达 90%，这里自古盛产黄金，有长达千年之久的淘金文化，在京郊颇有盛誉。

我们来到黑水湾村村委会，党支部书记王秋力介绍说，黑水湾村是一个拥有 1805 人、540 多户的大村。过去多年采金，山林生态几乎破坏殆尽，近年来政府全面严格禁采，村里开展植树造林，发展林果业，利用村东山地发展大枣产业，村北以板栗、核桃、柿子为主加快果品生产发展，村民走上了致富路。林长制的实施保证了黑水湾村护林防火落实工作到位，村级林长就是其本人。

告别王书记，漫步黑水湾村，只见街道上干干净净，绿树葱郁成荫，坐在门前聊天的老人家脸上洋溢着幸福的微笑，孩子们欢快地追逐打闹着，我也情不自禁地享受着幸福时光。

黑水湾村的进山防火检查站是座瓦楞铁搭建的小屋，门前立着蓝色的宣传牌上一只灭火卡通吉祥物黄色的小老虎看着颇为喜人，上有“森林护我家，防火靠大家”及进山通行二维码。李队长向门前的生态护林员翟大哥介绍了我。

我走进十多平方米的检查站，发现了白墙上字迹潦草的一首小诗，经仔细辨认才轻声读出“护林员不怕寒，风雨无阻来上班。护林员不怕苦，上班想起两万五。”我悄声问：“这是谁写的？”“我们的生态护林员每年都换，时间长了，不知道是谁写的了。嗯，我还真没注意，挺有意思，我们就是这么做的。”黑红脸膛、腰杆笔直的翟大哥颇有些自豪地说。

旁边的生态护理王大姐，看上去五十出头，一双笑眼，穿着白地蓝花的短袖上衣。我问起平时卡口的值守有困难吗？“还行。”接着她像数来宝似的说起了森林防火的三字经：冬春季，草木干，防火期，须切记。星星火，万分险，若麻痹，酿祸端。扔烟头，祸无边，惹山火，心何安……接着她笑着转过头来看看李队长，“大兄弟，我说的对吧？”

翟大哥快 70 岁了，他早先骑摩托车巡查，如今改骑电动车，每天上、下午在黑水湾村的各沟道卡口巡护检查，有时也和生态护林员进山巡查，一天跑下来总有二三十里地，一坚持就是十几年。他说最喜欢的是雨天、雪天，因为这样的天气是护林防火人的节日，可以减少外出巡护，能休息休息。说到高兴的事：“村里书记信任，大家伙支持，每天巡护路上见见护林员，聊上三两句家常话顺便叮嘱几句，护林防火工作就落实了。说起来大家伙几天不见还挺想。”我问起生态护林员的工资，他有些不太好意思，“好在卡口是 24 小时大家轮流值守，谁家有个大事小情请个假，大家都相互体谅。家就在咱村上，地里的活儿自己抓紧时间干，中午还能回家吃饭，虽说每月 638 元是不多，但是一年下来也有七千多元呢。如今生活好了，国家照顾咱们，从 18 岁到女的 65 岁、男的 70 岁都可以申请当生态护林员，这也是为咱们自己的家园做贡献。”乐天的老哥，我相信随着国家经济建设的发展，一定会更加重视生态建设，生态护林员的福利也会不断改善。

“突突突”，一辆红色的农用大江三轮摩托开到了卡口，开车大哥掏出手机扫码，护林员王大姐与车上的大妹子乐呵呵地聊了起来："王家妹子，来了，收秋啊？""打点栗子、核桃，明天闺女一家从房山回来，给她们带点。""火种不能进山。大兄弟还抽烟吗？""他去年感冒得厉害，医生让戒烟，戒成了。"原来是村上的邻居，大家一样严格遵守着制度。

我们车行到下一个卡口，见是两位大姐在值班，李队长一声问候，要求进山人员一个个扫码、生态护林员一句叮咛、一纸登记，大姐对我说："别看我们做的是不起眼的工作，但是小事不小，责任重大，必须好好做。"黑水湾村人们的热心、细心和责任心，实在是他们有着金子般的心。

再转回到黑水湾村，大喇叭里响着王书记的声音："秋天天干，大家伙注意了，收了秋也千万不能烧荒，侥幸心理要不得。今天、明天晚上村干部、生态护林员要全员上岗，管好自己的片区……"原来这天是农历的十月初一"寒衣节"。

夜幕降临，硬化了的道路边、十字路口，点燃的一小堆、一小堆黄色的火纸、金色的元宝映红了人们的脸庞，有人在喃喃低语告慰着先人。距离火堆不远处有我们的村干部和生态护林员，他们手里拿着打火把、提着塑料桶眼睛紧紧盯着不远处那小小的火堆，嘱咐人们烧纸后一定用水将火星彻底浇灭。当烧纸的人们离开了，他们又在画有圆圈的一堆堆的灰烬前蹲下身，拿着小棍扒拉着查看，直到见不到一个火星才起身离开。

天边的星星眨了眨眼睛，看着地上思亲的人们，似乎是在述说，这些护林防火人他们也有远去的亲人，他们此刻的哀思该如何寄托？我轻声地问李队长："每年的寒衣节，您有过和家人一起为亲人烧纸送寒衣吗？""那会儿正忙，没时间，都是家里人代我烧了。"

第二天，当我离开黑水湾时，翟大哥说："您等等我，我送送您。"

翟大哥的家就在隔着一条小马路的村委会对面，他双手捧着两个拳头大、橘红色的大柿子送给我，"这是我自个家树上摘的，绿色有机，欢迎您有时间再来。"翟大哥，翟本成，黑水湾村63名生态护林员的队长。

长城脚下将军关

将军关村境内拥有15公里的明长城，东与天津蓟县接壤，北与河北兴隆毗邻，是明代万里长城进入北京段东端第一座重要关口，历史上为咽喉要道，兵家必争之地。将军关村2006年被评选为“北京最美乡村”，路边的农家乐牌匾颇具特色，赏心悦目，村民已经有三期搬入了新村。当我走进窗明几净的村委会，说明来意后村主任朱振平打开了他的话匣子。

将军关村山场面积1.5万亩，人口1700多人，生态护林员50人。自从2017年马家沟山火发生以后，我们汲取经验加大了管理力度，村里成立了村级森林防火指挥部，班子成员全部为防火成员，制定了森林防火24小时值班制度，重点防火时期班子成员全部在岗。实行了林长制，资源管护网格化，村智能广播每天播放森林防火宣传通知书，张贴标语，发放宣传手册，动员党员代表管好自己的家人和亲戚朋友。严格村生态护林员队伍的管理，村里有专职干部负责森林防火工作，生态护林员队伍中选出了一名队长，实行层层管理每天签到，并签订防火责任书，同时完善防火物资，村里还成立了一支15人的专业扑火队伍，投资5万元，配备了一辆微型消防水车，从2017年后就再没有发生过森林火灾。一口气说了这些，朱主任自豪地笑了。

“嘭嘭嘭”，屋外生态护林员队伍的队长孙德柱到了，我迎出去，发现他墨绿色的小三轮车前挡风玻璃上贴有一块平谷区森林防火指挥部颁发的金色标志牌“森林防火巡查员”。“这是我的第二块标志牌了，早前发的时间太长也太旧了，这是新的，挺好。”

进屋后我一问孙队长才一答，他紧张的额头上冒出汗，一旁的朱主任轻声安慰着他。

“我们这有金山沟、花狼沟、马家沟、北东沟、牌楼沟、二道沟和长沟，每个沟口都设有森林防火进山卡口。村里现在有 50 名生态护林员，我每天骑着小三轮去巡查两三次。干习惯了，有时候也有烦心事，但是看看林子、看看天，每天和护林员打交道，挺开心的……”我倾听着他讲的平凡故事，感受着护林员的纯朴和执着的情怀，默默地记在心里。

2011 年春天，山间高压线的电塔上一只花喜鹊在来来回回地奔忙，它时而叼来树枝、草毛，时而叼来落叶、棉絮，不一会儿，它竟然叼来的一根长长的铁丝，不经意间把它搭在了两根电线上，一刹那间空中滚落了一个硕大的火球，杂草及灌木火借风势、风挟火威，一场山火瞬间照亮了阴霾的天空。生态护林员见了第一时间报告给了孙德柱队长、村委会和金海湖镇森林防火队。火情就是命令，村里的生态护林员们快速地加入到了紧急扑火的行列。

清明节前，生态护林员已经摸清了自己管片的公坟、散坟地处的位置，村里逐一落实好了看守人员，提倡一枝鲜花祭亲人，村委会自筹资金买好鲜花提供给村民，强化火源管理，禁止焚烧可燃性祭品，实行生态护林员全员上岗严防火种进山，对于在路口烧纸的组织人员看守，叮嘱必须灭掉火源。从小处入手动之以情、晓之以理的做法得到了村民的支持和拥护。

车行途中，我问年轻的司机防火队员小王上山打过火吗？第一次扑火是否害怕？“打过火，不怕。我们平时严格训练，真正打火时老队员、队长他们都冲在前面，就是所说的榜样的力量是无穷的。李队，是吧？”我听到后座上李队长的笑声是那样的坦然。

平谷区素有“中国桃乡”之称，车子行驶在美丽的桃林路上，拐弯就到了下个入山卡口。

对开、一人多高的绿色铁栅栏门是半开的，大门两侧红地白字宣传牌“用火切莫进林地，小树成材不容易”，门头上方醒目的是“强化火源管理，严防森林火灾”。

我笑着问：“大姐，现在大家护林防火意识强吗？”两位生态护林员你一言我一语："都挺强，大家遵守，好着呢。""这不是咱们自己的家吗？如果真的着了山火，那可不得了。"

大门上挂着灭火的火把子。"不沉，我们平常都备着。一旦有火，我们第一时间打早、打小、打了。"

走进旁边的森林防火站，墙上张贴着森林防火检查站工作制度 6 条、工作职责 4 条，清晰简明；2022 年日历下方印有平谷区和金海湖镇森林防火指挥部以及镇林业站的电话；墙上挂着红色微型消防站，里面有灭火器等小型灭火设备；电源插头旁贴有提示"下班拔掉电源"。这森林防火站有五六平方米，里面仅有一张单人沙发和一把折叠椅，可小屋给人的印象整洁而温馨。

李队长对我说："将军关村的森林防火工作领导重视，走在了各村的前头，特色是村里出资修建了入山卡口的围栏和大门，配备微型消防站。你看，精神面貌多好。" 离开这里前，我和自豪的满眼笑意的生态护林员合影留念。

来到真正的将军石关前，只见将军关长城大部分建筑已经损毁，现在仅存关城东侧的敌台遗址，关城两侧连接的是平谷区唯一的一处以砖作为墙体建筑材料的古朴沧桑的长城段。为了保护古长城而建立的围栏上面挂着红地白字的横幅大标语，"森林是万物之家，森林防火靠大家"，使人感到历史与现实在这里交汇。我们沿着村边的小路步行上山去看进山的卡口。

"李队长，来啦。今天这是第几个点啊？"隔着一条深沟，对面一位用簸箕在簸粮食的大姐笑着大声地与李队长打招呼。"您都熟啊？""差不多。天天各村的跑，乡里乡亲都熟。"

登山走不远，路边一块蓝地白字的大牌子"未开放长城，禁止攀登"。旁边的路坎上坐着两位身穿生态护林员橘黄色马甲的老大姐，她们笑着问李队长："检查啊？""陪陈老师来看看。"

我问老大姐："您这儿是进山的卡口检查站吗？""是。山坡太陡了，检查站的小屋还没能运上来安装呢。快了，对吧？李队长。”

“夏天热背阴处呆呆。冬天冷只能多穿点儿衣服。还行，晒晒太阳。前些天来了两个老哥要上山，我们好言相劝，要求他们交出火种，可是真不听。我们就讲这有明代的长城，还有这么多的松树、柏树、橡树，杂树更多，入秋了落叶厚实容易着火。正好孙队长巡护到这儿，我们一块儿才劝住，他们自己乖乖地下山去。”就在我和蔡大姐、岳大姐聊着发生在卡口的故事时，李队长却往山上巡查去了。

“大医”护卫金海湖

金海湖位于平谷区城东15公里处，距北京85公里，水域面积6.5平方公里，现在是市级风景名胜区和市级旅游度假区，国家AAAA级景区。金海湖三面环山、峰峦叠翠，现有游船、快艇、蹦极等娱乐项目，堪称水上嘉年华，更有横山将金海湖分成了南湖和北湖，可谓满园秀色在一湖，一湖秀色在横山。金海湖是个山水宜人来了就不想走的好地方。

金秋的金海湖，不寻常处还在于它是北京唯一的一处可以乘船全方位观赏红叶的绝佳旅游处，黄栌、元宝枫、火炬、红栌、臭椿、黄金槐等树种将漫山催红，五彩步道上游人如织。我漫步湖边神思，耳边似有松涛、湖波在轻轻低语，眼前战国时期的魏文王、神医扁鹊宛然从历史画卷中缓缓来——

恢弘的王宫大殿上，魏文王问阶下站立的扁鹊：“你们家中兄弟三人都精通医术，谁医术最好？”扁鹊抬起头，缓缓地说：“大哥最好，二哥差些，我是其中最差的一个。”魏文王不解。“大哥治病，是在病情发作之前，那时候病人自己还不觉得有病，大哥就下药铲除了病根。二哥治病，是治在病情初起之时，一般人以为他只能医治轻微的小病。而我的治疗是在病情严重之时，在经脉上穿针放血，给皮肤敷药治疗，所以人们都以为我的医术最高明，名气因此响遍天下。”

风儿更轻，涛声更柔，但思古念今，扁鹊的大哥治疗的是未病，给今天的我们在护林防火工作中以启迪，遵循安全第一、预防为主的方针，防微杜渐，把事故消灭在萌芽之中，问题就能迎刃而解。

金海湖镇共有 28 个村，我仅仅到访了靠山集村、黑水湾村、将军关村和金海湖，镇里的每一个村都像是镶嵌在环金海湖这条美丽珍珠项链上的一颗璀璨珍珠，熠熠生辉。今天的这里，护林防火意识更加深入人心，生态护林员、森林防火员、各级林长和每位普通的百姓，他们是真正护林防火的大军，他们护卫着美丽的金海湖，守护着自己的家园，他们是绿水青山的守护者，是生态文明的践行者，他们，是护卫美丽金海湖的真正“大医”。

（陈剑萍，《今日国土》特聘生态文学作家，中国现代文学馆义务讲解员）

在金海湖，遇见松树的朋友

◎ 杨奕萍

说起平谷，久居北京的我会想到平谷大桃，还有金海湖。

说起金海湖，不得不提及金海湖北面的大金山。

大金山富含金矿，以前，收入高的矿主一天就能获利上万元，采矿工人每天收入能达到百余元，是闻名遐迩的富裕村，据说 1000 多口人的村庄，一天就能卖掉 5 头大肥猪。

但是黄澄澄的金子背后，却是大金山的不堪重负，碎石遍布山林，河流水质污浊，山峰千疮百孔，植被极其稀落。甚至，村里常年采金的人几乎都患上了矽肺病等各种怪病。

对于一座大山的贪婪欲望，人们是掠夺者、加害者，同时又是受害者，最终只能加倍地去付出，去治理，去挽回。

好在这种觉醒，还不太晚；迟到的纠错，总是弥足珍贵。

而今的大金山森林覆盖率高达 90%，苍峦叠翠，生物多样性得到广泛恢复。原先的淘金者变成了护林员，淘金能手变成了淘金非物质文化遗产传承人。村里建起了生态教育基地，在鸟语花香中，带领游客参观金矿，了解古法淘金术，讲述难忘的淘金故事。

大金山横陈在金海湖的湖心，可谓牵一发动全身，说起金海湖的由来，源于康熙年间平谷的一场大地震，当时半座山咣当当震了下去，震出一道河峡谷。后来河峡谷不断变迁扩容，成为今天的金海湖，北京的三大水库之一。

你看，金海湖的美，在流动，在接纳，在想象。

金海湖的主坝上，由一百多名艺术家花费了近一个月时间，以这块长1500米、高40米的草坪主坝为画布，绘满了毕加索抽象主义色彩的画作，是我国最大的坝体彩绘作品，在2016年获得了“大世界吉尼斯之最”称号，可谓是全球最为壮观的涂鸦了。

坐在草地上，除了这片充满艺术气息的彩绘坝体，还有很多充满灵动色彩的画面，或奔跑的小精灵，或拖着长长纱裙的新娘，周围人再撒上一些白色的花瓣，唯美又浪漫。每次在草坪看到拍摄婚纱照，总觉得像极了长岛冰茶，浓烈醇厚，带有生命的力量感。

这时的天空高旷而深远，只有一片纯净的蔚蓝，向正在休息的草野倾泻。金海湖畔的松树林，独占僻静的一角，就像木心所说：那种静，好像全是为了我似的静。那片松树林，我是它的常客，那是个看着湖面读书和清静的好地方。

我常在想，那压迫着我的，是我那想要外出的灵魂，还是敲着心房，想要进来的世界的灵魂？眼前的湖面和空气完全平静了下来，这样的一个湖，最平静的就是这一刻了，湖面上空沉静的空气，稀薄得近乎透明，水面上清波微荡，倒影轻摇，俨然成了一个对视的天空。

就这样，我坐在松树下，远望那些与地平线相接的苍翠远山或更高的山峰。它们显得更加蔚蓝而遥远。这种纯粹的蓝色是天空，像明净的海水，越来越蓝，越来越浓，像是海水在一层层地加深。

当阳光从云层里探出脑袋的时候，光线轻且薄，像透明的黄金水母，随着光线的增强不断变化着身体的颜色，而头顶的松树叶子苍翠如滴，好似只要一点风，就能从弥漫的诗意中吹出缕缕草木香。

你听，金海湖的静，在自由，在沉淀，在观复。

看着眼前的湖面，想起去年的世界休闲大会在这里召开，以“地域特色、绿色生态、亲山近水”为理念，以“提升生活品质”为主题，其实就是给忙碌的生活注入一些宁静祥和的空气，令世界广阔起来，放缓生活的节奏，进入到慢生活状态，更多地亲近自然，感受世界。

突然一阵叮叮当当的响声，打破了此刻的宁静，而我寻求的视线则被葱葱郁郁的松树遮住了。

站起身，越过松树向声音处走去，原来是一群初中生在老师的指导下搭建移动木屋，一个穿着蓝色上衣的小男生正拿着尺子，测量木屋各个维度的长度，计算着板材需要用多少。旁边一个有着甜甜酒窝的女生在规划着建设的区域，可能遇到了难题，拿着笔的小手写下几行字又涂改掉，又写下又涂改掉。

“我来锯木条吧，这个我在行。”一个高高壮壮的男孩从老师手中领走几根长的松木料，按照上面的标识记号，准备把每一根木料按要求锯好。

了解中得知，这是学校 UOI（Unit of Inquiry 探究单元）课程的实践课，需要用简单工具以及机械，在一天的有效时间内，搭建属于学生们自己的移动木屋。

“叮叮当当”“咣啷咣啷”……松林里发出了各种声音，流动着各种颜色的衣衫，还有一张张一本正经的小脸，以及洋溢在空气中斑斓的梦想。

“阿姨，我们的木屋框架做好之后，将胶合板的屋顶盖上，再用焦油纸覆盖，可以防水。门和窗放置在框架中，地板我们是用松木填充的。”戴着红领巾的工程长在一旁和我愉快地闲聊。

“你会不会觉得小木屋很简陋？”

“当然不会，这可是我们亲手搭建的小木屋，虽然简单却很环保，它可是会呼吸的房屋呢。”

“会呼吸的房屋？”

“对呀，它拥有阳光的松软、泥土的芬芳、花草树木的清新。”

看着稀薄的阳光从松树枝丫的指缝间一点一点漏出，落在那些孩子脸部的轮廓上，那么纯净，那么透亮，让我想起了梭罗的《瓦尔登湖》，想起了

梭罗亲手建造的那座小木屋,想起书中的那段话:

> 通常林中的白昼并不长。多数时候我带着黄油面包当午餐,中午时分坐在我砍下的绿色松枝上。读着包裹面包用的报纸,连面包上也染上了松树的香味儿,因为我的手上沾满了一层厚厚的松脂。在完工之前,我就成了松树的朋友,而不是敌人。虽然我砍伐了几棵松树,但他们并没有怨恨我,而是与我更加熟悉了。
>
> …………

透过布满山坡的松树林,我可以望见金海湖,湖水清澈透亮,还能望见林中的空地上,那些正全神贯注搭建小木屋的小脸,他们,也是松树的朋友。

他们,让我看到金海湖的绿,在美好中苏醒,在静穆中生长,在大地上行走。

(杨奕萍,中国自然资源作协会员,文学作品散见于《中国环境报》《中国自然资源报》《散文》等报刊)

大坝的故事

◎ 冷　杉

金海湖湖岸三面环山，湖水清澈透明，湖面波光潋滟、船舟荡漾、游艇穿梭。游艇在滑过波谷的瞬间，我看见一群鱼摆动着身体，快速朝湖的深处游去。这里对应着的岸边叫百花深处。此刻，明媚的春阳正好，鲜嫩的桃花正红，桃树下的绿草如茵。若是在前些年，游艇到这里，西边远处的金海湖大坝，似乎就已遥遥地矗立在天水之间了，但细部均不可见。而今天，由于巨幅坝体彩绘的吸引，仿佛金海湖大坝就已近在眼前了，甚至让人忽略了还有一段花草装扮着的艺术长廊要走。此刻，我已把贪婪的目光直逼这令人惊艳的坝体彩绘之上，渴望迅速地近前读取它惊人的信息。

这是一幅到目前为止，堪称“中国最大”的坝体彩绘。这幅巨幅坝体彩绘是 2016 年 7 月，由百名艺术家同时执笔，以毕加索抽象画主题风格，在 35513 平方米的金海湖大坝坝体上，用时 50 天完成的作品。这幅巨幅坝体彩绘，画面饱满，局部突出，五颜六色，光彩夺目，特色鲜明，光毕加索一个眼球的直径就有 5 米多，2017 年 8 月获“大世界吉尼斯世界之最”荣誉，在科技含量、艺术风韵、品质追求、客源拓展上，对金海湖游览区内的大坝一景，都是一次综合性的提升。

金海湖大坝所在地，是一个融东、南、北三面山岭走向而迂回环绕的谷地，西有古老的洵河古道，两侧有北山崖和南山崖高高耸立。大坝的主坝横贯南北天堑，长达 340 米，高达 106 米；大坝的副坝长达 400 米。这里把天堑变为了“长龙”，把山谷筑为了“碧海”，形成了一处山水一色的优美景色，使这里成了金海湖游览区内，一幅人工加天然的青山海韵山水醉美画卷。

说到这里现在已经成为金海湖游览区内的山水醉美画卷，其主要因素绝不能忽略了当年大坝初建时发生在这里的故事。其实，大坝初建时许多颇具价值的历史故事，就深藏在这巨幅坝体彩绘后面的沙石泥土里，和那些在大坝修建时留下的历史老照片中。非常幸运，当游艇滑落到波谷谷底的时候，速度顷刻间慢了下来，让我透过清澈透明的湖水，惊喜地读到了当年关于金海湖大坝修建时的故事。

这座大坝初建时的名称叫海子水库大坝，当时的海子水库就是现在的金海湖。当然，要想将大坝修建时的故事讲好，需先说清楚什么是海子。海子，在现代汉语词典中的解释是湖的方言；在百度百科中的解释是一些地方对湖泊的称呼。尤其是蒙古族人居住的地方，他们把平原湖泊或高山湖泊统称为“海子”。而藏族人却把高山湖泊称之为“错”。每当蒙古族人看到哪里有宽阔的湖面时，均不禁叹其为“达来”，而达来则正是蒙古族人对大海的称谓。

金海湖这片海子的形成，最早应该追溯到元明清三个朝代。据平谷县志记载，元明两个朝代统治时期，这里的地势并不平坦，基本上属于多山的丘陵地带，低洼处偶有些小海子出现。清康熙十八年（1679），平谷、三河一带发生了一次大地震，这块土地上就裂了个大缝，变成一条宽阔的沟膛。地震以后，这里形成了一个新的环境，沟膛底部上游出现十几个泉眼，泉眼口儿大的有缸口粗细，小的也比小碗口儿粗，常年涌水，终日翻着水花儿，水质清澈透明，可直接饮用。于是，沟底就有了溪流，溪水向下游流淌，加上洵河水倒灌，渐成河道，河水滋润草木，蒲草、芦苇、水柳繁茂地生长。由于沟膛里的地势是西高东低，河水渐年流经下去，不时汇聚两岸山地水土流失浊流，形成凶猛洪水，下游稍微平缓地带，便被冲击成坦荡的平原河滩，天长日久，荒草萋萋，后来就有了人家，集聚在河的南岸，形成了村落，人们治理河道，开发河滩，遂得万顷良田。由于河的下端汇聚到了海子，这里离海子最近，于是，人们就给这个村落取了个村名叫海子村。

海子村是这条河道的直接受益者，风调雨顺的年头，家家户户的小日子便也过得滋润。然而，天有不测风云。一旦遇上天灾人祸，洪水肆虐，河水就由平时的面宽五六十米涨到一百多米，洪水猛兽似的四处乱撞，平原河滩上的庄稼，大片大片被吞没，几乎颗粒无收。而地处泃河下游的马各庄，由于地势低洼，洪水漫地，将庄稼冲光不算，村里几百只鸡鸭、几十头猪羊，也一股脑儿地被洪水卷走，家毁人亡是常有的事。于是，面对连年的水患，河道两岸村民的生存愈发艰难。于是，一个拦河筑坝的大胆设想，迅速达成共识。当时，有人用诗歌的形式把那时的情景记录了下来，诗曰：

泃河发大水，无情撒淫威，
洪峰毁家园，颗粒收不回，
今日筑大坝，泃水听指挥！

说干就干。1959 年 10 月 18 日，15000 名平谷儿女，满怀平谷人民的期盼，在气候转冷的季节，迎着呼啸的西北风，在河道两岸村民的热烈欢呼声中，精神抖擞地聚集在泃河的河滩上，举行了盛大的开工典礼，吹响了“根治泃河水患、造福两岸人民”的号角，拉开了海子水库修建的序幕，开始了一段水利建设的光辉历程。

为了能让水库建设大军有个好的休息场所，海子水库建设指挥部，动员水库工地周边的海子村、郭家屯、洙水村、靠山集村、滑子村、祖务村，家家户户腾房子，搭土炕，供民工居住。海子村村民王守勤家，腾出新盖的四破五大房子，给来自北山的上镇村八位民工居住，王守勤和他的老妈以及新婚妻子，挤进小西厢房居住。民房挤不下，民工们就在山的向阳坡或大空场地自搭工棚。韩庄团在郭家屯村西二十余亩的空地上搭起工棚，木杆子横竖一绑，苇席卷四周，炕席苫棚顶，再盖上一层油毡。棚里搭大地铺，上山割来山柴，打来山草，绑成捆作铺，上面再铺被褥毯子，软软乎乎，民工们叫它“海绵铺”。团、营、连干部同民工同睡大铺，虽有时难御风寒，但也其乐融融。村民们看了心疼，纷纷搬来自家的木板给民工们做铺板。有一户的老爷爷竟然扛来了自己的寿材，并对民工们说：“建设海子水库，我贡献寿材。”民工们称赞：“这才是大善佑大寿呢！”

在这支水库建设大军中，还有经过修建怀柔水库、密云水库历练和考验出来的“飞虎连、移山倒海连、上游连、黄继光连”等，他们都以突击队的名义，在这场波澜壮阔、气壮山河的海子水库修建中，取得了彪炳史册的动人成绩。

在海子水库修建时的历史老照片中，我惊奇地发现，当年海子水库建设指挥部所在地是三间砖瓦房，院子中间堆放着一堆石料，人们三三五五，进出匆忙。听了解水库修建情况的老人讲，水库修建常务副总指挥叫王仲林，他参与和领导的指挥部及设计师一班人，吃住在一起，他们似乎永远的面带微笑，礼貌待人，时刻同工地工人打成一片，服务既热情又周到。

水库工地上有个叫周庆芳的劳动模范，大冬天的光着膀子拉着一辆运送沙石的名叫“轱辘马”的小胶车，汗流浃背，飞奔在坎坷不平的坡路上。而当他闯入镜头的瞬间，我看见，轱辘马的车厢挡板上，清晰地写着“平谷城关独立营好汉周庆芳”字样。我想，这应该是组织上的认可和给予他的名誉上的奖励吧，然而，这也是周庆芳干出来的成绩啊！

周庆芳其人，究竟是个什么样的人呢？

海子水库大坝建设，此刻封顶在即。大坝修建到这个程度，往上运送沙石料，出现了又高又陡的艰难局面。拉轱辘马的周庆芳所在的突击队，是专门供应沙石料的班组，他们得时刻满足供应上料所采用“拽坡”新方法的攻关作业料。拽坡就是在大坝的坝顶上，牢牢地架起一顶滑轮，十名队员拽一根粗绳，从坝顶往坡下跑，绳子的另一头在坝下拴满满的一车料。随着众人齐声吼叫，用力，滑轮滚动，人下坡而车上坡，硬是将满满的一车料拽到大坝的顶上去。

周庆芳所在的突击队共有九个人，而他们却干十个人的活儿，因此被命名为“九虎将”班组。他们的料车是轱辘马加双轮车，一般情况下，轱辘马在前，双轮车紧随其后，九车为一个循环。他们在零下二十摄氏度的寒冷中多拉快跑，有时身上的背心裤衩都湿透了，干脆脱掉背心，光着膀子穿梭在工地上。风雪天也不停半步。一台轱辘马载重两千斤，一台双轮车也载重千余斤，周庆芳拉着轱辘马一路奔跑，其他八位兄弟也争先恐后，谁都不肯落后。工地广播员看到这一情景，就迅速做了一首打油诗，用大喇叭向全工地喊道：

英雄大战风雪天，誓闯飞雪战严寒，
善打硬仗飞虎队，九虎将们冲在前。

大喇叭的音量超前的高，震得堆在喇叭筒上的雪花纷纷下落，满工地顿时沸腾了，周围的群山也起了回声。人们羡慕突击队九虎将的干劲，都想当先进，暗地里摩拳擦掌。

这天夜里，大风雪渐停，雪很厚，道路难行。水库工地上，昨天还顶风冒雪你追我赶干得热火朝天，今早却显得冷冷清清的了。九虎将班班长周振荣看到这种情况，略一思忖，提笔写道：

大雪天，天寒人不寒，
路难也难吓倒咱，
雪天也大干，也把任务完！

写完，班长周振荣立即嘱咐队员贾凤志，快去广播室借工地大喇叭喊一喊。贾凤志跑到广播室，跟广播员说明情况，广播员就把话筒打开，推到贾凤志面前。贾凤志不由分说，抱着话筒，把班长周振荣写在纸上的词，冲全工地喊了三遍，之后借题发挥，把下面几句又喊了三遍：

雪天人大干，也把任务提前完。
哪个突击队，胆敢来迎战！

话音刚落，只听水库工地的另一头，同样的大喇叭话音响起：

八个勇士班，个个不简单，
雪天不惧寒，路难不怯胆，
迎战九虎将，任务敢超前！

人们听出来了，这是韩庄团八勇士班闫保瑞的声音。好家伙，这一挑战一迎战，搞得冷冷清清的冰雪工地早晨，立即就像燃起了一团火。

实际上，当年突击队队员选拔是有条件的，首先看思想觉悟，是不是共产党员和共青团员，不是的青年，平时是不是积极要求进步，其次看身体状况和年龄如何。突击队九虎将里的周庆芳，当时实际年龄是四十一岁，而九虎将班组的挑选年龄是十八岁到二十五岁。周庆芳觉得自己长得人高马大，浑身上下有使不完的力气，握紧拳头一较力，青筋暴凸，力气涌起，脚下一蹬地，蹬下一个坑，人一亮相，就是条铁汉，天生就是拉轱辘马的料。于是，周庆芳软磨硬泡，三番五次向团部领导提出申请，团部领导没办法，见他条件特殊，非常适合进突击队，于是特意为他召开了一次团部会议，根据他的自身条件，团部领导举荐，大家一致同意，最终批准了他的请求。

周庆芳在工地上的表现，让大家羡慕，但也让队员嫉妒。峪口营上游突击队队员王维普，是曾经修建密云水库时的老将，见周庆芳起早贪黑地拉着轱辘马飞跑，便找到工地一线正在挥汗如雨的木荣县长，请求木荣县长配给他一台大双胶轮车。木荣县长看了看这个浑身是劲的年轻人，笑了笑说，那好办，你去运输部门领台大双胶轮车吧，就说是我批的。王维普笑得合不拢嘴，自从小双胶轮车换成了大双胶轮车以后，干劲倍增，每天运土方不少于十五立方米。但当他听到工地大喇叭里播送周庆芳创造了日上坝土方量达到二十五立方米的新纪录时，立刻发出挑战，他要突破二十五立方米，用他的大双胶轮车与周庆芳的轱辘马一较高低。两人自从摽上劲以后，每天并驾齐驱，争先恐后，你追我赶，最终双双都超过了二十五立方米，创造了水库工地日运土方量的奇迹。

对此，工地宣传队还请人编了一出名叫《挑战》的小戏，其中有两句唱词就点到了挑战双方的名字，唱词曰：

推大车能手王维普，
赶超“车神”周庆芳。

海子水库大坝修建取得阶段性成果时，《海子水库报》编辑李为民采访了周庆芳。当时，周庆芳伫立在大坝上，目光炯炯，大眼睛海水般闪亮，诚恳地对李为民说：“咱家就住在这泃河边上，老天爷啥时候发大水，从不跟咱商量。咱修水库，心里只装着一件事，就是多抢一分一秒，抢在六一前，一定让咱的海子坝合龙。海子坝是谁？是咱大家伙儿驯服的蛟龙啊！龙脊梁，海儿子，龙老弟，哈哈哈……有龙老弟给咱守关，泃河两岸就再不会遭灾挨冲了。大旱之年，咱还能用泃河水浇地灌溉呢。粮食丰收了，咱多洒几滴汗、累掉几斤膘，算个啥？”又说：“李编辑，这坝筑高了，这海筑宽了，把咱的这心海呀也筑得更坚强豁亮起来了……”

翻过对周庆芳的回忆记录，此时，在当年的水库工地上，映入我眼帘的是一幅三面红旗和一方灯塔的照片，照片后面的山坡上人山人海，劳动正酣。在红旗和灯塔的下面，修建海子水库的女子民工团，排成三排在合影，前两排是坐着的，后排是站着的，我数了一下，一共三十六个人。不知道前面的摄影师此刻喊的是不是“茄子”，在这一瞬间，姑娘们都微笑着面对镜头，把她们充满光彩的青春影像，永远地留在了海子水库的工地上。

这是个猛攻黏土关决战的档口，民工们已经连战了七个昼夜，初步取得了决定性的胜利。俗话说，腊月二十八，冻死鸡和鸭。平谷地区每年接近大年前后都是寒冷至极，平均气温在零下二十摄氏度。城关团吃在工地，伙房却在村里，等饭菜汤水运到的时候，盆边上冻了一层冰碴儿。但民工们却笑着说：

苦不苦，想想长征两万五；

累不累，想想革命老前辈；

凉不凉，想想比红军吃雪还要强！

包括城关团的“铁娘子营”在内，为了海子水库早日建成，民工们在这滴水成冰的北风呼啸里喝汤嚼窝头，苦是苦了点，可他们身上是暖的，血是热的，心是甜的。

春节到了，海子水库修建工地党委、大坝工程指挥部发出“春节家不回，工地过节破常规”的号召。全工地积极响应，群情振奋。上游突击飞虎队的四十二名队员个个写了决心书，喊出“大战六昼夜，恒心立大功”的誓言。灯塔的光亮不够用，就用月亮的光亮，用星星的光亮，人人心装一团火，苦干实干加巧干，拼搏二十个小时，终于在刺骨的冰水里架起两座桥梁，为黏土运输开通了道路。

运往工地的大部分黏土，是为了齿槽回填使用，这个环节最要紧的是，必须用石夯将回填的黏土砸实。当时，工地上用的石夯，是上游团的民工们就地取材想出来的办法，即将四根粗木杆子，横竖交叉成井字，再将超百斤打场用的磟碡，绑在井字的中央，由八个棒小伙儿高举，落下，再高举，再落下，就这么一举一落一夯挨一夯地砸。砸夯看似简单，有力气就行，但要砸好夯，八个人动作必须一致，重心一齐落在夯下。于是，砸夯歌就诞生了，歌声一起，石夯起落有序，体现轻重缓急，不但保证了夯黏土的质量，而且还让人群情振奋，趣味横生，干劲倍增。

砸夯歌的形式曲调比较简单，歌词也不烦琐，有些现成的拿过来就可以唱，但更多的还是领夯人的现场发挥，看见什么就唱什么，有许多幽默和诙谐的成分在里边。一般是领夯人双手把住石夯的顶部，唱一句歌词，举夯的八个人齐劲儿地应和，应和的歌词只需一句即可，变化的只是领夯人的歌词。比如，当时上游突击飞虎队在工地上就有这样一首砸夯歌，非常受大家欢迎，歌词大意是：

大家抬起来夯啊——黑丫头好哇！
这夯举得真高呀——黑丫头好哇！
一夯高过一夯啊——黑丫头好哇！
为上游人争光呀——黑丫头好哇！
大家高高地抬啊——黑丫头好哇！
大家狠狠地砸呀——黑丫头好哇！
大坝早日合拢啊——黑丫头好哇！
水库里养鱼虾呀——黑丫头好哇！
鱼虾可真好吃啊——黑丫头好哇！
吃鱼虾好砸夯呀——黑丫头好哇！
砸好夯蓄满水啊——黑丫头好哇！
水浇地丰收粮呀——黑丫头好哇！
修大坝治水患啊——黑丫头好哇！
乡亲们保平安呀——黑丫头好哇！

上游突击飞虎队的这首砸夯歌，唱得特别的带劲儿，小伙子们在寒冬腊月里穿着单衣还嫌热得慌，高起低落的石夯夯夯都砸到点子上。齿槽里回填的黏土，被他们砸得结结实实，可这夯歌好是好，但听起来似乎有点挑衅和奚落了姑娘们的意思。

巾帼不让须眉，城关团的铁娘子营不干了，营里有个刘胡兰突击队，队长叫宋桂莲，立即请示水库大坝修建指挥部批准，挑选队员八姐妹，迅速组成女子砸夯队，为了迎战上游突击飞虎队的挑衅，也为了早日拿下这艰难的黏土攻坚战，姑娘们这就算是豁出去了。

然而，迎战归迎战，若论砸夯这活儿，八姐妹女子砸夯队毕竟都是女孩子家，一开始确实有些示弱，常被上游团的男民工们讥笑，说她们就像老草鸡噗啰窝儿。可八姐妹女子砸夯队的队员们，那都是上过大阵仗的巾帼精英啊，哪怕这么一点儿冷嘲热讽，姐妹们绷着脸，咬紧牙关，暗暗较起了劲儿，在不断总结摸索中，终于悟出窍门儿，原来是她们的砸夯歌唱得没劲儿，导致了姐妹们的动作不协调。

城关团的铁娘子营队伍里，有位大辫子铁姑娘。这女子，长着一米八的高挑个儿，梳着齐腰的两根大辫子，干起活儿来一甩一甩的。她曾经修建过怀柔水库、密云水库，现在又来修建海子水库，是位老水库修建兵，最会唱夯歌。姐妹们一商量，一致同意把她请来当领夯人。一听说八姐妹女子砸夯队要迎战上游突击飞虎队的挑衅，大辫子铁姑娘毫不犹豫，自信满满。只见她将长辫子往头上一盘，微微一笑，俨然一副精明强干的派头，双膀擎起石夯，嗓子亮开，八姐妹配合到位，一曲振奋人心、千回百转的砸夯歌就如潮水般涌来，又如百灵鸟般婉转而去，歌声响彻整个工地，工地上时不时爆发出雷鸣般的掌声。

大辫子铁姑娘的精彩亮相，坚定了八姐妹女子砸夯队的信心。那天，队长宋桂莲跳上擂台，肩膀上披着白毛巾，手里拿着挑战书，将挑战书高高扬起，大声喊道：“上游突击飞虎队的男同胞们你们听着，你们是龙是虫我们不知道，站出来比试比试就知道了！”

“啊，女将们向咱们发出挑战了！”上游突击飞虎队的队员们窃喜，在台底下充满自信，纷纷摩拳擦掌，心说，我们上游突击飞虎队是出了名的英勇突击队，历来怵过谁？队长更是憋不住了，一个箭步跳上擂台，迎战道：“好男儿当自强，凡事都要让着女人几分，允许你们挑选十二个人，我们就八个人，咱们工地上见！”“不！”宋桂莲说：“多一个人都算我们欺负你们，我们也上八个人，不添不加，元府旧址。”工地立即变成赛场，水库建设指挥部领导也前来助阵。

大辫子铁姑娘整好夯队阵容，重新亮开嗓门儿，领夯歌声悠扬响起，八姐妹女子砸夯队八个人齐声应和，身段协调一致，极富节奏感，稳稳地往后一扭，随歌声再扭向前，石夯举得高高，重重落下，轻重缓急得当，声声撼天动地。砸夯歌唱得越响亮，夯砸得越漂亮。

上游突击飞虎队队员人人劲儿大，开始砸得很猛，但越来越显巧劲儿不足，闻听八姐妹女子砸夯队那边不断传来嘹亮的砸夯歌声、喝彩声、石夯落地声，不由得乱了几分阵脚，把夯的领夯人唱出的领夯歌声音偶尔有些发颤，石夯落地时急时缓，时而倾斜，队员中就有人产生了怨气，劲儿越来越使不到一起去了。最后，这场擂台赛，上游突击飞虎队以微弱的劣势，输给了八姐妹女子砸夯队。

喜讯一经工地广播室大喇叭播发，整个工地沸腾了。民工们再见到八姐妹女子砸夯队队员时，都伸出大拇指，夸她们是海子水库建设工地上最灿烂的九朵金花。

在海子水库建设工地上，还有一对模范夫妻：男的叫刘江，标兵突击队队员，是位新郎官；女的叫宋桂莲，就是前边说到的那个八姐妹女子砸夯队的队长。他们的老父亲是指挥部炊事班的炊事员。两人在工地上摽着膀子干，双双取得了优异的成绩，曾一度忘记了时间的飞逝。一晃春节到了，两人一商量来到指挥部炊事班找到老父亲，对正在做饭的老父亲说：“爸，您回家一趟吧，把我们的喜报捎给我娘，并告诉我娘，春节我俩就不回去了，叫我娘辛苦把弟弟们带好，等大坝合龙时我们再回去。”

初来海子水库建设工地时，指挥部分配住宿是按各地男女民工工种不同，分别安排的住宿。刘江被安排住宿在郭家屯，而宋桂莲却被安排住宿在海子村。工地那么大，人那么多，工作又那么忙，平时夫妻俩虽然见面很困难，可是却心心相印，心灵相通。夫妻俩第一次见面是在工程表彰大会上，两人双双荣获先进生产者称号。当时，两人并肩站在领奖台上，同时接受了奖品，每人一条毛巾和一副手套，奖品虽然品种一样但花色不同。

表彰大会结束以后，小两口走到一起，新郎官把鲜红的毛巾围在新娘子的脖子上，新娘子把一副雪白的手套套到新郎官的手上。小两口抓着对方的手，身子靠得紧紧的，相互鼓励着，喜爱之情溢于言表。

春节后的某一天，刘江母亲突然让人捎来话，说自己身体不大舒服，让儿子儿媳回家看看她。其实，老人家没什么大病，只是个小感冒而已，是想念这小两口了，捎话人悄悄把这个秘密告诉了刘江。这时候，正是指挥部提出大干一百天的初期阶段，小两口再次商量，决定先默不作声，等到海子水库大坝合龙的时候，再双双戴着大光荣花回家去慰问母亲。

可是，夫妻俩想到老母亲一人守在家里，带着还未成年的三个弟弟，艰苦度日，实在不易，心又多了几分牵挂。夫妻俩再次来到指挥部炊事班，找到老父亲对他说：“爸，我娘叫我们俩回家一趟，不是我们俩不想回，不孝顺，而是工地上现在真的脱不开身。”老父亲闻听笑了笑说：“孩子们，爸爸知道，你们是为了争光荣，其实这就是最大的孝顺，哪个做父母的不希望自己的孩子进步啊！爸爸支持你们，做娘的也不会怪你们的，家里我都安排好了，放心做好你们工地上的事情吧。”

刘江母亲从此再没有打扰这小夫妻俩。在老娘和老父亲的理解支持下，新婚燕尔不久的刘江、宋桂莲小两口，在七个多月的奋战中，没有请一次假，没有回一趟家，没有缺一个工，双双获得先进生产者称号后，又双双获得“模范夫妻”荣誉，并双双获得“全勤奖”。水库大坝合龙剪彩大会上，小夫妻俩双双戴上了大红花，所有人都投来羡慕的目光，在雷鸣般的掌声中，刘江的老父亲感动得热泪盈眶。

海子水库的修建，动员了15000名平谷儿女参战，历时7个月，于1960年6月实现了胜利拦洪。水库建设期间，举行过各种攻关、大小擂台赛、挑战迎战赛等施工和技术项目、活动等近百项，产生各种突击队、劳动模范、技术标兵、攻关能手、先进工作者等先进集体和先进个人二百多人，平谷县委和水库建设指挥部对此进行了隆重表彰，发放的奖励物资品种丰富，花色多样。

水库大坝竣工那天，坝上人山人海，彩旗飘飘，锣鼓喧天。合拢剪彩表彰大会结束以后，作为水库受益最多的东道主村海子村，村委会请示平谷县委和海子水库管理处，就地召开现场大会。其实，海子村村长一直以来为水库建设工地忙前忙后，帮建设工地解决了诸多实际困难和问题，这会儿，嗓音都累沙哑了。现场大会上，村长首先肯定了战斗在一线上的海子村全体党员干部、青年突击队员，说他们为修建水库大坝做出了实实在在的成绩，并鼓励他们继续为乡亲们的利益冲锋在前，而后把在修建水库大坝当中涌现出来的先进模范人物好一顿表扬，说人家干活儿从不讲个价钱，就是个干，干的那才叫是个像样的活计呢，要不，大坝咋能有这质量！

这时，人群中就有人带头喊叫起来：“对！都是党员干部、青年突击队员和劳动模范们的功劳，没有他们在前边带头带着大家干，水库大坝哪能有这建设速度和建设质量，大家说是还是不是呀？”

“是……是……”现场传出一片呐喊声和欢呼声。

村长接着说：“是呀，咱们村的党员干部、青年突击队员和劳模同志们都是好样的，但也不能把功劳全归他们，如果没有咱全村乡亲们的积极努力、大公无私、心向集体、全心全意的支持，他们就是再能干，也修不成这大坝，大家说是还是不是呀？”

"是……是……"现场又是一片呐喊声和欢呼声。

末了，村长就差人给劳模们发肥皂，发毛巾，发帽子，发牙缸、牙膏、牙刷儿，发背心儿，发大裤衩儿，等等，反正村长给大家准备的都是些生活当中天天都能用到的东西。

发完了这些奖励的东西，人群里又有人提出建议，说这水面闲着也是闲着，不如撒进鱼苗儿、虾苗儿养鱼、养虾，既肥了水、卖了钱，壮大了集体经济，补贴了家用，也不耽误灌溉浇地，还能年年有虾有鱼吃。村长一听，想了想，先是点了点头，然后又摇了摇头，说："好是好，可现在恐怕不行。另外，水多了天然繁衍的野鱼、草虾肯定少不了，撒进去的鱼苗儿、虾苗儿弱，成活不了多少，还是看看再说吧，就是养，也不能散养，得用网箱养才是。"

说话间，一年就匆匆过去了。一年以后，水库大坝里满坝的绿水荡漾，波光粼粼，再加上宏伟的大坝映衬，十分的宽阔清爽、壮观气派，水中呈现出一片生机，轻风吹拂岸边杨柳倒映在水面上，美极了！乡亲们看着这生机盎然的景象，心中都充满了无限的快慰。

可是，天公偏偏不作美，数月的大旱，实实地苦了水库周边以海子村为代表的所有村屯。这一下，海子水库就派上了大用场。坝下上千公顷田地里的庄稼籽粒饱满，正值灌浆期间，眼见得叶梢发黄，植株渐蔫，急需补充水分。海子村村长见此情景，找到海子水库管理处，商量打个报告请示平谷县委，结果报告获批，水库管理处领导和村长毫不犹豫，大手一挥，说了声："开闸放水！"

于是，大坝闸门全部开启，清水奔流，直灌得坝下农田土地咕咕打嗝，湿气扑面，庄稼一夜间植株变绿，翠叶鲜鲜，含苞吐穗，籽粒恢复圆润饱满，加快了成熟期的到来。

这一年，不用说坝下又是一个丰收年。可是，坝内剩下的那一泊浅水，水位却增长得十分缓慢。这大热的天儿，天上地下一齐干旱，水面在逐渐缩小，水里的野生鱼虾业已沸沸扬扬，明显呈现出密度过高、缺氧的状态。这样下去，估计用不了多少时日，水里的鱼虾定会浮头求生，体弱的便会因缺氧而迅速死亡。

望着这情景，村长心疼啊！但一时又无别的办法。这些鱼虾虽不是特意花钱买来饲养的，但也是海子水库的资源啊，不能眼瞅着让它们遭殃，最起码将损失减少到最低限度。村长在坝上一边走溜儿一边拿二拇指刮脑门儿上的汗，挖空心思想对策。村长是有几十年党龄的老共产党员了，几十年如一日甘做乡亲们的老黄牛，一心一意扑在为乡亲们服务的事业上，深受乡亲们的爱戴和信任。这次，他又一次来到海子水库管理处，说出他的“丢卒保车”之策，管理处请示平谷县委居然又同意了村长的请求。村长回村后立即打开广播室扩音器，把麦克风拿到嘴边，借大喇叭连喊三遍：“村民同志们请注意，明日都到海子水库里捞虾摸鱼，明日都到海子水库里捞虾摸鱼，互相转告一下，明日都到海子水库里捞虾摸鱼。”

消息一经传出，就像长了翅膀，一传十，十传百，不到一天的工夫，十里八乡就全知道了。第二天大清早，人们就从四面八方拥到海子水库，有脱光了身子一丝不挂的（大多是十岁以下的男孩子），有穿着长裤子光脊梁的（大概是穿着的内裤不够雅观，没好意思脱掉长裤），有扒去了外衣外裤穿大裤衩儿的（多是男人们），还有长衣长裤一件也不脱的（都是些大姑娘和小媳妇们）。这个时候，只要你有一双健全的手，那鱼虾便是伸手可得。有的男人将刚摸到的鱼叼在嘴上，就又下手去摸，也不顾鱼尾巴“啪啪”地拍打他的脸。半大小子们最是精明，他们用红柳的柔条儿，根部打上结子，将鱼从鳃至嘴一条条地穿了，梢头叼在嘴上，鱼串儿拖在水中，既不影响继续摸鱼，也显不出已经摸了很多而令其他人嫉妒。大姑娘小媳妇们也不甘示弱，此刻，她们表现得较平常非常的团结，不管是不是一家的人，均无师自通地两人结成一组，一个在水中脱下长裤，将裤角儿用麻绳系了，提着裤腰跟在另一个的后面，接二连三地接过前面人递过来的鱼，往裤腿儿里装。说也奇怪，摸鱼时，谁都不曾计算摸多少条鱼会卖多少钱，只是饶有兴趣地一条一条地摸，一条一条地咬、穿、装，越觉得有瘾，饿不知，累也不知了。尤其那虾，被浑水呛迷糊以后，都漂在水面上，不用抓，捡就行，极其容易得到。

在这些摸鱼捡虾的人群中，数郭家屯的一位共产党员老兵最为活跃。老兵是解放战争时期随军南下，战场负伤后返乡养伤的伤兵，中华人民共和国成立以后留乡带领乡亲们走集体化道路，一心一意发展农业生产，对海子水库建设也是做过贡献的人。老兵平时就好打个鱼、捞个虾什么的，他说他不在乎吃不吃这口肉，要的就是这么个情趣，就像有文化的人，在日常生活中所讲究的那些个有雅致和有趣味的生活等。况且，他平时把打捞到的鱼虾，多数都送给了村里没儿没女的“五保”户老人们，送时还美其名曰：是村长叫送来为他们改善生活的。您想啊，今天这么大的行动，少了谁也不可能少了他。正好，三年困难时期刚刚过去，他也是想借着这个机会，多为村里的孤寡老人们储存点儿咱水库里自产的鱼虾，以备荒年不测。

于是，天亮不久，老兵就挨家挨户叫醒了平时跟他不错的一群半大小子们，让大家抬块木板，将其推入水库中。他提上张尼龙丝旋网，晃晃悠悠地站了上去，叫半大小子们下水推着他往前走。头一次到水库用这种方式打鱼，老兵心情高兴，走了一圈儿，只顾观花望景了，抖了几次网纲不曾撒网不算，嘴里还愉快地哼着小曲儿：

老汉我站船头，
看鱼虾打漂乱出溜儿……

“哎呀呀，我的兵大爷吔，你倒是撒网啊！”推木板的半大小子们不干了，气得喊叫，有几个小子就欲撇了木板，哈腰去水边上摸鱼。老兵这才醒过神儿来，连应着：“哎哎哎……”遂双膀一较力，那张尼龙丝旋网“唰”地就出了手。真不愧是个老打鱼的，那网扔地叫个圆，既干净又利落，跟奥运会跳水冠军十米台入水的功夫差不了多少，网铰子落水时水花儿压到了极致。得意中，老兵抖了抖手中的网纲，一边慢慢往怀里拽，一边又赶忙哼上两句小曲儿：

小子们呐慢点晃呦，

叫我老汉收完了网噢……

于是，几十双渴望的眼睛瞪得溜圆，齐刷刷地瞧着那网慢慢地就拉出了水面。好家伙，十几条斤八重的鲢鱼、鲫鱼、草鱼，"啪啪"地甩着尾巴，鼓嘴张鳃，不情愿地被拖到了木板上来。一开始，推木板的半大小子们都看呆了，但马上回过神儿来，精神头儿也来了，就欢喜地派一个人去岸上送鱼，其余的人不由分说，迅速推起木板，载着老兵又晃晃悠悠地往水深一点的地方走去……

这场摸鱼捡虾足足进行了三天三夜，三天三夜以后坝里坝外才渐渐地安静下来。上游的泉水夹杂着洵河分流过来的涓涓河水，不慌不忙地往水库里注入，使得被多日搅浑的坝水一点点变清了许多。水面上不见了张嘴浮头的鱼虾，也不见了那种烦乱不堪的沸腾景象，只是偶尔还见几条小鱼、小虾蹦出水面，有气无力地弹跳出几朵水花儿。

唉！老天爷就喜欢风云变幻、喜怒无常，没办法，天之大嘛。你要雨时天大旱，几个月不下一滴雨，饥渴难耐；你不要雨时连阴带下七七四十九天，没完没了。大旱之后的这场大雨，下得田饱、地泞、坝溢，沟满壕平。

到了这年的夏末，大坝里业已又蓄了满坝的水，时令也从夏季快速地走入秋季。不久，西伯利亚的一股寒流袭来，时令仿佛从秋季"喀嚓"一下就走进了冬季。地面上一切有生命力的东西，逐渐地转入了休眠的状态，水库大坝的水面上也结了一层厚厚的冰。从冰面往下看去，冰下的草虾似乎比小鱼更多了些，而且都处在异常的活跃之中。这些草虾，在已有大鱼天敌的水库里，可以尽情地畅游、蹦跳、交配、产卵了。不久以后，一批批小草虾就以惊人的生长速度，成群结队地游弋在这片偌大的水域。

常言道：靠山吃山，靠水吃水。为了进一步搞好群众的生产生活，海子村村长又主持召开了一次村民委员会议，决定再次协同水库管理处请示平谷县委获批，从即日起凡本村村民可以利用休息时间到大坝里捞虾，目的是等到坝里的草虾捞得差不多了的时候，再斥资购买一大批鱼苗儿，大搞网箱养鱼。

然而，捞虾可不像摸鱼，大旱年头儿，水面小，靠人多搅浑了水，鱼跑得慢，瞎摸即可。虾不行，雨量充沛，水面大，搅不浑，况且虾的身体是半透明的，得水极清，不然看不见它，看得见才能摸得着，而且手脚还得慢着点儿，动作也得优雅着点儿，悄悄地进行才行。急了不可以，水声一响，水一晃动，虾就逃了。

说话间，春天的风就吹皱了这一泓清亮亮的坝水，乡亲们手持推网，得空儿就往坝里跑，心里充满着对村委会、村长和水库管理处的感激。可是，遗憾得很，乡亲们连着捞了几天的虾，几乎全都收效甚微。在这几天里，村长瞧见人们匆匆地来去，两手空空，就觉得事情没那么简单。于是，他抽空儿就蹲在水库边儿上琢磨，一会儿瞧瞧太阳，一会儿试试风向，一会儿拍打几下水面，一会儿又下水持网走几趟。当乡亲们赶来向他求教时，他只是“嘎嘎嘎”地笑个不止。问他这虾究竟是咋个捞法，他依然不正面回答，便随口说出几句顺口溜，要大家伙自己先好好去体会体会，然后再去捞虾。顺口溜曰：

捞虾往前看，阳光是关键；
脚别走得急，把好风、网、线……

于是，人们玩味着他这话里话外的意思就又去捞，结果每个人真的就捞到了不少。几乎一直到种完了地儿，乡亲们的餐桌上还没断了通体透明的红色的盐煮鲜草虾。

这个时候的海子村村民，享受着水库大坝的给予，每个人的脸上都洋溢着笑容。每当别的村有客人来海子村人家串门时，乡亲们除了准备好多道酒菜以外，每餐必备的必定有拿手好菜，即加入了鸡蛋、青葱或者是韭菜的爆炒鲜草虾招待客人，盘子里红、黄、白、绿热气腾腾地融为一体，层次分明，色香味俱全，看着就叫人流口水。

客人尝了一口说："嗯，比海虾的滋味还足！"随后竖起大拇指夸赞道："这真是海子水库的独特美味啊！"遂抄起酒盅连干了三杯酒。这也许就是金海湖某些人独特的饮酒方式，与传统意义上的客随主饮截然不同。主人满面红光，闻听夸赞格外高兴，不由分说连忙陪了三杯。酒一落肚，主人随后就一拍大腿，大声吼道（金海湖人豪爽，高兴时说话都爱吼着说）："这虾好吃吧，多亏了咱们村长，不然明知道好吃也捞不着。"吼得客人丈二和尚摸不着头脑。主人见客人直愣神儿，就赶忙把村长如何请示捞虾，大家伙捞虾的经过，详详细细地向客人述说了一遍。

末了，两个人都沉浸在无比的幸福之中，然后又都哈哈大笑起来。笑完了，两人不约而同地重新举起酒杯，"嘎"一声碰了个脆响，一仰脖儿"吱嘎"干了杯里的酒。主人这时又吼道："舒爽，痛快！"。客人浑身发热，满面红光，微笑着没说话，伸出大拇指又给主人来了一个大大的赞。看得出，酒虽然很辣，但他们心里却很甜，很甜……

看来，藏在坝体彩绘后面的泥土沙石里，海子水库修建时老照片背后的感人故事太多太多了，三天三夜也讲不完。因为篇幅有限，就此打住。但有一个现象今天非讲不可，那就是从那些老照片上我还看到，当时的水库建设工程指挥部，会经常请来文艺团体给群众演出，也组织编写自编自演的节目，还请民间艺人前去表演一些绝活，演的都是些进步的曲目。可以说，这些进步的文化活动走进水库工地，在极大地丰富了水库工地业余生活的同时，也极大地调动了建设者们的劳动积极性，增添了建设者们的竞赛热情，鼓舞了建设者们的冲天干劲儿，为建设者们勇于奉献青春、勇夺标兵、争当劳模先进，打下了坚实的基础。

站在水库大坝的坝顶上放眼望去，金海湖远近著名八处盛景一览无余：金海泓涛、驼峰夕照、长龙卧波、金花遗韵、湖光塔影、岚屿秀色、渔歌唱晚、横山远眺……这里有游船、快艇、自驾艇、水上摩托、水上飞伞、脚踏船、鸭子船、水上飞伞、手划船、肥仔船、速降、大型水滑梯、赛龙舟、香蕉船、橡皮艇、皮划艇等三十余种水上娱乐项目，让您在尽情游玩的同时，还能够欣赏到白鹳、黑鹳、大天鹅、灰鹤等国家一二级保护水禽，淡水海鸥、苍鹭、鸳鸯、普通沙鸭、绿头鸭、普通翠鸟等北京市重点保护水禽六十多种，以及鲤鱼、白鲢、花鲢、鲫鱼等金海湖特有鱼类。当您置身于金海湖优美的山水画卷之中时，您的眼前会呈现出芳草如茵、阳光和煦、碧水微澜的优美景观，您会顿时感觉到春风拂面、精神焕发、心旷神怡，浑身倍添青春的活力。

当年，水库建设者们的那种艰苦卓绝、战天斗地的精神，水库“造物苍生、哺育万物”的生态价值，都化作了今天这富足的一湾碧水。这一湾碧水已经成为世世代代平谷人和金海湖人永续利用的宝贵财富，非常值得庆贺。

然而，更值得庆贺的还有，随着时代的发展，社会的进步，科技水平的不断提高，水库大坝也在正常发挥作用中与时俱进，业已全面纳入金海湖生态旅游大体系之中，不断地把它最坚固耐用、最时尚好看、最威风潇洒、最热情洋溢的方方面面，奉献给前来金海湖观光、旅游、做客的人们。

当此时，游艇已载着我的人和我的思绪以及繁乱的文字记述，缓慢地冲出了波谷的底部。金海湖大坝和大坝上的巨幅坝体彩绘渐行渐远了。告别了激动人心的往事，游艇又正常地飞奔在碧波荡漾的青山绿水间，大坝彩绘后面的沙石泥土中和老照片后面的那些有关金海湖大坝的故事，也随着游艇逐渐推开的但还未来得及荡漾开去的圈圈涟漪，在那一浪浪清澈透明的水波纹里，在人们的心目中，件件成为经典，变成了永恒。它将激励一代又一代的金海湖人，为着不断憧憬、追求心目中、理想中那个美好的幸福生活目标的早日实现而不惜去努力奋斗！

（冷杉，《今日国土》特聘生态文学作家，《绿叶》杂志编辑）

诗意美景金海湖

◎ 李朝俊

燕山南麓，平蓟要冲，桃源明珠，金海湖景。

大岛如山，小岛若鱼，横山入水，天然栈桥。

湖光塔观景，远山近水，浪遏飞舟，心旷神怡，这山岭如巨鲸出海，让我兴奋迎风喊出："碧水金海湖，青山金海湖，仙境金海湖。"

仙境金海湖，景在塔上，景在溪边，景在水中，景在山林，景在大自然里。

塔在湖光山色中，这景中景别有情趣。无风塔浮水，塔水山一体；风过塔铃响，塔树拥怀抱。我望八角形塔，有七层之高，大约三十余米，登台攀高向上，细数七十二个阶。每层飞檐翘角皆系风铃，正好我们每个民族一个。这五十六个风铃，一铃飞歌，众铃交响。风从水中生，风从山上来，风从人心出，风起铃响声声悠扬:像在诉说泃河悠久的历史渊源流长。

风息水雾起，云飘林梢头。一会儿这雾爬上山巅，升腾弥漫开来，湖中岛，山涧坝，远处峰，都在轻纱缥缈里。抬头望天，雾追白云，云牵轻雾，雾云写意天空：或仙女飞天揽月，或万马奔腾草原，或海市蜃楼映照金海湖畔……

溪水潺潺，不知源头，潭水清澈，鱼翔浅底。山溪湖口间，阳光透进水中，黑头黑脊黑尾，白肚白鳞白鳍，群鱼遛弯嬉戏。

鱼飞身游动，如鸟飞舞。细看这鱼，头仰身摇尾摆，弯曲闪动，一会儿快奔，一会儿悬停，一会儿漂移，一会儿猛地钻泥，卷起一股沙泥黄水，一会儿探头水草叶，嘴一张一合地咬动。水中鱼阵若练兵场，有列阵集合操练的，有单兵自我练习的，有三五成群研习课目的，有众鱼散状休闲，一鱼或两鱼场中劲舞，回卷如弓游动如箭……

慢慢移步，躲在树后，静心近看，忽然发现有种鱼，灰中带白点，双鳍金黄，黑尾无花……我称之为水中“金钱豹”。这鱼在潭中如豹钻山，霸气十足天马行空，搅动别的鱼纷纷避让，水上波澜瞬间爆炸，有鱼跳出水面，有鱼卷出水花，有鱼藏入泥沙……给我意外惊喜的，除了这“金钱豹”鱼，老家淮源水中的沙果鱼、绿皮鱼，久违多年在这也见到了。

金海湖有多少种鱼？有鲟鱼、武昌鱼，有鲤鱼、白鲢、花鲢，有鲫鱼、黑鱼、马口鱼……湖区的熟人朋友说了一串鱼后，用“鱼类品种繁多”结尾，干脆利落地回复我的问题，没有多余一个字。

水湾苇林，天蓝云白，蛙鸣鸟跳。

这里鸟可真多！白眉一身黑的水鸟，黄羽黄嘴的水鸟，灰背花尾绿头的水鸟，或踩掌浮游，或扎猛深潜，或交颈对舞，或奋翅水上滑翔。“唧唧”“咯咯”“哦讴”“嘭嘭”……湖岸、草林、苇林、树林，鸟们的音乐殿堂。

有只鸟弯勾脖颈，在后背上，在两翅上，在肥腹前，扁嘴反复磨动，像人整理衣服一样，抖抖双翅伸伸细脖，直梳理到羽洁水珠落尽，度几个方步在岩石上。随之单腿独立，头插右膀羽毛里，露一只绿豆般眼睛半闭半开，进入休闲日光浴之态。

苍鹭捕鱼，妙在等候。风过浪过白云过，白顶灰羽，黑辫后掠，长腿稳立，长脖静止，长嘴尖黄，一动不动，时间静止，让人心焦。苍鹭心焦不焦?我还没想明白这事,一声水响，尖嘴出击，精确制导，定点清除，喙入水下，抬头见物，鱼在嘴上。

一只水鸟大约受到触动，望了苍鹭一眼，脖子一伸，左右张望，两羽张开，轻扇几下，两蹼点水，翩翩翻飞，从湖水上，低飞对岸。一只鸟飞，多只鸟随。片刻，湖上水中，沙鸥翔集。

山松夹路，野藤匍匐，树影婆娑，断崖绝壁，怪石嶙峋，清阴蔽日。我在山道攀行，登到半腰，汗水湿背，腿肚发胀。路边山岩，如牛散放，到处都是。找一石倚靠，擦汗补水休息。人未近石，一片响声。草丛树林，或野鸟，或壁虎，或飞虫，或石蝎，急忙隐蔽。“对不起了动物朋友”，我心里说句抱歉。随身靠石，拄杖休息。喘匀气，喝口水，紧好鞋带，准备握杖出发。直腰之际，抬眼一望，山石一角，苔藓花边，有只壁虎，头下尾上，势呈临战：前爪暴露，利爪贴岩。左爪支撑，右爪轻张；后爪长尾，匍匐卧姿，右后爪稍靠前，左后爪略向后；头部微微上仰，圆眼鼓如两只灯泡，嘴巴轻轻张开，黄、灰、黑迷彩之身，几乎与岩石一色。若不是近距离偶见，谁会想到它竟然不惧人，一门心思在捕捉猎物上。无疑是生态环境适宜，无疑是动物们习以为常，无疑是人物两不相扰，想到这我悄悄起身，轻手轻脚离开这石，慢慢走出壁虎的领地。

翠青野草，摇曳山花。平谷的桃花名扬天下，金海湖的山花浪漫多姿。遍地白花、紫花、红花、黄花、淡青花，在山坡水溪湖岸冲人轻歌曼舞。木本的桃花、杏花、梨花、杜鹃花……草本的蛇莓花、地黄花、鸡腿花、油菜花……

桃花海里，金海湖岸，花仙子风姿绰约，各有神韵风采。给我深刻印象的，给我亲切记忆的，给我梦里相见的，是几株黄荆条。这带有苦味香气的黄荆条，灰中泛青的枝干，叶子长条形，一叶如掌开五角，先出紫穗后开白花。长在金海湖左岸的这几株黄荆条，从山岩缝隙长出，根扎石中多深无法测出，那树根如盘包石的韧劲，那小碗口大小的青皮粗干，给我强烈的冲击力，盘根错节在苔藓山石上，向上的枝头如绿伞，罩得青石板低眉顺眼，柔叶香花粗干硬岩，彼此相依相托相生，这是天然的伟力也是人们爱护自然的物证。

有一种静默，那是水中的星光。

月色夜晚，我慢游在金海湖大堤上，山上松涛阵阵，或古人战场拼杀；

水中浪卷声声，则今日渔歌唱晚。银色月光，环湖灯火，微风拂面，甜味空气，有鱼偶尔跳响，有夜鸟在暗处鸣叫，这世外桃源之景，这朦胧诗意感觉，让我想起先人诗句："青山不墨千秋画，绿水无弦万古琴。青山有色花含笑，绿水无声鸟作歌……"

远处有人高声吟唱："……滟滟随波千万里，何处春江无月明！江流宛转绕芳甸，月照花林皆似霰；空里流霜不觉飞，汀上白沙看不见。江天一色无纤尘，皎皎空中孤月轮。"

…………

有一种呼吸，那是情里的向往。

成功举办世界休闲大会的金海湖镇，成为四面八方客人的休闲优选地，成为中国开放的国家首扇窗口，成为造福一方的绿色发展新高地。

一道金光，千山云散，万波碧水，岸芷汀兰，郁郁青青。从远处桃花丛间观湖景大坝，若巍峨群山奔流直下的瀑布。这"瀑布"形同黄河壶口，在三面青山中无声静流，又同黄龙盘卧南北，恰似白鹿青崖间。

雨后彩虹彩霞，照亮青山，照亮绿水，照亮游人的笑脸。无数笑脸中的我，被这惊艳的风景引出联想，让我想起千岛湖之游。

浙江工作的侄子学雷夫妇，邀我们夫妻南下千岛湖游玩。那次登顶天屿观景台，在感叹鬼斧神工美景时，我说这风景好熟悉，有种故地重游的亲切感。爱人笑言："你是把平谷的金海湖当成这儿了吧？还别说两湖真像姊妹湖呢，只是这姐妹俩，一南一北，一大一小，犹如三国时的大小二乔。"

…………

有一种伟业，那是人民的江山。

燕山峰峦中的雄伟长城，燕山峡谷之间的金海湖，江南群峰韶秀的千岛湖，绿水青山就是金山银山，都是中华儿女智慧的工程，都是功在当代利在千秋的伟业。人民就是江山，江山就是人民，这是新时代初心再出发的号角，这是中华民族复兴的历史进程。平蓟之地，曾被日寇铁蹄践踏，这里人民血战强敌敢较量，誓死捍卫民族尊严，前赴后继守卫家乡故土；这里人民当家作主敢想敢干创造新生活，用金子般的赤诚固堤筑坝，双手修出青山绿水金海湖，让水上山冈使果园稻花香；这里人民心胸如江河湖海博大，热诚举办国际水上运动盛会，笑脸欢迎世界人民来此分享大自然给人类的馈赠。

前来金海湖览胜观景，可驾车环湖上桥进岛享受自然风光；可进林爬山路走栈道登高望远自由行；可乘船踏浪凭栏观峡谷绝壁绝景，经历人生旅途的绝妙感觉。这里的锯齿崖，半山峭壁，斧斫刀削，峰如锯齿，七十二峰，峰齿峥嵘；这里的碧波岛，半坡茵茵，半湖滔滔，中西合璧，风光无限，人在景中，景取自然；这里的桃花岛，山花烂漫，野草清香，粉嫩桃花，绯红娇蕊，春风颤动，宛若羞红的少女脸颊；这里有金鱼洞、野鸽洞、通天洞、驼峰山……

美哉，诗意风景金海湖。

（李朝俊，中国散文学会会员，北京老舍文学院学员，代表作《插麦田秧》《蹬秧草》）

爱上金海湖

◎ 李少卿

经常在广播电视中听到或看到“乡村振兴”和“金山银山，绿水青山”等词汇，这对于只有十岁的我来说，它们只是一些文字概念。让我对这些概念蕴含着的丰富内容有了些许了解，还是最近的一次金海湖之旅。

在一个阳光明媚的早晨，我们驱车前往北京市平谷区金海湖镇，第一站我们来到了黄草洼村。一下车，我便看到了比诗中的描绘还要美的“小桥流水人家”。路边的小溪清澈见底，听当地人介绍，这不是普通的小溪，而是泉水，冬天白雪皑皑的时候，小溪里依旧是绿草如茵（室外气温摄氏零下的时候，泉水的温度测出来是 14℃）。泉水十分清澈，仔细观看的话，可以看到地下泉水从泉眼咕咕咕地涌上来。“泉水太好了，水面上水平如镜，清澈见底，水底一片绿，绿的真好比一块翡翠无瑕的碧玉……”看着眼前的景色，我的脑海中不禁出现了老舍先生文章里的这段话。走着走着，看到岸边有一位阿姨在用溪水洗衣服，一问才知，原来洗的不是衣服，而是做豆腐用的布，足见水质之好！听说这里的泉水豆腐很好吃，一会儿要尝尝（小吃货的心中涌起了美食欲望）。

绕过弯弯曲曲的小路，大巴驶进了金海湖的大门，眼前豁然开朗。金海湖风景区，又称海子水库，位于北京、天津、唐山交界处的三角地带，素有“小北戴河”的美称。这里三面青山环绕，水域面积 6.5 平方公里，比杭州西湖稍微大一些。一下车，映入眼帘的便是蔚蓝色的天空，翠绿的花草树木，以及透彻的“玻璃水”。当时我十分好奇，便伸手试探湖水。我刚触碰到水面，就感觉神清气爽，清凉的湖水帮我消除了体内的燥热。在如此清澈的湖水里，可以清楚地看到游来游去的小鱼，听同行的叔叔介绍，金海湖里有20多种鱼，生物种类的多样性说明这里的生态环境非常好。跟在大人们身后，边听他们聊着金海湖的历史，边登上快艇，只见身后的浪花打破了丝绸般细腻的水面。任由头发在风中凌乱，心情也跟着一起舞动起来。一转眼的工夫，我们就来到了对面的岛屿。

这座湖中半岛名叫锯齿崖。锯齿崖是金海湖中一个狭长的岛屿，古称横山，是在康熙十八年（1679）大地震中断裂出来的锯齿崖山体。它自南向北伸入金海湖中，最窄的地方只有50米，其形状犹如一把钥匙，因此被誉为“打开金海湖秘境的钥匙”。岛上茂盛的树林，清脆的虫鸣，翩翩起舞的蝴蝶，和啾啾叫的小鸟，让人宛如置身世外桃源。我们跟随着叔叔，沿着树林中蜿蜒的小径拾级而上。起初，爬陡峭、高大的台阶并不累，但由于天气炎热，还没到山顶我就已经满头大汗。但是当我想到“会当凌绝顶，一览众山小”的诗词后，便再次来了精神，终于来到了山顶。一眼望过去，右前方的山体参差不齐，真的像锯齿一样，怪不得叫锯齿崖呢，果然名副其实。无边无际的湖面在风的吹动下此起彼伏，小船也随着大自然的“呼吸”上下漂动。同行的一位阿姨情不自禁地大喊：“金海湖，我爱你。”

下山的路上，有树木遮挡阳光的直射，在树荫下行走，凉爽了许多，不像上山时的烈日当空，真是“阴阳割昏晓”啊！

接下来，我们又去了小溪谷。小溪谷是一个帐篷营地。一进小溪谷，你就可以看到和黄草洼村一样清澈的一条小溪，同样也是泉水，但是属于不同的支流。顺着小溪往下走，你会发现小溪谷的娱乐设施很多，非常适合爱玩的小朋友，有蹦床、滑索、爬树、抓泥鳅和采摘等项目。我几乎每一项都尝试了一下，玩得不亦乐乎。我和妈妈说：“下次有时间我还想来这里玩，最好在帐篷里住一晚。”妈妈同意了，我好期待呀。

最后一站是曾经的黑水湾村，现在的金水湾村。村里的书记给我们讲述了这个村的故事。以前的黑水湾村主要开采附近山上的金矿，开采过程中的尘土、泥沙和废水流到河里，导致环境的严重污染，黑水湾便因此得名。后来国家禁止金矿乱采乱挖，经过系统整治，黑水湾恢复了青山绿水，因此改名为金水湾。虽然只是一个名字的改变，但是却让我想起一句话——绿水青山才是金山银山。

金海湖独特的山水人文，让我爱上了它。

（李少卿，2011 年出生，现北京市某学校五年级学生，北京市志愿者，故宫小讲解员。代表作中篇科幻小说《遗沙之城》（中英双语））

金海湖不只是一湖碧水

◎ 丁大成

在这个夏末秋初的旅游最佳季节，我来到京畿之地。

我办完事，走了向往已久的通州大运河，考察了通州运河两岸的生态风情。走得累了，望着孤帆远影鸥鹭碧空，吃了地道的北京烤鸭。算算行程，还能挤出些休闲时间，京城风景名胜之多，我的大脑迅速排列组合挑选，金海湖。

金海湖位于平谷区金海湖镇，我就想这个“平谷”“金海湖”。按逻辑学“平”和“原”是统一的，和“谷”在一起就有些矛盾。又海水是咸的，湖水是淡的，金海湖的水总不会是又咸又淡或不咸不淡的吧。事物的相生相克，矛盾的对立统一，自然与逻辑，涉及环境生态学的哲学问题。我这是望文生义，各地地名如此这般特别的不多。

因特别的魅力，我早起，坐上旅游客车去金海湖。一路群山耸翠，远望可见万里长城环绕北部山间。洵、洳二河玉带般萦绕左右。生态地貌处燕山南麓与华北平原北端相交地带，由北部、东部、南部山地和中部、西南部平原两大地貌单元有机组合，四周皆山，中则平地，因以平谷名。金海湖位于平谷东北京津冀交界处的三角地带，据说有“小北戴河”之称。我没去过旅游休闲避暑胜地北戴河，到金海湖能体验北戴河风情，岂不快哉。

通过一段修剪得非常好看的草坪，爬186级台阶，也可以坐电梯到金海湖堤。这些台阶于我这个喜欢户外的山里人不成问题，我一口气蹬蹬蹬地爬了上去。长长的湖堤本体绘制了巨型毕加索画。我更在意道路两旁的黄栌、红栌、元宝枫、黄金槐等绿植。这是北京市政府的彩叶林工程，周边道路、群山都有种植。当风霜掠过，霜叶黄了红了紫了，与常绿植物相间，流光溢彩，五彩缤纷。可此时，枫叶未霜心不老，凉风正好小蛮腰。

金海湖三面环山，峰峦叠翠，湖光山色，青山绿水。山水于我不陌生，我就生活在山水之中，家乡是 AAAA 黄檗山国家森林公园。各地名山秀水，受当地地貌气候风情影响，风姿各异，各有各的滋味。如我的家乡黄檗山国家森林公园是："雾嶂风光烟水紧邻湖北北，幢幡峻岭云山静居河南南"。金海湖风景秀丽的独特之美，需要亲自感受，语言在美妙的金海湖面前总是捉襟见肘苍白无力。可以漫步 1.5 公里的湖堤一览金海湖风光。可以登上湖光塔、望海亭、锯齿崖等观金海湖潮。视角的不同，可以产生不同的观感，最经典的例子盲人摸象、隔着门缝看人。东坡居士《题西林壁》云："横看成岭侧成峰，远近高低各不同"，道出了其中的奥秘。

金海湖无论从哪里看都是美的，空气的湿润，水中的游鱼青荇，岸边的植被，犹如置身江南水乡。她给我的感受是辽阔，大海一样的辽阔，尽管水域面积只有 6.5 平方公里，这就可以理解金海湖为何叫海。此时晴空万里，烟波浩渺，时有微风拂面。在金海湖面前，胸中日常琐事郁积的块垒烟消云散，我也变得胸怀宽广。环境能改变人的身心。

水是生命之源，给人以灵动、柔情、希望、公平和依赖之感。物理学上说，水无色无味，其实自然生态下的水是有色彩味道的。一位浙江朋友到我的家乡黄檗山国家森林公园旅游，坐在盘山旅游车里望着窗外的风景，他问我黄檗山的水是什么颜色？让我这位如果自居第二，没人敢称第一的土著导游一惊，平常还真没注意这个问题。我灵机一动说，你亲自看看不就知道了。黄檗山的飞瀑流泉，小溪深潭的水都是绿色的。青山绿水，绿水青山恰如其分。江浙朋友说，江南水乡的水是蓝色的，"日出江花红胜火，春来江水绿如蓝，何不忆江南"，也不是随便一说。金海湖的水呢，此时深蓝色的金海湖水在金色的阳光下幽深闪烁，尝一口竟有甘甜的味道。

山水相连，有水的地方自然有山。草原平原的河流湖泊，高于水平面的就是山。金海湖三面环山，22平方公里的景区内有兔儿岭、桃花岛、碧波岛等。据说兔儿岭怪石嶙峋，去桃花岛还能品尝到香甜可口的蜜桃，碧波岛有京郊小瑞士之称……我只去了锯齿崖。旅游其实就是遗憾。弱水三千只取一瓢饮，其余二千九百九十九都是遗憾。坐帆船到锯齿崖，体验一把孤帆远影碧空尽的感觉。

锯齿崖，是金海湖景区代表性景点之一，古称横山。“满山秀色在一湖，一湖秀色在横山。”古横山于康熙十八年(1679)大地震中山体断裂演变，由一系列硅化石灰岩形成锯齿样悬崖。沿着山间林荫步道攀登，植被茂盛，鸟语花香，峰回路转，不时出现的众洞穴幽深……崖峰峭立起伏排列，有如我家乡黄檗山国家森林公园九峰尖的神韵。锯齿崖景观甚多，“横山远照”最为亮眼，此时阳光正好。锯齿崖自南向北伸入金海湖中，将金海湖分为内海和外海，站在锯齿崖上远眺，有千岛湖之美。难怪康熙皇帝巡游横山及周围群山后感叹，何必下江南。

好水好山，孕育好的人文历史。好的人文历史，形成景观反哺山水，增加山水风景的神韵内涵。金海湖历史悠久，文化深厚。有距今六七千年的上宅文化，出土了大量的陶器和石器，在造型奇特的上宅文化陈列馆可见。金海湖畔的上宅文化陈列馆，据说是我国第一座以考古学文化命名的专题陈列馆。陈列馆分上下两层：一层展厅陈列“上宅文化”及周围环境的考古科研成果，再现了北京灿烂的远古文化。二层是综合厅，陈列平谷近10年出土、征集的文物精品200余件，反映了从商周到明清时期平谷人民生产、生活情况，与一层陈列的新石器时代上宅文化交相辉映。站在金花公主墓前，看金花公主身着盔甲纵马腾飞的雕塑，拜读汉白玉石碑，感受800年前金章宗女儿金花公主的美丽传说。

据介绍金海湖有八大特色景观：金海泓涛，长龙卧波，金花遗韵，水上白鹭，坝体彩绘，山色湖光，横山远照，绿荫长廊。同时有湖光塔，金花公主墓，锯齿崖等自然景点和人文景点数十处。由上所见，我选择性去了一些，且按最佳路线，不是叙述的这样秩序。

游人慕名而来到景区看风景，追求视觉享受人文历史之美。景区的人日月星辰，担负景观的开发守护，奉献与收获，任重道远。

金海湖，原名海子水库，因地处大金山之南、海子村之北而得名。康熙十八年那场大地震导致山体断裂形成河峡谷。金海湖人顺势而为，出动15000人仅用7个月时间于1959年在海河流域的蓟运河水系的泃河筑堤初建成海子水库，1968年续建，1974年扩建成人工湖，为北京市第三大水库。入库河流控制流域面积443平方千米，库区内自然生态恢复良好，森林覆盖率85%，水质持续保持在地表水Ⅱ类标准。这才有金海湖的碧水蓝天，青山环绕，云影波光，倒影入湖。金海湖库区是60多种水禽鸟类包括国家一、二级保护的白鹳、黑鹳、大天鹅、灰鹤等重点栖息繁殖地，水域内有鲤鱼、白鲢、花鲢、鲫鱼等多种鱼类，构成一幅浓郁的山水生态画卷。2000年金海湖与京东大溶洞、大峡谷联合获评北京市首批市级风景名胜区，2009年金海湖被评为国家AAAA级旅游景区。2021年世界休闲大会在金海湖举行……这些，需要金海湖人的多少努力，和“绿水青山就是金山银山”的自觉意识和情怀。

顺着一条清澈小溪，经过小溪谷，到金水湾村。与我的家乡豫南山村依山傍水以“湾”字命名的众多不同，据称黑水湾是全平谷区村名中唯一含湾字的村庄，故得名京东第一湾。金水湾原名黑水湾，曾是古代战略要地，明朝万历年间，朝廷派兵在此修建长城，把守边关。曾经的黑水湾村因历年开采附近山上的金矿，植被破坏，灰尘、泥沙、淘金的废水泛滥，严重污染环境而得名。2004年为保护生态环境，金山关闭，再经过系列合理有效的生态环境治理，黑水湾青山绿水遂改名金水湾。如今，金水湾群山环抱，山上绿树成荫，森林覆盖率高达90%，成天然氧吧。

我在金水湾村吃了早中晚餐顺序中的午餐，和按时间顺序可以称作的晚餐。农家餐馆满是烟火气，老板娘礼貌地问我，请问吃啥？我说，豆腐。老板娘笑问，是红烧、清炖还是麻婆豆腐？我说，香煎。或许是我的鄂豫皖边普通话，和平谷普通话沟通出现障碍，老板娘有些茫然。我说，方便的话，我可以自己做。老板娘乐见。豆腐切片，放油锅里煎，撒适量盐入味，翻煎另一面，放小葱蒜瓣，再放入水灵灵的小青菜，翻炒出锅，清香可口。这是我家乡黄檗山国家森林公园的特色菜，也是农家日常菜。老板娘点赞，说这种香煎豆腐做法的确不错，学到一招，非赠送米饭。

金水湾村主要产业为林果收入，及旅游餐饮住宿第三产业。是生态发展“绿水青山就是金山银山”的践行者。

农民不仅仅种粮食，传统乡村还有木匠、篾匠、瓦匠、砌匠、石匠等手艺人，有肉铺、药铺、饭铺、裁缝铺、百货铺等商铺，有磨坊、粉坊、油坊、豆腐坊等作坊，有林场、茶场、果场、养殖场、园艺场等农场，百业兴农村兴。各地根据自然生态条件合理利用，发展优势产业，乡村振兴。

金海湖镇区山水林田湖草形成了完整的生态体系，自然风光及人文景观享有盛名，休闲文旅业在蓬勃发展。

不忘来时路。尽管金水湾村紧挨昌金路，交通便利，我还是返回金海湖堤。读你千遍也不厌倦，再望一眼夕阳余晖下碧波万顷群山倒影的金海湖，下 186 级台阶，路过草坪，出景区山门，轻轻地我走了，有如我轻轻地来。

（丁大成，河南省作家协会会员，信阳市小说学会副会长，《今日国土》特聘生态文学作家）

魅力金海湖

◎ 丁厚银

我到北京去参加一个活动，会议结束以后，已是中午，本打算吃完饭就回江苏，可当地的一位朋友力邀我在北京再玩两天。其实，北京我已不是第一次来，好多景点如天安门、故宫、长城、香山、红螺山、昆明湖、什刹海等都已去过。

朋友告诉我，在北京，有一个地方，对于外地人来说比较陌生，而对于京津冀的人来说却比较熟悉，那就是位于北京平谷区的金海湖。那里有北京最大的水上乐园，也是北京第一缕阳光升起的地方。山水风景都很美，北京当地人都喜欢去。适逢周末，再三推脱，终因盛情难却，加之我以前确实也没有去过，遂决定一同前往。

下午 1 点，我们驱车从朝阳区出发。一路上，朋友首先简单地介绍了金海湖的基本情况。金海湖坐落于平谷区东南盘山脚下，距平谷城区 15 公里，距北京主城大约 90 公里，是通往河北、天津的交通枢纽。金海湖原先叫海子水库，是北京市继密云水库、官厅水库之后的第三大水库，也是平谷区的后备水源涵养地。这里最早是在 1679 年大地震中断裂出来的峡谷，1959 年的时候开始规划建设水库，1968 年完成续建，1974 年扩建成人工湖，1984 年海子水库辟为金海公园，1988 年更名为金海湖，沿用至今。

虽然过了立秋节气，但北京中午的气温仍然较高，坐在车里还需要打着空调。经过了大约一个半小时的时间，我们终于在下午 2 点半左右达到了金海湖的入口处。

从西门进入景区，眼前是一大片的绿地，温暖的阳光静静地洒落在柔软的草坪上，漫步其中，有一种心旷神怡的感觉。

透过树木间隙，一个高约20米的彩色大坝横在眼前，暗红色坝体上，醒目的巨幅画面很有冲击力。坝体正中是毕加索的巨大头像，眉头紧锁，右手抚摸额头，神色耐人寻味。头像旁边是他的巨大签名，签名下方是毕加索的名作《沙滩上奔跑的两女人》画像，画面抽象奔放。据说这是100多位艺术家用时一个多月才打造完成的，面积达35513平方米，还被收入了吉尼斯世界纪录。

登上坝顶，眼前豁然开朗。不管是烈日当空，还是细雨朦胧，都给人们提供最好的角度来观看高峡平湖碧波荡漾的美景。漫步其间，湖光山色尽收眼底，蔚蓝湖水，粼粼波光，水天一色，好不惬意；远端的大金山层林尽染，恰似一幅绝美的山水画卷；一排排白色的凉亭漂浮在湖面，点缀着秀丽的湖光山色。

大坝的上面还修建有一条仿古长廊，大约有500米长，据说这是继北京颐和园之后第二长廊，上面雕梁画栋，惟妙惟肖。整个长廊蜿蜒起伏，每个画面都有典故传说。徜徉长廊之中，既欣赏了美景，又增长了知识。

按照预定行程，第一天我们将开启游水之旅，感受金海湖水的魅力。水是金海湖最耀眼的明珠，许多人到金海湖游玩都是奔着金海湖的水去的。久居城市的人们，在经历了整整一个夏天高温炙烤的煎熬过后，总是想寻找一处山水幽静的地方去放松一下，于是，位于平谷区的金海湖就成了他们的首选之地。

从金海湖大堤的仿古走廊由北向南，会看到三个码头，一只皮划艇、脚踏双轮车码头，一个是快艇码头，还有一个是游船码头。水上游乐中心有游船、快艇、自驾艇、水上飞伞、脚踏船、手划船、肥仔船、速降、大型水滑梯、赛龙舟、香蕉船、皮划艇、甲壳虫跑车等30余种丰富多彩的娱乐项目。位于金海湖东畔的水上运动场，还是第十一届亚运会水上比赛场地，也是国家体育总局的水上训练基地。

在朋友的带领下，我们终于来到了游船码头，迫不及待地登上了哈尔斯水上巴士，向着金海湖的内湖进发。人坐在船上，眼睛却一直盯着湖面，偌大的金海湖，一泓碧水嵌于山间，似是一块无瑕的翡翠，澄明如镜，叠嶂绿海，氤氲绵延，仿若踏入人间仙境。

湖面上，一艘快艇从远处疾驰而过，由于速度太快，有时候整个船身都脱离水面，刺激而又浪漫，艇后激起的白色浪花，犹如拖在尾部的一条玉带，蔚为壮观。此时此刻，我也想亲自驾驶快艇，遨游于湖面，可我既没有技术也没有胆量，只能默默地欣赏。游船的这一边，几辆水上自行车款款而来，虽然没有快艇迅捷，却也不失优雅。这些“水上霸主”，或缠绵于碧波之上，或奔驰于山水之间，乘风破浪、扬帆远航，管他“前浪”“后浪”，奔涌吧，尽情享受那恣意的飘荡。

更加刺激的还在后面，在外湖的中央，有一处约 300 平方米的平台，胆大的游客可以穿上安全服，系好安全带，靠一条长 60 余米的绳索悬挂在快艇尾部，当快艇开动时，游客会背着像风筝一样降落伞乘风而起，在空中飘逸。快艇速度时缓时急，游客像蜻蜓点水一样，时而贴着湖面走，时而飞向高空，宛如特技表演。

游船穿过锯齿崖到达内湖码头，我们来到了金海湖第一岛碧波岛，在这里可以尽享金海湖景区唯一的沙滩休闲和山地露营，这是一座可以充分体验阳光，感受无限生机的岛屿。优美的自然风光，豪华的酒店设施，舒适的果岭草坪，德国进口的游乐设施及小朋友钟爱的动物长廊。在清风和煦中享受山水间的慢时光，您可以选择漫步草坪，也可以乘坐球车在岛上兜一圈儿，闲来无事也可以在临湖餐厅来杯下午茶，享受午后的惬意时光。

湖畔的垂钓乐园，聚集了很多的垂钓爱好者，看着他们挥杆连连，我的钓鱼瘾也被唤起，由于没带渔具，心中便有些失落。旁边的一位钓鱼爱好者告诉我这里有渔具出租，钓鱼也是收费的。顾不了那么多，赶紧去找老板租了一套渔具，并支付了钓费，100 元 8 个小时，不算贵，此时虽已近傍晚，但我并没计较。

再次来到湖边，拉开架势，开始了有模有样的垂钓，不到十分钟我就钓上了一条大鲤鱼，足足有 2 斤多重，本来就想过过瘾，没想到还真的钓到鱼了，看来湖里的鱼还不算少。再看看那条被钓上来的大鲤鱼，活蹦乱跳，通身金黄，细长的身躯，标准的野生鱼，心里很是高兴。这说明湖里的水还是清洁的，作为一个长期垂钓的人来说，从鱼的身上就可以判断出水质的好坏。

在垂钓乐园我们偶遇了一位平谷区旅游部门的领导，他正陪同几位外地客商来金海湖考察旅游招商工作。他告诉我们，平谷区地处京津冀交界地带，是北京市生态涵养区之一，肩负建设首都生态屏障的重要使命。

同行的金海湖镇领导还向我们讲述了金海湖生态环境的建设情况，2000 年金海湖刚开始开发旅游，由于缺乏统一管理，在金海湖边上私搭乱建现象严重，占道经营，污水随意排放，生活垃圾随处堆放，违规设置钓鱼浮台、违规出租船只等，不仅污染环境，还存在一定的安全隐患。

2017 年的 1 月，平谷区委、区政府把金海湖镇定为“双安双打”的试点镇，同时建立“吹哨”制度，加大了库区的综合治理力度。经过几个月的综合执法，使库区的乱象得到有效治理。无序经营的农家院得到有效控制，拆除了水库边 45 处私搭乱建，腾退占地面积 133273.51 平方米。同时对库区里边 1000 多户村民的污水排放进行改造。清退拆除违规养殖约 8 万平方米，腾退水域面积约 10 万平方米。金海湖景区周边的环境明显改观，2018 年湖区首次达到了地表水Ⅱ类标准，效果显著。

良好的生态环境，使得金海湖地区的面貌发生了根本的变化。如今，三面环山的金海湖，区域森林覆盖率高达 95%，空气质量优异。这里负氧离子含量更是北京主城区的 40 倍，每立方厘米可达 2000 多个，为国际负氧含量最高等级。

金海湖良好的生态环境还给候鸟提供了栖息之地，白鹭、野鸭和许多不知名的水鸟，犹如一个个快乐的小精灵，在这片宁静的水湾中尽情地嬉戏……

据调查，金海湖地区共有 60 多种水禽鸟类栖息。其中不乏国家一 、二级保护的有白鹳、黑鹳、大天鹅、灰鹤等，另外还有北京市重点保护的有淡水海鸥、苍鹭、鸳鸯、普通沙鸭、凤头潜鸭、绿头鸭、大白鹭、鸿雁、普通翠鸟等。每年 4 月中旬至 10 月中旬都要来此栖息。

除了鸟类，金海湖的鱼类品种也不少，既有鲟鱼也有金海特产鲤鱼、花鲢、鲫鱼、银鱼、黑鱼、马口等。您在这里可以一试身手进行垂钓，自娱自乐。金海湖现已成为北京地区最大的天然钓场，截至目前，所捕获的最大鱼达 40 余公斤，钓获的最大鱼达 30 余公斤。优美的自然风光与丰富的鱼种早已使金海湖成了京津冀垂钓爱好者们的首选休闲场所。每年的九月份，这里都要举办盛大的钓鱼节，届时将有上万人同场竞技，场面极为壮观。

在过了一把钓鱼瘾后，太阳也快落山了，我们决定住下来，等待明天的登山赏秋。听说在湖东北不远的地方，有一个小村子，叫黄草洼村，村子不大，但历史很悠久，清代的时候就有人在此居住，因地处山坳，到处长满黄草毛，故称黄草凹，后来又因为在此处发现有许多泉眼，泉水旺盛，故又改名黄草洼。村里不仅有明亮整洁的民宿，极具地方特色的美食，而且还有汩汩流淌的泉水，随风飘舞的风筝。很多游客都喜欢选择在这地方住宿。既然如此，我们也想过去亲身体验一下。

来到黄草洼，映入眼帘的是一座座散于青山之间，建筑风格迥异的新式民居，湖水漫于山脚，使这里远离世外的喧闹，显得格外的幽静。村落的两边都是大山，中间是一条 800 米长的主村道，村道两边是村民居住的房屋。2019 年村里为了更好地利用自然资源，发展生态旅游，由村委会统一聘请专业的设计师，对村里的部分农房进行改扩建，将部分民居改造成民宿，用以接待外地来的游客。

为了方便，我们选择了一处位于湖边不远处的二层民宿小院住下。走近客房，屋檐之下还能看到老房的点点痕迹。幽幽庭院，凉亭、水池、摇椅，一幅岁月静好的画面呈现在眼前。

走进房间，则是另一番景象，颇具现代风格的装潢，简约而又不失亮丽，色彩搭配活泼协调，在条形灯带的装点下，山间小屋一下子前卫了许多。电视、麻将桌等娱乐设施一应俱全，床品和洗漱用品保持着与星级酒店相同品质，相连的客厅与卧室、独立的厨房与餐厅，一切布局和设施都确保了住客生活的便利，让人一时间忘记自己身处在平谷的一个小村庄。

在二楼顶的晒台上，可坐着摇椅尽情享受湖光山色，可毫无顾忌地把酒言欢，在微凉的秋风中快活享乐。

除了民宿，黄草洼村最吸引游客的还有它的泉水，黄草洼村的最大特点，是在“洼”字上。三面环山的黄草洼是整个北京市都少有的泉水村，当年，先民们就是冲着这汪水，来这里繁衍生息。村子里的几眼泉水，终年活水不断。汲水洗菜的老奶奶，水中捉鱼的鸭子，绿油油的水菜，亭亭玉立的莲花。清泉流淌处，写满鱼米之乡的诗情画意，颇有江南的韵味。

黄草洼的泉水属于冷水泉，特别适合虹鳟鱼的养殖。黄草洼人用天然山泉水养殖出来的鳟鱼和鲟鱼，其肉质比别处的鱼都要鲜美。每到节假日，鱼塘边上，撑竿捉鱼的场面都成了一景。这里有品位独特的“虹鳟六吃”，也有包罗万象的“泉”鱼宴。鲜切三文鱼、炖鱼头汤、烤虹鳟鱼、清蒸鲟鱼……那些刚从鱼塘里捕捞出来的新鲜活鱼每一条都能满足你挑剔的味觉。

除了鱼之外，还有水菠菜、水芹菜、各色野菜等，这些由泉水灌溉而生的蔬菜，也是游客们必点的佳肴。

如此美味，我们自然不能放过。酒足饭饱之后，我们又登上了小楼上的观景平台，坐在玻璃小桌前一边喝茶，一边聊天，远处的湖边，渔火点点，有许多游客围着篝火，边唱边舞，好不热闹……

第二天早上6点，我们起床时，竟然发现外面下起了蒙蒙细雨。夜里什么时候开始下的，我们竟浑然不知。打开窗户，感觉气温明显比昨天凉爽了许多。站在窗前，远处的湖面和山坡上雨雾蒙蒙，忽隐忽现，又给我们增添了一份神秘感。

离早餐还有一段时间，我们决定再出去走一走。听说村里有个珍珠泉，一跺脚就会冒出串串珍珠似的水泡。昨天来的时候没有去，今天想去看看。热情好客的民宿主人主动免费给我们提供了雨伞，于是我们走出屋门，在大清早漫步雨中。按照指引路线，不大工夫就来到了珍珠泉边，为了应验大家的说法，我们开始用力跺脚，果然就看到泉眼处有串串水泡冒出。在离珍珠泉不远的地方有两棵古树，一棵是长在墙里的核桃树，一棵是长在水边的柿子树，两棵树相向而生，从树上的牌子看，两树均已有百年树龄。当地人为了满足人们祈求吉祥的愿望，就用核桃与柿子的谐音“合适”来命名两棵古树。这里也成了恋爱中的情侣经常光顾的地方。

本以为下雨，今天的登山赏秋就要泡汤了，心里不免有点遗憾。可令我没有想到是，当我们吃完早餐，却发现外面的雨竟然停了，心中窃喜，这大概是上天要眷顾我们这些外地的客人吧，心情一下又好了许多。

我们要去的第一个景点是“横山远眺”。据平谷区志记载，这里是盘山北麓第一名胜，也是平谷八景之一。横山俗称锯齿崖，因其山峰形似锯齿而得名。横山是自南向北伸入湖中的一个半岛，高崖峭立，犹如蛟龙入水直插湖中。碧蓝碧蓝的金海湖水把这个天造地设凌空而起的横山衬托得越发雄奇伟岸，动人心魄。站在崖顶，金海湖内外湖一览无余，绿水青山相映成趣，远处的大金山青山连绵，山脊上的长城如巨龙一样蜿蜒，清晰可见。

锯齿崖的山上乱石穿空，洞穴丛集。崖壁上一个形状像鱼的洞口，名为“金鱼洞”。据说“金鱼洞”内有通孔，可达下洞，下洞水浅时方能看到。稍南是鸽子洞，住有野鸽数千只，每年呼啸而来，飞掠湖面，奔向远方觅食。鸽子洞南是驼峰，因山峰像骆驼而得名。再往南是董、葛洞，相传，明时曾有董、葛两位道士在潜心修炼。如今，龛台拆了，道士去了，只留下了这谜一样的悬念和仙境般的景色供我们欣赏。

锯齿崖的对面是湖心岛，著名的湖光塔就屹立在岚屿园山顶之上，金碧辉煌，直插蓝天。湖光塔八角形状，单檐式，7 层 30.3 米高，72 步台阶，168 个兽头，7 层 8 角 56 个风铃。微风吹过，铃声悠扬，仿佛走进了音乐的殿堂。

塔体通透，登上塔顶，尽揽金海湖秀丽风光，听松涛阵阵，雀鸟私语。

金海湖拥有6.5平方公里水域面积，红叶景观带沿湖分布，每年的深秋时节，景区都将开辟6条赏红叶路线，供游人选择，其中尤以游船赏红叶航线，最受游客的欢迎。所以这里也是北京唯一可以在水面全方位观赏红叶的景区。于是，我们再次由陆转水，登船赏秋。

由于金海湖地处山区，每年的气温都较其他地区降得早些。初秋时节，已不似盛夏那般绿得浓烈，各类草木纷纷换装，只剩湖畔常青的松树。举目远眺，雨后的金海湖多姿多彩，绿水青山映带左右。几棵微红的枫树，在这如黛的山色和白墙青瓦间，平添几分情趣，让水墨看起来又有了水彩的韵味，细细品来，风韵与意趣共生，金海初秋，倒有几分禅意。

几只鸟雀，低飞着，掠过湖面，不时发出几声啼鸣，虽无节奏之美，但也不生涩刺耳。秋日里的蟋蟀，像是位古朴的乐师，在湖边的草丛里弹奏古老的琴弦。白鹭在浅水滩里徘徊，似在寻找或者等待什么。

这里的水，常年碧绿，倒也没有什么变化。而四周的山却会随着季节的变化而呈现出不同的颜色。初春时节，北方的天气还比较寒冷，山上的植被还没有发芽，山顶呈现黄褐色，夏天漫山苍翠，秋天五彩缤纷，最为美丽，到了冬天，一场大雪，又变成了银白色。一年四季，随着季节的变换，金海湖也在演绎着梦幻般的“绿水青山”和“金山银山”。

山和水的融合，是静和动的搭配，单调与精彩的结合，组成了金海湖最美的风景。在青山间探索，在绿水间泛舟，是多么的美妙、那么的惬意……

因为时间关系，金海湖的八大景点：金海泓涛、驼峰夕照、长龙卧波、金花遗韵、水上白鹭、岚屿秀色、渔歌唱晚、横山远眺，我们没有来得及近距离地一一游览，也许这正是金海湖的魅力所在，故意给我们留下念想，等待我们下一次的到来。

（丁厚银，江苏省宿迁市散文学会副秘书长，《今日国土》特聘生态文学作家）

金海湖　流动的深情

◎ 胡笑兰

金海湖，在我见到她第一眼时，就深深地烙在了心底，成了心底的挂念。我向来爱湖，人与万物，不能缺了水的滋养，有了湖，大地便似镶嵌了闪亮的珠子，充满灵气。她是大地的血脉，一种流动的深情。

金海湖，位于北京平谷区，交通便利，距北京市仅仅 85 公里。金海湖有多大，数据显示水域 6.5 平方公里，面积甚至大于西湖，是北京周边水域面积最大的公园。不仅仅是面积，还有生动。金海湖群山环抱，山倒映在水中，水蕴藏在山中。水中有山，山路依水，岛屿出没其里，湖中大大小小的岛屿，宛如青螺缀玉盘。锯齿山，山峰形似锯齿而得名，高崖峭立，洞穴幽深，景观甚多，催生锯齿崖的传说；暮色幽幽，夕阳总能赋予人很多，赋予驼峰夕照的唯美浪漫；还有金花公主墓的传说，凄美……湛蓝的水，有海的内涵，写满秘密，写满传说。于是，金海湖有"北西湖"之称，时下，谓之为北京的后花园。

若是晴朗的日子，水里有山，有山浓淡相宜的倒影。那些剪影浸满山的硬朗，水的柔软，又融进四季的色彩。

山间，杜鹃花又盛大的绽放了，年年如此，用一片红染亮水天之间。与一朵花对视，一朵花就是一个灿烂的生命，从她抛过来的眼神，你总能获得些什么，一些能流进血液里的东西。这是春的信息，姹紫嫣红的春天。她们一旦漫山遍野，那种峥嵘，太令人心生柔软了，直叫人不能思想。我想，人的思想无法有这样的开阔，此刻，我只想让这没有尽头的明艳包裹着我。我只有臣服，臣服她们铺开的广阔，张扬的生命。臣服一切，我听到和没有听到的声音。

而秋呢？金海湖北山步道，有枫叶的火焰。既有传统的黄栌、元宝枫、火炬，也有红栌、红叶臭春、黄金槐彩叶，以及火红的柿子，个头如醋钵般的鲜梨。金海湖映衬着它们，色彩奇幻，一起构成了一幅红红火火的人间词画。这样的画面，让人怦然心动。秋天的阳光照着它们，流动着光的音符。是阳光让它们发光，还是它们让阳光生动？这并不重要，我又一次被眼前景所征服，心甘情愿地被征服。

夏，湖蓝得深邃。含苞欲放的荷花腼腆而不失华贵，露水打在荷花上犹如羞涩的美少女显得那么柔美。绽放的荷花，宛如贵妇般美丽大方，又不失端正。蓝天、白云与荷花交织在一起，在喧闹的都市是很难见到的。走到水边，站在山巅，总与凉爽同行，总有悦耳的鸟鸣相伴。平静的湖面，小艇撩起雪白的浪花，浅浅的沙滩，游人追鱼捉虾，摆起沙滩椅，采一束阳光的金黄。

冬，冰雪晶莹的世界在北地完美的演绎，在金海湖也是壮观的。我打小就喜欢雪。不是吗？冬天，就该有一场大雪，盛大的雪。雪花先是一片片的，大朵大朵的，落在我的掌心，是晶亮的六边形。这样的雪是干燥的，不会很快融化，一会儿就覆盖了山，覆盖了树，覆盖了远处的麦田……满目银白。雪总会给人干净的感觉。有雪的日子，不仅仅可以玩雪，堆雪人，还能让人浮想联翩。我站在雪地里忽然说梨花似雪。我的眼里，雪花变成了梨花，雪就有了童真，有了浪漫的气息。以我有限的农耕知识，我还知道，雪藏下的草木没有虫害之忧，它们被雪遮盖了，成为雪的一部分。但等来年的春暖，雪融化，草木们喝饱了雪的精气神，养足了精神，可劲地健康地生长。雪是美好的。

无风时，湖面水波不兴，光滑的如一面镜子。湖无垠辽阔，融进山峦，融进云端 。我不禁想起《诗经·蒹葭》。有一位美丽动人的女子在水一方，那位佳人仿佛就在水中央；仿佛就在水中滩；仿佛就在水中洲。是那么令人神迷，充满不确定性。

起风时，水波粼粼，宛如一面湖蓝色的丝绸，在你面前铺展，铺展旖旎。湖，借仙女纤纤巧手，裁剪缝制，这梦的衣裳。湖面有鸟飞过，荡起鸟鸣，荡起心愿，荡起水的童话和水的格言。雾和水之间，以液态存在，以固态升华。高出哲学和自然学，高出一切你所能想象到的境界。我想，总有些故事在这里发生，在水的记忆里，总有些植物如清新的水珠，透明、晶亮。

晨曦里，不知道从什么时候开始，雾腾起来了，一切看上去像贴了一层玻璃膜，玻璃膜后面的一切朦朦胧胧的，看不真切。雾里的山水，隐隐若若，又若即若离。我喜欢这样的意境，雾里看花，雾里看湖，同样透着神秘与敬畏。面对这一湖碧水，那日夜不息的澎湃的心潮，在那瞬间，结成一片静谧。

面对一湖的雾霭，朝阳慢慢地穿透灰云，灰云慢慢变白。太阳最后在金海湖荡了荡，拉起一连串水波纹，抖着紫色的粼粼的光，紫气东来！我在心里这样喊。接着太阳就露出了整张笑脸，红红的像枚大印章，妥妥地挂在天边。阳光出现在这个早晨，也是瞬息之间的事情。朝阳是明媚的，是温润的，照在你的脸上也是温柔的暖。水下隐隐感觉到两三米深处的鱼儿在嬉戏，它们无比的快乐，并没有因我的到来而惊悚。鱼儿有着自己的世界，它们是水中的精灵。作为生于江南的女子，在这里我还能找到我的江南水乡，我的关于家乡的依傍和回忆。

空蒙中，世间真谛，寰宇玄机，不能入目，却能入心。我把自己的心湖缩小，把这面自然之湖放大。这世间，又有哪些事情是人能一眼洞穿呢？透过那些缥缈，你把自己融进去，用心体悟，怀着一颗敬仰之心，你一定有自己的习得。于是，在微微的波动中感受，在每个转圜处留下沉思。来金海湖，我总有所得。每一寸放慢的脚步，每一片飘过湖面的云，每一声鸟鸣，都会叫人倾心，依恋……

大片草地，毛茸茸的，柔软，碧绿。恬美的风，吹动茵绿。这个时刻，你沿着它行走，或者静坐。一团草绿，从古典到浪漫，一条需要用石的坚硬，树的茂盛拱卫的小径，也游进你的心径。

人间烟火气，最抚凡人心。吃，是每个人每天都经历的事情。有湖的地方，鱼自然是你最期待的，金海湖的鱼不会辜负你这种期待。一道清蒸鲢鱼上桌了，竟然盘子都没有装下，一吃便知，这是金海湖地道的野生鱼。金海湖有品种繁多的鱼类，鲟鱼也有，鲤鱼、花鲢、鲫鱼、银鱼、黑鱼、马口等，既可以观赏，也可品尝金海湖全鱼宴。

周边有幽静的树林，农家餐厅更是多种多样，在附近的一些农家院里可以吃到侉炖鱼、烤鱼什么的，湖边的农家乐有柴锅炖大头鱼。我最喜欢湖边一家叫紫藤花开的民宿了，因为那些各种造型的小木屋，我常常走进去住一晚。然后，在众多农家院周游，尝尝平谷的特色菜，野生水库鱼，铁锅慢炖、豆角粘卷子、灌肠、烙肉饼、小锅饽饽。与其说我追逐美味，不如说是在追逐藏在味蕾深处的初始，那记忆深处的味道在这里觉醒。

初春，生机勃勃。天气转暖，平谷迎来了候鸟。100 余只小天鹅，来了，这是 2022 年度首次观测到的，成群迁徙的小天鹅。西峪水库里，小天鹅在游弋，嬉戏。它们忽然打开翅膀，腾飞。它们身姿轻灵，忽高忽低。它们又落在水面，踩着水花，旋转，它们伴一曲华尔兹，在跳一曲水上的芭蕾。平静的水面倒映着小天鹅美丽的身姿，仿佛童话世界里的天鹅湖。有“贵客”到访，两只中华秋沙鸭翩然来临，在水中畅游、嬉戏。天鹅、灰鹤、黑鹳、北京雨燕、银鸥……各种鸟儿争相扎堆，这里是重要的鸟类迁徙通道。这些国家一、二级保护动物们，常常是七八十只结群而至。它们在金海湖悠闲自得，寻觅着自己喜爱的食物，在碧水中梳理自己的羽毛，去一身征尘，拍水击浪，冲天鸣叫，排队继续飞向远方。

风有多清，水的呢喃就能送出多远。水杉在水中蓬勃，树的身影，游人的身影都倒映在水里。湖里也有了云朵的身影，缥缈的白云，一直铺满绿意的湖水，也将人的思绪引向遥远。长脖子的白鹭翩翩飞翔，透过水杉的缝隙，看见她白色的影子闪动，那些游客们都在倾听百灵鸟的鸣叫“哦噢……

啾啾……喳喳……”湖那边也应声四起。大多的鸟鸣,都是温情的,金海湖的鸟鸣尤是。这白色的精灵让湖光山色平添几分神秘与灵动,平添灵动的野趣,仿佛小的时候,家门口河浜的野趣又回到我身边。也许友好可以传递,这些“天外来客”平常在水中结伴嬉戏,并不害怕人,甚至不怯懦,俨然一副“地主”的姿态,悠闲自在。艺术家彼得·沃德克有这样的雕塑作品——一只站在巨石之巅的飞鸟远眺着前方。和艺术家的美好愿望一样,在这座生态园林,鸟们能与人共享大自然的美丽,人,鸟与自然和谐相处。

金涛拍岸,柳浪闻莺。金海湖阳光照射着她的时候,一定是这样的。除了候鸟,还有众多的留鸟。在金海湖小住几日,才看到了不一样的金海湖,我与黄腰柳莺成了邻居。一个风雨交加的夜晚,我带着一种担心来看它们。我发现鸟窝依然在那里,虽然被风吹得有些凌乱。我坚信鸟妈妈为了保护自己的孩子,是可以牺牲自己的生命的。

一个风和日丽的清晨,当我来到它们的家,我发现黄腰柳莺的幼仔待在那里,它用无比纯真的眼神看着我,它的眼睛像一颗黑明珠,真是让人生爱了。面对着这样的一双眼睛,我觉得自己的心房像屋外的天空一样晴朗,变得无比澄澈。我想,我们每一个人都是带着美好的情愫来到这个世界的。但是,总会遇到一些不堪,一些失意。伤心,落寞是不用去解释的了,但无论如何我们要把伤痛化为一种力量。否则,就对不起小鸟呈现给世界的这份纯真美好。

你感受到这种关系的美好,并且随着日子一天天的不断相处,我越发迷恋这种关系。你对这个小鸟的爱是一种自然的流露,在这些彼此关注的过程中,你越来越发现它的天真可爱。我不清楚小鸟是否懂得人对它的这份爱,我还坚信它喜欢这样的氛围,它喜欢待在这样的空间里,或者氛围里。那些树,花好像是特意为它营造的,真有那么一种鸟语花香的氛围。

这难道不是我们渴望拥有的一种最简单的相处方式吗? 人,鸟,花草,湖,若能善意地相处,也不失为一种美好的关系。就像小鸟不懂你的心,但它展现给你的是一个完全美好的小世界，这样的关系是会让人感到快乐和幸福的。

晨曦时分，湖岸徜徉，或举竿垂钓，惬意畅怀。落日余晖，湖面平静无澜，金色的晚霞把湖面涂了一层釉，那釉的颜色是绚丽的，也是多彩的。一叶木舟斜泊，风轻吻着它，宛如一片轻灵的桃花瓣。湖，被这一叶渔舟，摇出微澜。碎金的水波纹排着队吻着它，又将你带入一个渔歌唱晚，丰盈与宁静交织的世界。更远处的山岱隐隐约约，翠色欲滴，呼之欲出，丰富了画面的层次，诗情画意的饱满。

离开朝九晚六的大厦，挤出人流拥簇的地铁，跨过行色匆匆的斑马线。来到金海湖，你就拥抱了这处的静谧。择山湖一隅，不见喧闹，只余幽静，独一栋小楼写满了只属于金海湖的独一无二。在这里，能好好地沉入山和湖的治愈里，一杯热茶，一束鲜花，娴适满屋。还有雏菊下的手冲咖啡，和天南地北的侃侃而谈。凭窗而座，看一看夕阳西下的温情，享落日的自由，数一数北纬 40 度的繁星，享星光的浸润。落日后叩紧的门扉，是疲惫的结束键，是舒适的启动键。似这般适意，独属于你。

（胡笑兰，中国散文学会会员、广东省作家协会会员，代表作《拾花记》）

大美金海湖记

◎ 木　刀

浩然神州，璀璨平谷，幸福之湖，冠名金海；金海历史源远流长，世代人民繁衍芬芳；锦绣胜地，斑斓绽放，游遍名胜古迹万水千山，难忘钟秀毓灵浩瀚金海。

洒下磅礴景象渲染狂奔，收纳无限江西万里风光；巧夺天工匠心杰作，闪亮明珠举世无双，国家魁宝山湖典范，天长地久歌咏瑞祥；忆往昔，平谷福地，金海湖旁，千古江山、万代城邦，西南英豪、东北商贾，安居乐业、倾慕地方；骚人墨客、相公游子，仕女如织、绅士赛鲫，流连忘返、颐养天罡；古往今来、千户发达，冬去春来、百业兴畅；天下逐鹿，金海耀眼，枭雄争霸，纷乱沙场；风云过往，迎来盛世，秀美宝地，心驰神往。

金海湖畔，镶金嵌玉，山脉连绵起伏，宛如珍珠项链：青龙山、五指山、担子山、云蒙山、黑坨山，山山郁葱秀丽，军都山、卧虎山、蚂蚁山、笔架山、上方山，山山人文荟萃；金海湖畔，物华天宝，沃野万里，民阜米香；金海荡漾，仙风道骨，溪霞映湖，怪石云翔；秀险峪谷，紫竹遍坡，神龙幽潭，梅园林芳；紫清山翠，高峰连天，千山婀娜，万水平畅；纵观金海山脉气贯长虹，横视群岭大气磅礴，御穹吻云、势捣海江，拄天立地、气吞万象；翠屏山绿，林海斑斓，竹海养神，花海悦赏；山河锦绣，草木峥嵘，绝美图画，闪耀平谷。

平谷大地，金海湖畔，得天独厚，山清水秀，粮丰富康，热情好客宾至如归，自古不乏琼浆玉液；岁月光阴穿梭如箭，风花雪月酒留余香；名酒陪伴年华，酒香洋溢古城；北京黄酒，沁香绵甜，酒色清亮，有口皆赏；丽都啤酒，玉液透明，芳香浓郁，回味甘爽；平谷所产佳酿，皆为独有地标，萃取高粱、大米、糯米、小麦和玉米之精华，酿造浓厚、甘醇、古朴、文韵与传承之瑞祥。酒酒沉淀馥郁，杯杯倾诉情怀，滴滴绽露锋芒，品品独领风骚；纵观金海国酒，感悟天地灵性，异彩纷呈，绝艳流芳。

忆往昔，滚滚红尘，盏盏残酒，倾诉征战，剑放梦乡，徒留下好酒回肠，浓缩着古今战场；坐镇老街楼台亭阁，群英相会纵横天下，高论绕梁、金句迭出，展轩远望、壮怀激昂；斟酌酒樽酒觞，抛却凡世凡尘，换来芳溢心扉，洗掉一路风霜；酒逢知己忘了归期，酸甜苦辣感慨良多，正所谓：白酒红酒黄酒葡萄酒，酒酒都在浓缩人间芳香。

江山如此多娇，各路英雄尽折腰！举起老酒新酿，追溯两千年金海大地争楚雄，曲曲折折都是抢眼大戏，艰艰难难都是波折云烟，起起落落都是世间过往。

观今朝，何处颐养天年，首选金海古镇；要品金海历史韵味，须亲临金海古城，盘桓在古巷古街，徜徉于古桥古道；山水联袂，小桥流水人家，古槐农舍掩映，微风不燥，石桥相伴，长桥短桥逶迤，祈祷路路福康；湖左湖右开辟民生道路，山上山下运送幸福希望。

踔厉奋进争朝夕，笃行不怠开新疆；岁月如梭，山河无恙；华夏胜地，凤凰呈祥；不负韶华、歌赋金海，时不我待、古镇腾飞。

（木刀，原名李书超，山东作协会员，短篇小说《綦山传奇》名列首届全国女娲文学大赛榜首）

醉美金海湖

◎ 李迎国

水天之际，云岚雾霭，一层似淡墨的浅云将水天分割得清晰自然。秋日的风，微凉飒爽，湖水在天空的映衬下波光粼粼，不时雀跃着、欢呼着、迎接我们的到来。远山连绵起伏，云雾渐淡，东方已微微透出淡淡的浅红，我意识到，我盼望的红日，即将喷薄而出了。

金海湖的日出是我向往已久的，今天终于可以一睹她的芳容了，内心的激动愈发强烈起来。

即使你再凝神，它也要跟你捉一个迷藏，又在你千呼万唤中露出它的身影，悄悄地不露声色，不张扬，不炫耀。绯红的脸颊迟迟不肯扬起它那羞羞惭惭的眼神，而天际边的树木俨然是一群顽皮的孩子，正用力托举起一个大红球，而这个红球如待嫁的新娘千般娇羞万般妩媚。红球渐渐被举起，可我感觉这群孩子们刹那间又舍不得这个红球升起，纷纷用力拉扯它，差点儿就被红球带到空中呢！

一群鸟儿，井然有序地从远方飞来。它们俊俏的羽翼为日出的画面增添了几许灵动。我还以为他们也会被日出的壮丽所吸引，可他们连头也不回地飞走了，看来他们正趁着朝阳抓紧赶往回家乡的路呢。这一刻我的目光竟随着飞鸟远去，等我再转回头，红日已经完全露出了地平面，“太阳升起来了！”我欢呼着。那柔和的光辉不经意间就把一切镀上灿灿的金色。

这次金海湖之行是早早计划好的，但这美妙的风景并不在我的预料之中，当日出的如梦似幻还萦绕心中的时候，锯齿崖的绮丽已映入眼帘了。

散落的秋叶，赤红与金黄相伴；淡绿和浅粉搭肩，不时飘洒在我们头上、肩上，我们也不理会，一任五彩秋叶撒了一身，像五色花裙一样，在斑斓的秋韵里，更添了几分妩媚。“天女散花，缤纷绚烂……哈哈！”说笑间，前行的路并不遥远。

锯齿崖是金海湖风景区代表性景点之一，古称横山。独特的地貌特征，还在于它山体的断层与落差，于是就有诗人“满园秀色在一湖，一湖秀色在横山”的美誉。沿着石阶盘旋而上，路边山水聚集，飞流直下，溅出如银珠般的水珠，闪烁着缤纷五色的光影，如挂水帘。水流坠空落地后形成的叮咚之声让人顿生惬意之感，游人的相机“咔咔”直响，只为拍下那清流激湍的美妙瞬间……

山高谷深，气湿风凉。正行间，云比先早更多更厚了！渐渐有雨星儿飘洒过来。开始还抱怨天公不作美，忽然就想何不顺其自然，观赏秋雨锯齿崖，何尝不是一种全新的体验呢。

果然，蒙蒙细雨如丝如帘，倾天而下，不一会儿，五彩的坡岭上，便腾起了雾霭山岚，那是在雨日才能得见的最美山景:锯齿崖恍如一位姿色撩人的山姑，披上了白薄轻软的婚纱，在天地之间款步而行，如诗如画，如雾如烟，如梦如幻……那是此游最瑰美、最诗意、最佳和的一个片断！雨淅淅沥沥，几处山岚已连成一片。像是花裙少女戴上了白纱头巾，美轮美奂，妙不可言。经由水洗后的山树野花格外清丽可人，红的枫叶似火、黄的树叶如蝶、绿的青松依旧，美得让人陶醉、让人惊叹。五色的落英和着雨水紧紧地贴在台阶上，像一幅斑斓的版画。不一会儿，山泉激越起了水浪，自高而低宣泄着，似顽皮的孩童，只一会儿，就跑得远无踪影！一定跑去金海湖那温暖的怀抱了。

不知不觉间，雨过天晴，烟霞阵阵，山谷之间，雾霭连连！阳光透过渐渐稀疏的云层，给山峦换了一副滤镜，秋风中的锯齿崖像甜醉的神女，衣袂飘飘，让人沉醉。

就这样徜徉于山中，就这样迷醉于林间，拾几片形状各异的树叶留作纪念；拍几幅美景刻于心中……一天的时间太过短暂，抬望眼太阳已经西沉了。

夕晖染就，大地生烟。流霞如火，煞是天然。站在山顶的我正在左顾右盼之际，阳光突然变得不再刺眼了，金灿灿的太阳已经成了一个橘红色的大番茄，阳光把周围的天空染成了红色，原本洁白的云朵更像是披上的橘黄色的轻纱，煞是吸引人的眼球。

太阳的颜色越来越深，天空也随即变得丰富多彩。你瞧，远方的天空早已被染得通红，而他的上方则是一条橙色的“绸带”。再上面的天空较浅些，分别成了黄色、青色和蓝色。我的心也愈发激动起来，我所憧憬的奇幻景色就要来临了吧！

我赶紧走出凉亭，站在最高处向远处看去，天边简直就成了一块儿色彩绚丽的画布。再看东边的天空，依旧是那么碧蓝，山下那金海湖水如明镜般将橙红的天空映照了出来，继而洒向半空，那场景精妙绝伦，让我直呼过瘾！

微风吹过，湖面闪着粼粼的、金色的光，随着波浪向远处扩散而去，给金海湖的景色增添了几分欢乐和温馨。小鸟也唱着歌儿归巢了，叽叽喳喳地叫个不停，一定在欣喜地讨论着一天的收获呢！

此时的太阳已经变成了深红色，从大圆变成了半圆，天边的云也变成耀眼的火焰，红得让人瞠目结舌，继而那半圆变成了一把烧红了的镰刀，轻轻地、无声无息地消失在远处的大山后面，速度真快，还来不及让我惊呼一声。而此时天边的红晕依旧热烈，而东方的天空则泛起浅青，和远处袅袅的炊烟融为一体……

或许是一天太累了，或许是宾馆的床过于舒服，刚躺下去就鼾声大作，梦中满满的都是金海湖那一幅幅醉美的画面。

（李迎国，作家，《今日国土》特聘生态文学作家）

漫读金海湖

◎ 王永武

2022 年 8 月初，我有幸成为《今日国土》杂志社生态文学委员会的首批特聘作家，接到的第一份作业是采写金海湖。为了完成好任务，我连续几天到国家图书馆查阅有关金海湖的历史文献，并在网上浏览观看收集了许多的相关资料，尽可能多地做好一些写作前期准备工作。听说我要写金海湖并要亲自去看看，上高中的女儿不屑地说："不过一个人工湖罢了，可以划船、登山、吃个鱼，有什么可看可写的。"

对于金海湖，其实我在北京密云水库附近的武警某基地当兵期间，经常随着部队进行野营拉练，有几次与金海湖擦肩而过。一次行军途中，我曾站在大金山的高处远眺，只见峰峦叠翠中拥抱一泓碧波，接天碧绿，天水一色，一道千米长的大坝恰似一条长龙，静静地横卧在金海湖西侧，拦住滔滔奔涌的洵河水，形成多彩迷人的金海湖。后来在资料中得知，我所看到的便是金海八景中的"金海泓涛"和"长龙卧波"。由于部队拉练任务需要，不能长时间逗留，只能匆匆一瞥而过，未免有些意犹未尽的遗憾，但金海湖那少女般的美丽倩影深深印在我的记忆深处。

据资料介绍，位于北京市平谷区城东 18 公里处的金海湖，因地处北京、天津、唐山交界处的三角地带，素有"小北戴河"之称。据平谷县志记载，在清康熙十八年（1679），平谷、三河地区发生了一次大地震，从而形成了洵河峡谷。一到汛期，山间洪水泛滥，对下游地区造成灾害。新中国成立后，为了治理此处的洪涝，保护当地人民群众的生命财产安全，1959 年开始在洵河峡谷上修建了拦水大坝和五孔泄水闸门，后经1968年续建和1974年扩建，从而形成一个高峡人工湖，水域面积6.5平方公里，总库容1.2亿立方米，为北京地区继密云和官厅水库之后的第三大水库，成为防灾蓄洪以及发展农业经济、当地百姓赖以生存的主要水源，被称为海子水库，因北有大金山、南有海子村，又称为金海湖。1985年，金海湖水库辟为旅游区，称作金海湖公园。1988年，更名为金海湖风景区。

百闻不如一见。为了近距离地阅读和感知金海湖，我几次在网上预约登记前往参观，但都因防疫要求和天气原因，景区实行封闭管理。立秋刚过，终于预约成功，在一个秋高气爽的假日，我和朋友驱车90多公里，去进一步深入漫读和领略金海湖的风姿和神韵。

停好车，与转业到当地政府工作的战友老陈（化名）会合后，一起沿着鲜花迎宾大道，用五颜六色集装箱改造组成的创意集市——花间小镇。每个集装箱都是独立小店，由这些小店组成一个五彩的迷宫，进入小店就是一个店铺，里面有来自10多个国家美食和可爱的玩偶，仿佛走入了童话世界，让游人驻足享受着浪漫的国际情调。

穿过花间小镇，一张绘有巨大彩绘的色彩大坝让人眼前一亮：巨大的斜墙坝上，一位思考者在沉思，两位女士牵着手奔跑，头戴彩帽的女士在观望，人体夸张变形……看起来是杂乱无章，但画面又有某种意义上的连续性和整体性。夸张变形的绘画语言，让作品成为精神性的情感符号，透露出毕加索绘画作品的艺术特征质，令人惊喜和震撼。

据了解，整个彩绘约35513平方米，由百名艺术家花费了近一个月时间在原有的石头坝体上绘制完成，一举打破吉尼斯世界纪录，2017年8月获“大世界吉尼斯世界之最”证书，成为“中国最大坝体彩绘—大世界吉尼斯之最”，也因此成为金海湖景区的一大特色和有名的网红打卡地。我们从南到北，再从北向南，从整体到局部，仔细观看欣赏，用心感悟画中蕴含的艺术魅力。

登上大坝坝顶，一种清新的碧绿一下子映入眼睛。只见一泓水域宽阔的湖面碧波万顷，远处如黛的群山，从北、东、南三面环绕这泓碧水，天上飘浮着的朵朵形状各异的云浪，与位于湖心岛山顶上的湖光塔相映成趣，在波光粼粼的湖水里形成倒影，仿佛置身画中。一阵阵微风拂过水面，几十只白鹭、野鸭和一些不知名的水鸟，犹如一个个快乐的小精灵，在这片宁静的水湾中尽情地嬉戏，时而在水面游动，时而展翅飞掠过水面，发出欢快的鸣叫声。里面掺杂着阵阵清脆悠扬、悦耳动听的铃声，从湖心处传来，宛如仙乐和鸣。

我赶紧从背包中拿出军用望远镜，调好焦距，一下子把湖光塔拉到眼前，仔细观看细数，果然如资料上所说："湖光塔为七层式砖木结构单檐式建筑，高 30.3 米，72 步台阶，168 个兽头。塔的第 7 层上为八角形楼阁顶，每个角上悬挂着风铃，共计 56 个风铃随风飘荡，那些悦耳的铃声就是从那里发出传递过来的。

在大坝主坝东侧，一处栈桥伸向湖里。顺着栈桥过去，一尊古人骑马雕像立在眼前：威武雄壮的战马前蹄腾空跃起，马尾随风飘扬成直线，一副向前奔跑的状态。一位身着古代少数民族戎装的女军人骑在背上，挽弓搭箭，英姿飒爽，尽显英雄气概。旁边的装碑亭呈双体边脊状，中间立有一汉白玉石碑，碑文记载着这位 800 年前金章宗女儿金花公主的生平传说。

传说金花公主为金国章宗皇帝完颜璟最宠爱的女儿，生得聪明伶俐，容貌姣好，文武兼备，尤其擅长骑马射箭，常随父亲在当时的金国的京城中都（即现在北京）附近狩猎。可惜她正当豆蔻年华之时，不幸因病与世长辞。金章宗非常悲痛，便把金花公主的墓地选定经常游玩狩猎的横山。他遣人凿山为穴，以四铜环悬棺于内，引洵河水流经其下，金井玉葬。

关于这个传说，明嘉靖三年（1524）《蓟州志》卷之三曾记载："金花公主墓位于县东三十里上马庄，俗传金章宗女葬此。其墓两山相抱，从崖口凿石穴，施四铜环，棺木悬空，引海子水流入于内，其深莫测，至今捕鱼者或见之”。由日本冈田玉山编绘《唐土名胜图绘》中收录“金花公主墓”图一幅，以四根铁链悬吊着棺木，下为河水。据平谷县志记载，金花公主的棺墓悬吊在石洞里，洞底水，深不可测，后人附会，此洞即为金花公主悬棺处”。而在1959年4月，北京平谷第1次普查文物登记表记载：“金花公主墓建筑在两山之间的一块大岩石上，为一封土墓。墓岩石东麓，有一石洞入口，为长方形，高约四米”。据传当年修水库时，曾有民工从洞穴中捡到金簪一根，红缨一束。两件遗物应是金花公主留与后人的历史遗物和凭证。因金花公主墓原址被破坏，1986年迁于此地重建。

拜谒完金花公主墓，我们乘船前往湖对面的横山。舟行湖上，旁边的游船、脚踏船、电瓶船等渐渐多起来。不仅有这些传统的水上娱乐项目，还有一种叫作水上飞伞的刺激项目：在外湖中央，由一艘快艇的牵引，体验者脚下踩着滑板，在碧波万顷的金海湖飞驰，随着盛开的伞花升空，在天水之间翱翔。岸边小山上更有一处北京地区唯一的独臂悬挑式蹦极台。看见有人在上面进行蹦极，从站台最高边缘直接跳下，当人体落到离地面一定距离时，橡皮绳被拉开、绷紧，阻止人体继续下落，当到达最低点时橡皮再次弹起，人被拉起，随后，又落下，使跳跃者在空中享受“自由落体”。

也许是多年在密云水库边生活的原因，看到这些水上项目和活动，我不禁问战友老陈：“金海湖作为密云和官厅水库之后的第三大水库，为什么能唯一开设这些水上项目？如此对外开放你们如何能保证水质还这样清澈呢？”老陈笑着回答说：“这可能是北京举办1990年第十一届亚运会的原因，当时水上运动场设在金海湖右岸的马家坟以东，占地0.59平方千米，占用水面0.45平方千米，总建筑面积4100平方米，1989年6月建成。亚运会水上项目赛艇、皮划艇在这里成功举办。亚运会之后，出于号召人民群众参与体育运动和提高水上体育设施利用率的考虑，决定对外开放，使这里既是国家体委、北京市体委赛艇皮划艇训练基地，又成为一处集吃、住、游、购、娱乐于一体的旅游度假地。”

谈起金海湖的综合治理，老陈像打开了话匣子一样滔滔不绝："不瞒你说，刚开发时，由于金海湖环境保护与产业发展缺乏总体规划，片面追求招商引资、拉动经济，对企业经营和乡村旅游业监管存在宽、松、软现象，致使2017年以前，库区出现了乱排、乱建、黑导游、黑游艇、违规野钓等乱象，严重破坏了金海湖生态环境和安全秩序，水质逐年下降。"停顿了片刻，他接着说道："2017年以来，在平谷区委、区政府的领导下，各级政府部门敢于动真、敢于碰硬，树立'生态、健康、舒适、特色'四大理念，以彻底解决非法排污、私搭乱建为中心，以探索完善'街乡吹哨、部门报到'工作机制为重点，大力推动库区综合治理工作，同时以实现以灵山秀水为生态基础，以世界休闲大会成功举办为契机，重点突出生态观光、休闲旅游的国家级旅游区目标，建设中把人文历史与自然环境通过多种形式充分展示出来。通过综合治理，库区生态环境和安全秩序得到有效改善，水质近20年来首次达到并保持地表水Ⅱ类标准。我转业后正好赶上推行河湖长制，也参与其中，所以亲眼所见金海湖地区一点一点变得山清水秀景色美的过程，也真实体会到绿水青山就是金山银山的丰富哲理内涵。"我和同行的朋友们都禁不住向老陈竖起大拇指。

说话之际，船行至横山脚下，我们让驾船的师傅围绕着横山转了大半圈，方便我们细细观看欣赏美景。横山是一个自南向北伸入湖中的一个半岛，犹如一条蛟龙入水直插湖中，把金海湖分为外湖和内湖，因其山峰形似锯齿，也被当地人俗称锯齿崖。清康熙年间的那场大地震，把半座山震塌，形成现在东半山峭壁，上面岩石峥嵘，如刀削斧斫，数个山峰形如锯齿，大小锯齿共计72个。东半山高崖峭立，洞穴幽深，景观甚多，而西半山缓缓，松柏苍翠。在锯齿崖崖壁上一个形状像鱼的洞口，名为"金鱼洞"。金鱼洞内有通孔，可达下洞，水浅时方能看到。稍稍向南另有一处洞，里面住有数千只野鸽，唤作鸽子洞。鸽子洞南侧有一处山峰，其形状像骆驼，因此而得名骆驼峰。此外还有通天洞、神仙洞、野狼窟等，洞穴丛集。湖水随风奔涌而来，拍打着裸露的岩石，掀起阵阵浪花，涛声震耳，这里既有浙江千岛湖的湖光山色，又有福建兔耳岭的怪石嶙峋。横山东畔悬崖壁峭，西部却坡势平缓，遍植松柏，微风掠过，松涛低吟。传说古代曾有姓董、葛的两个道士在此潜心修炼，附近还有董葛洞，是他们的住所。西山坡上还有两个长约 10 米，宽约 2 米的巨大脚印，传说那是二郎神到此观景留下的痕迹。种种传说，给此地笼罩上了许多神秘的色彩。

沉醉于湖光山色的美景之中，似乎忘记了时间的流逝，不知不觉已经夕阳西下，虽然在登山游览期间简单吃了随身所带的面包、火腿肠等食品，但经过近 10 个小时的参观游览，现在觉得有些饥饿和疲惫，于是在向导老陈的带领下，我们来到一处湖畔，眼前近看渔民撒网捕鱼、叉鱼，与他们分享丰收的快乐，脚下波涛低吟着亲吻湖岸，耳边声声渔歌带着水音传来，再次陶醉在“落霞与孤鹜齐飞，秋水与长天一色”和渔歌唱晚的湖光山色美景中。在一处富有特色的茅屋内，我们一边坐下来品佳茗，一边品尝着刚刚打捞上来不久的金海湖特产鲤鱼、白鲢、花鲢、鲫鱼等做成的农家鱼宴美食。

吃罢晚饭，我们散步闲聊中，谈起旅游特色这个话题。有朋友说现在到所有的旅游景点，似乎旅游项目都是看景儿、爬山、划船“老三样”，再加上吃顿农家饭，游客不尽兴，景区也挣不到钱。听了我们的话音，老陈站起来，神秘地说：“我们这里不一样，还有压轴大戏没上场呢。跟我去看看，一准儿让您们大吃一惊！”

老陈眉眼带笑，脚下有风。在他的指引下，我们来到一片足有两万平方米的绿茵场上，几棵老槐树洒下浓荫，将太阳的余晖剪裁成一幅油画。草地上，不少游客在上面扎下帐篷，支上野餐桌，喝着浓香的咖啡，玩着时尚的潮流运动：飞盘、射箭、橄榄球……

“这是我们重点发展旅游新业态的内容之一，其他还包括露营、山地探险、升空气球等活动。在搞休闲旅游时，我们特别注重休闲决不能跟都市生活脱节的理念，结合城里人爱玩飞盘、喝咖啡的特点，我们就吸引有关企业入驻，开发与之相关的项目，让游客们在好风景里玩飞盘、在湖畔营地喝咖啡。为此，我们还专门制定了《金海湖镇旅游新业态安全监督管理办法》，将新业态纳入各部门的日常管理工作中，既保证了业态安全，也稳定了景区和入驻企业的心。从今年 3 月起，环湖 10 块露营地陆续开放，越来越多的市民把这里当后花园。在这里还可以现场调酒、DJ 打碟、水枪大战，总之，城里繁华闹市三里屯有的，我们这儿也有。”老陈自豪地说。这时，我们看到边上被好多人围着，走过去一看，才发现原来那里停放着一台啤酒车，正在出售着新鲜可口的啤酒，游客们在排队争相购买。

看着欢乐的人群过着如此惬意的夜生活，欣赏着湖畔夕阳余晖里多彩的景色，我们彻底醉了。我一边用手机录下这些景象，一边发给女儿。相信她看过这些录像，或者读完我写下的这篇文章，一定会主动要求来这里游玩，一起细细精读金海湖带来的不一样的人生体验。

（王永武，北京海淀区作协理事，《今日国土》特聘生态文学作家）

悠悠金海湖

◎ 魏成飞

金海湖风景区位于北京、天津、唐山交界处的三角地带，素有“小北戴河”之称，原名海子水库，因地处大金山之南、海子村之北而得名。大自然鬼斧神工，有山有水必有景观，金海湖不负天地赐予的钟灵毓秀之德，优越的地理位置造就了此地碧水蓝天，青山环绕，鸟语花香。

三面环山的金海湖四季皆是景，远观峰峦叠翠，云影波光；近看碧波万顷，怪石嶙峋，远近风景可借用李白比喻的“青山横北郭，白水绕东城”，又可借用王维形容的“长河月上挂，澄彩照雨楼。”虽然几者寓意绝不相同，不过相辅相成，相映成趣的诗词与文章运用手法上常常有异曲同工之妙。因此，如果说金海湖春天的风景是水柔山青奇峰高，夏日给人的感觉则是“蝉噪林逾静，鸟鸣山更幽”。倘若置身山中，林深岑静，偏又寂外有音，隔世之情自胸中油然而生。

待到秋日，金海湖山水映衬，亦幻亦真，漫山红遍的层林与金光闪闪、碧绿的像翡翠一样的湖面造就出一幅五彩斑斓的画卷，美轮美奂。即便不言而喻，春夏秋三季相较于孤冷萧条的寒冬是最美的，但金海湖的冬天纵然没有春天姹紫嫣红，夏天的郁郁葱葱，秋日的无限胜景，然则冷也有冷的好看。那时节，群山环抱中的元宝枫、黄栌、椿树、黄金槐等众多树种傲霜而立，一派派“蓝天白云日飘飘，雪树银花路茫茫。遥望深山不可见，寂静无人独踏雪”的静态，构成了北国特有的肃杀气象，巍然庄严。

其实，无什么季节来金海湖，这里怡人的风景与当地的盛情均会令人

“耕者忘其犁，锄者忘其锄。”沉醉的乐不思归。此话并非仅仅出自比喻，更非妄谈。当来者亲眼领略了金海湖的风景，无须游览个遍，那种“云青青兮欲雨，水澹澹兮生烟”的感慨，“湖光秋色两相和，潭面无风镜未磨”畅怀，以及诚如王维《鸟鸣涧》中描绘出的世外桃源画面，无不似春潮一波波涌满胸膛，自然而然地令人的神思远飞海外，意境畅想于天边，忘记了世俗烦恼，把自己当成这里的一份子。

金海湖景区有湖光塔、金花公主墓、锯齿崖等自然景观、人文景观数十处，清澈的湖水中养育着数十种“河鲜”。凭借大自然赋予的“水势”，金海湖近年相继开发了游船、快艇、自驾艇、水上飞、水上飞伞、脚踏船、速降、大型水滑梯、赛龙舟、香蕉船等丰富多彩的水上娱乐项目。亿万年来，暖温带半湿润大陆性季风气候滋养着这片土地，使她和这里繁衍生活的人们创造了丰厚的历史文化与经典的自然生态，成为国内绿色发展的生动展现。

金海湖的传说

“风流紫府郎，痛饮乌纱岸。柔软九回肠，冷怯玻璃盏。纤纤白玉葱，分破黄金弹。借得洞庭春，飞上桃花面。”

上面这首词为金章宗完颜璟所作的《生查子·软金杯》。金海湖首字虽冠以“金”字，形成却是完颜璟以后的事，与他有关的是，金海湖是他女儿金花公主埋塚处。自古红颜多薄命。不知这话是否真应了“天地本无全，万物皆有缺”的神话传说，总之，有史以来，万物均逃不出“天之道损有余而补不足”的均衡之数。因此不但美丽的女子遭天妒，出类拔萃的才子也往往多劫多难。当然，多经磨难志弥坚常常会改变天数使然，使得命运转换，这也是不争的箴言。

史传金花公主是金章宗最喜爱的女儿，聪明伶俐，容貌姣好，香消玉殒于豆蔻之年。金章宗心痛不已，遣人凿山为穴，以四铜环悬棺于内，引洵河水流经其下，金井玉葬，把爱女埋在他经常狩猎的地方。游客现在看到的位于金海湖主坝东侧的金花公主墓为1986年重建，碑亭呈双体边脊状，中间立一汉白玉石碑上记述着800年前的那段传说。史书上没有记载金花公主因何而逝。这不重要，自古有生便有往，何况美丽的金花公主给世间留下了无尽的遐想。

汉语词典中，“金花”的解释为色彩金黄艳丽、不易败落的花朵。北周庾信《玉帐山铭》：“玉策难移，金花不落。”唐代王建《宫中调笑词》之二：“胡蝶，胡蝶，飞上金花枝叶。”说的都是这两层意思。泰国有一部以《金花公主》为名的神剧，讲述了一个生在穷困家庭的小女孩非常善良，却被母亲虐待。天之道损有余而补不足的定数在这里又得到了展现，老天因此非常眷爱小女孩，给了她口能吐金的法术和美满的人生结局。

虽说泰剧版的《金花公主》与金朝公主风马牛不相及，但古今中外希望通过神话得到某种心灵期待与向往美好，渴望美好的愿望是相同和一致的。她们的故事无异给金海湖添了几分神秘色彩。

“浓云掩山媚，春阳衬林景。庭芳争百妒，岸草夺河青。辰钟惊幽魂，暮鼓震痴心。堂前念君好，遥望寄思情。”完颜璟是金朝汉化程度最高的一位皇帝，在位19年，诗词创作极多，爱好书法和绘画。自古文人多情，不分皇室贵胄，贩夫走卒，尽管史书也没有注明金花公主香逝哪一年，但从完颜璟“借得洞庭春，飞上桃花面”与“金缕小钿花草斗，翠条更结同心扣”等词句可以看出他不但汉文化水平之高，喻设之巧,用词精美,高雅而又妩媚，其特定的含义不禁让读者勾起各种情思与联想。这即便是完颜璟用词巧妙，却可以此遥想，当年他的诗词一定受了爱女影响，那份情感就像金花公主的传说影响当今文人墨客一样。

金海湖的神韵

金海湖的水来源于泃河，水域面积约 6.5 平方公里。自 1985 年开发旅游以来，金海湖逐渐发展成为国家 AAAA 级景区，主要景点之一的金海湖大坝在湖的西面。大坝全长 1.5 公里，恰似一条长龙，静静地横卧湖滨，拦住滔滔河水，使平谷及下游地区不再受洪水泛滥之苦。另外，金海湖的形状仿佛便是条龙，鸾姿凤态，隐隐拥有通真达灵的力量，吸风饮露，守护这一方水土。

大坝上有仅次于颐和园长廊的北京第二大艺术长廊，35513 平方米的彩绘在 2016 年 8 月一举打破吉尼斯纪录，由此成为新的世界之最。该彩绘以毕加索的作品为元素，由百名艺术家花费了近一个月的时间绘制而成，是金海湖景区的一大特色。另有两个景点——望海亭和湖光塔分别位于金海湖畔与金海湖中心岛的山顶上。望海亭呈六角形，用太湖石砌成，亭内六根石柱上镶有三对楹联，为近代书画家吴昌硕、沈思孚、王震所书，是观“海”佳处。屹立在岚屿园山顶的湖光塔是砖木结构的七层八角形楼阁式建筑。此塔与别塔不同，能够遍体透视。湖观山色，松林参天，雕梁画栋，色彩斑斓……秀美风光不可尽言，金海湖的亭塔与大坝神韵浑然天生。也确是这样，据平谷区志记载，清康熙十八年平谷、三河发生了一次大地震，从而形成了河峡谷，后在 1959 年为根治水患拉开了修建海子水库的序幕，此后经 1968 年续建和 1974 年扩建，最终形成了今日的金海湖局面。由此来说，金海湖的神韵源自天成，更赖于人工。

说到人工，不得不提金海湖一个亮点——花间集小镇。它是由 25 个集装箱组成的创意集市，箱体上都有独具特色的彩绘。置身其间，让人觉得卡通而又神奇，比如说，每个集装箱里都是一家独立的小店，游客只要找对出入口，就能从一个小店逛遍所有店铺。这种设计理念极大地刺激了游客的探索欲望，可谓金海湖神韵的又一神来之笔。

近几年，金海湖被北京市列为本市十大风景区彩叶造林工程之一，通过实施彩叶工程，其间红叶观赏面积已连绵10余里。就在这湖边，随着7000年前的上宅文化首次被发现，其博物馆已在筹建之中。这是北京新石器时代文化的代表，遥想当年，我们的祖先用朴实的智慧辛勤地开创起农业与文明的萌芽，那一幕幕生产初兴的文明景象真让人神往不禁。

金海湖的生态

金海湖风景区夏季高温多雨，冬季寒冷干燥，春、秋短促，年平均气温10℃—12℃。金海湖水质达到Ⅱ类水域功能，区域内森林覆盖率达78%，空气质量优良……这里的青山绿水不但在游人生眼里生满了诗情画意，优异的环境更是诸多水禽鸟类的栖息之地。在不同的季节，金海湖活跃着淡水海鸥、苍鹭、鸳鸯、普通沙鸭、凤头潜鸭、绿头鸭、大白鹭、鸿雁、黑鹳、大天鹅、灰鹤等数十种珍禽。金海湖鱼类品种既有鲟鱼，也有金海特产鲤鱼、花鲢、鲫鱼、银鱼、黑鱼……

宽阔的水域也让金海湖成了开展水上运动娱乐的理想之所。1990年举世瞩目的第十一届亚运动会的赛艇、皮划艇在此成功举办。上天如此眷顾金海湖，生活在金海湖的人们当然不会辜负这份得天独厚的偏爱，他们凭借得天独厚的生态环境和地理条件，大力发展旅游业的同时，在周边种植了上千亩樱桃；他们发扬水库建设者艰苦卓绝、战天斗地的精神，把她逐渐植养成了北京第三大红叶观赏区。

绿色发展生态为先，绿水青山就是金山银山。金海湖初始源于天成，作为首都东部重要的生态屏障，京津冀西北部生态涵养区，北京城市副中心后花园的重要部分，金海湖人民一直以来坚持“生态、健康、舒适、特色”的绿色理念，不忘初心。他们敬畏“造物苍生、哺育万物”的生命价值，开发与扩大旅游产业绝不破坏赖以生存的生态环境。这种注重人与自然和谐共生的精神理念为游客和后代保存了灵山秀水，一片世外桃源，更为生态文明建设做出了重要贡献，且会世代传承，成为全社会生态环境保护与绿色创新发展的样板！

（魏成飞，山东省作家协会会员、山东省散文学会会员）

云上金海湖

◎ 熊向阳

苍穹之光和辽阔无垠的蔚蓝之美，从干净的云朵里透出来，动中有静，静中有变。俯瞰大地上的金海湖，犹如奔跑的狮子，头顶着鲜活的锦鲤，在大象的肚皮上舞蹈，四季变幻的绮丽色彩，呈现出自然而然的和谐景象。

三面环山，碧水相依，万物灵秀，自带神韵。神奇的金海湖位于北京市平谷区城东 15 公里处，距北京市区 85 公里，水域面积 6.5 平方公里。亿万斯年前的造山运动，好似一位沉睡的巨人从魔咒中醒来，壮怀激烈，怒发冲冠，以锐不可当之势从海平面蹿出来，口吐火焰，把海水搅拌，水与火的胶着是叹为观止的极致奢华，也是上苍鬼斧神工的魔幻杰作。经过上万年的转化、塑形、交融、沉静之后，山川形成自身的稳定系统，造就了暖温带半湿润大陆性季风气候，山水开始孕育植被，葱绿形成森林，生灵活泛起来。这里夏季高温多雨，降水集中在六、七、八月，各种各样的动植物适宜这种气候，繁衍生息，春秋短暂而急促，更替到冬季时就寒冷干燥，冰雪覆盖的奇观创造了物竞天择的自然规律。

青山隐入湖水，湖水驮着群峰，幽明相逐，飞鸟蹁跹。一座奇峰向着北方，山峦叠翠的起伏中，迎来晨曦撕开后的第一缕金色阳光，大金山由此得名。云影流光，湖水泛起金鳞，炫彩斑斓，金海湖因而始名。山有宗，水有源，每座山的背后都有故事，每条河流的涌动都有来历。这些故事、来历，包含神话传说、历史人文、地理方志等，它们是人类赋予的文明之光，是人们对大自然的敬畏崇拜。相传上古时候，这湖里黑蛟龙肆意妄为，搅水破峰以致人间生灵涂炭，玉皇大帝派外甥二郎神战蛟龙治水患镇守此山，至今山上还留有大脚印。二郎神是古代民间信仰和道教的神祇人物，又称二郎显圣真君、灌口二郎、二郎真君。他的武器是三尖两刃刀、金弓银弹、长枪、斩魔剑、缚妖索、开山斧、赶山鞭、山河社稷图，坐骑是神兽哮天犬，额头上有第三只通天神眼。民间多认为他是一位与水利、农耕、防止水灾有关的神，奉为水神。因为他力大无穷，变幻莫测，会七十二变，斩妖除魔为百姓做了实实在在的事，就被奉为道教的神，道教的出发点使信众及百姓物质上获得帮助，精神上得到寄托，进而走向健康幸福的道之路。当然，道教的二郎神信仰就是祖先对山水崇拜的一个缩影，是天人合一的整体观，是人与自然融为一体的博大精深的文化观。

“西有周口店，东有上宅”，金海湖边的上宅村风景秀丽，古朴典雅，拥有历史悠久的上宅文化，是北京地区迄今发现最早的原始农业萌芽状态的新石器时代文化，距今 7000 年。文明之光、人文风俗在绝世的山水画卷中徐徐展开，上宅文化以其独特的文化内涵，填补了北京地区新石器时代考古的空白，在我国考古研究中具有重要的地位。2020 年，上宅遗址被评为第八批国家级文物保护单位。七千年上宅文化陈列馆设计巧妙，布局合理，展示原始农业的耕作石器及劳作，还原祖先战天斗地的生存境遇，给参观者以强烈震撼。

人间香火盛，平谷药王庙。药王庙古庙位于滑子村凤凰山上，山以凤凰冠名可想而知，凤凰也是华夏民族的图腾，喻意善良、美好、祥和。山上有庙，庙中有神，与其他地方不同的是，大殿内供奉泥塑三皇坐像，神农居中，身穿树叶，头上长着犄角。三皇塑像东侧，供奉药王孙思邈，西侧供奉药圣张仲景。东侧山墙上画有我国历史上华佗、李时珍等 10 大名医像。神农尝百草，发明医药。药王孙思邈是唐朝时代的一位神医，他写成《千金要方》《千金翼方》等重要医学书籍，把“大医精诚”的医德规范放在了重要的位置上专门立题，对后世影响深远。他的一些养生理论，至今仍被人们推崇。医圣张仲景是南阳穰东人，生逢三国纷争时代，瘟疫四起，他以医者仁心体察民间疾苦，深入百姓中间博采民间验方，终成《伤寒杂病论》以望、闻、问、切四诊疗法，六经辨证论治沿用至今，为中医药的发展做出了卓越的贡献，后世医者奉为研习中医的经典，翻译至海外，对世界医药文化产生重要影响。华佗运用“麻沸散”为病人实施麻醉，成为先驱。明朝时湖北蕲春的李时珍集医药之大成，推崇张仲景辨证施治论，耗时近三十年，成就近二百万字医药巨著《本草纲目》，李时珍不仅给世人，留下了一部属于中国的经典典籍，也留下了属于自己的一世精彩，更为世界医学所时代敬仰。

药王庙香火一度鼎盛，往来香客络绎不绝。每年农历五月初一为药王庙庙会，从古到今香火从未间断过。文化的进化离不开诚实而强有力的故事，文化的传承离不开高瞻远瞩的代代相传。而山下自然生态的凤鸣四季民宿，以“凤”为主题的独院中式乡宿，院内设有春、夏、秋、冬四套主题卧室，吃农家饭、住农家院、体验农事生活，为慕名而来的人提供最有趣景观、最美味乡食、最舒适民宿的人文体验。靠山集村的庙叫菩提庙，村民踏青爬山、烧香祈福。乡村集市是烟火气息最浓郁的地方，也关系着民生的日常生活，靠山集大集每月农历逢二、逢七举行，可以满足周边40多公里以内百姓的日常生产生活需求，同时也满足了津、冀两个地区百姓的农副产品交易和商品采购需要，提高了京津冀三区百姓的经济收入，成为平谷区东部地带重要的农副产品交易集散地。最能表现传统文化的当属洙水皮影戏，它以历史故事、神话传说、寓言故事为主。继承了北方皮影戏的演出特色，一张影幕，一盏灯，乐鼓铿锵有力，唱、念、坐、打，令人身临其境，皮影演出行当分生、旦、净、末、丑。拿线的操作演员二人，分为上线和下线，相互配合，刀枪剑戟、斧钺钩叉，鞭锏锤抓，镋棍槊棒，拐子流星；带钩儿的，带尖儿的，带刃儿的，带刺儿的，带峨眉针儿的，带锁链儿的，十八般兵器你来我往，烈马驰骋，方寸之间演绎万里江山风云跌宕，并兼伴唱，展现中华优秀传统文化的精彩魅力。

金海湖地区环境优美，山水林田湖草形成了完整生态体系，诠释了“绿水青山就是金山银山”和“人与自然是生命共同体”的新时代发展理念。漫步湖边大堤上，远山近水连成一片，冷杉、樟树、构树纵横交错，荆棘满途，若是在开阔的草坪骑马闲游，或者是乘风而去，无疑置身于大草原的感觉，那草坪是平坦的，有人在草坪上搭帐篷，把酒临风，混着茶香，谈闲天，哼两句京腔，三朋五友或者是一家人优哉游哉地与山水消磨，醉在自然的怀抱。四周的树木是卷起来的屏障，带着褶皱延伸到堤岸。堤岸上巨大的毕加索抽象艺术彩绘，创造了吉尼斯世界纪录。在虚实结合的景观里，艺术与自然融合，忘情于山川风物之间，沉思于生态文明的华彩乐章。

满园秀色在一湖，一湖秀色在横山。“横山远照”是盘山北麓第一名胜。横山俗称锯齿崖，因其山峰形似锯齿而得名。这极似戏剧中的回马枪，倏地一挑，挑出万千惊艳。这也是二郎神大战水中蛟龙的赶山鞭，一鞭激起千层浪，那锯齿伸入湖中，突兀的有点惊心动魄。凌空飞跃的横山是自南向北伸入湖中的一个半岛，雄浑中透着苍劲，高崖峭立而坚毅决绝，洞穴幽深时有回响，鸟儿唱着千年的咏叹，天造地设的景观甚多，把金海湖分为外湖和内湖。景区内亭台楼阁点缀其中，长廊上雕梁画栋，每个画面都有典故传说，不由自主感受人文哲思的汹涌澎湃。还有湖光塔、金花公主墓、望海亭等自然景观、人文景观数十处。步入山间，整个山林翠绿染色，吐一口胸中浊气，纳天地之清新，流丹溢彩，身心放飞，在红叶霞飞中徜徉，如同红色的海洋，冬雪飞凌，独钓寒江，发旷达悠长之胸臆，四时之景不同，在清风和煦中享受山水间的慢时光，乐亦无穷。

散步、骑马、坐直升机仍不尽兴，就乘上快艇，疾驰于广阔的湖面之上，追逐风的速度，呼啦啦灌满全身的惊险与刺激，飞凌碧波之上。船划开的湖面浪花翻卷，层层波纹脉络分明，映照云卷云舒的一望无际，蓦然回首，那人却在湖中央。天造地设的洵河峡谷壮美绝伦，横看成岭侧成峰，远近高低各不同。山水相映，人在画中，一幅幅优雅别致的风景画，岂是画笔、文字可以描绘。山气日夕佳，悠然见山峦。落日拉长金灿红黄的余晖，从天际云层里毫无保留地调色，将平静辽阔的湖面装扮，云霞慢慢浸泡，把湖水加温，将绚丽多彩的画面嵌入渔舟唱晚，弹出的一群野鸭正嬉戏发出鸣叫，和无形之诗意汇聚成天籁之音，让人流连忘返。

山水有灵，万物生。到平谷，看江湖，观，则不浮光掠影；读，则不走马观花；听，则不风吹草动；悟，则一醉山河与云共。俯、仰、观、听、感，把自身反射的思想，与当下“和谐、揭示、价值”等美学走势，相融相合，体会、保护、自觉践行人与自然命运共同体的观念，环境保护要进入生态修复与建设的层面，使更多的人转换角色，成长为生态行动主义者。作为承载自由、警醒和治愈等精神功能的自然山水，定将在传统文化的底蕴中焕发出更加强大的生命力量，这也是金海湖打造绿水青山就是金山银山的最完美诠释。

（熊向阳，《今日国土》特聘生态文学作家）

金海湖，那山那水那人

◎ 杨 杨

近年来我去了很多景区，或者说走遍了名山大川。忽然喜欢上了金海湖，这里的景点特别让我陶醉。一个人一旦陶醉了，前世的灵魂或寻根的夙愿大约找到了寄托或归属，或温暖或抚慰或释然或感怀或愉悦。这是一种很奇妙的感觉。

无论是湖光塔，还是望海亭，抑或是锯齿崖，都是我理想的去处。尤其是站在大坝之巅，看着那满目的葱茏，看着那湖光山色，看着那蓝天白云，鸥鹭飞翔，鸳鸯戏水，清溪涓涌，飞瀑长流，心境豁然开阔起来。

无疑，这里就是天然的氧吧，而且还是十一届亚运会主办场地，4A级旅游景区，享誉世界。

生活在这里的人们特别的休闲宁静，旷达而怡然，抒怀而曼妙。

都说郁闷的时候出去走走，确实能打开一个人的心结。我很享受一步一个台阶的那种安逸与沉思，也很享受亲人与知己相伴远游，感受自然的和谐，风情的大美，还有青山绿水的恩泽与温润。

传闻早在永乐年间，明成祖朱棣就曾到过这里，留下了天子御笔。然而，随着历史变迁、岁月沧桑、战火纷飞、朝代更迭以及地震人祸等因素，曾经的一切已经荡然无存了。留下了太多的遗憾。这里雄奇险峻，危崖陡峭，不知留下了多少文人墨客的笔迹。传说曹雪芹也曾到过这里，居然觅得一方端砚，饱蘸笔墨，写下了经典巨著《石头记》，也就是当下的《红楼梦》，其中大观园里好多的情景描写无不借了这山水神韵，湖光美景。

说到《石头记》，不能不说清朝的大贪官和珅。最初，《石头记》是一部禁书，因为很多情节有淫秽之嫌，而且触及官僚家族奢靡的生活，一度被“封杀”。乾隆年间编撰《四库全书》，纪晓岚出任总编，和珅为社长。当时和珅正在偷看《石头记》，觉得这部著作天下难得，试图收录《全书》，但又不便面圣。纪晓岚只是和珅手下的总编，更加忌惮。于是，和珅左思右想，终于策划出一个绝妙的方案。每每借后宫跪安之际，便给甄嬛娘娘讲一段《石头记》。甄嬛娘娘是乾隆的母亲，宫内大小诸事可谓一言九鼎。每天都让和珅仔细讲过，听得入迷。后来就问，这故事哪来的？和珅就说《石头记》所著。甄嬛娘娘就说，省得和中堂天天讲述，干脆拿来本宫阅读方才过瘾。和珅知道机会来了，于是就给甄嬛娘娘找来《石头记》阅读。读着读着，甄嬛娘娘越加爱不释手，便命丫鬟人手一册。大家都来阅读。好长一段时间宫内异常安静。乾隆皇上觉得不可思议，经过仔细打探才知甄嬛娘娘正在阅读《石头记》。乾隆心下疑惑，如此禁书怎么跑到后宫？于是就让和珅找来《石头记》翻阅一遍，便问和珅有何看法，和珅就说，既然娘娘都喜欢这部著作，何不编入《四库全书》，部分情节虽有不妥可以适当修正。乾隆闻言，微微颔首，那就这么办吧！随后，和珅就找来当时很有文学造诣的高鹗前来修正。于是就有了《石头记》后续的情节，并且将原著更名为《红楼梦》。其间，和珅还去了一趟金海湖，试图求得一方端砚，自然是收获满满，还在金海湖上挥毫留言：风光霁月天，旖旎金海湖。事后，乾隆十五子永琰继位，国号嘉庆，从此，和珅锒铛入狱，留言自然被剔除，再无踪迹，好在有了这部流芳后世的《红楼梦》，不能不说和珅为此做出了一定的贡献。

也有传说，更早的时候，海陵王密谋朝纲，推翻了熙宗帝，继位金朝第四代皇上。国号为天德。寓意君临天下，以德治国。

忽一日，海陵王完颜亮从梦中醒来，脑子里似乎一片空白，唯一能想起的便是满园的花卉，有白的、紫的、红的、粉的，芬芳馥郁，娇艳妩媚。这让海陵王异常欣喜，却又不知其详，更不知花卉的名称，生在哪里，长在何处。沉思良久,便找来了丞相唐括辨,问及缘由。

“恭喜我王,贺喜我主。这是国运昌盛,繁华之兆也！”丞相唐括辨谨慎言道。

“噢,爱卿平身。”

“谢主隆恩。”

“可知花名？”

“这个……微臣不敢妄言,最好由画师断定为妥。”

“噢,言之有理。传画师进见。”

稍顿,画师匆匆赶来,跪伏殿前,三呼万岁。

“吾皇万岁万岁万万岁！”

“爱卿平身。寡人有一事问及,求得灼见。”

“微臣洗耳恭听。”画师不知发生了何事,立于殿前,战战兢兢。

海陵王看一眼画师,又看一眼丞相。然后,便将梦中花景细说一遍,让画师依言而作。于是,画师饱蘸笔墨,很快画将出来,呈于圣上。

海陵王看后,猛拍一把龙椅,腾身而起。

画师一见,惊得一头跪倒在地,大汗淋漓,浑身颤抖。

“好!正是这般!”海陵王脱口赞道。“爱卿画作,正是寡人梦中的景致!”

“微臣不敢稍有疏忽,生怕有错。祈盼圣上明鉴。”画师小心言道,微微拭一把额上的汗渍,长舒一口。心说,天哪！吓死小民了。果真是伴君如伴虎啊!

“哈哈……”海陵王一阵大笑。“可知此花名称？”

“如果微臣没有说错的话,应该是芍药。”

“噢。”海陵王不免一怔。蓦然想起“牡丹为王,芍药为相”。于是便问:“此花出自何处？”

“平谷一带。”

“平谷在何处？”

“京都与津沽之地。”

“噢，那就辛苦爱卿前往平谷，看看可否与梦中应验？”

“微臣遵命。”画师领旨，带了随从，策马扬鞭，日夜兼程，不敢有误，一路直奔京都与津沽地界……

此刻，正是花开时节。远在塞外的海陵王，很少见得花香烂漫，更多的是渴望与寄托。尤其五六月份，塞外还是乍暖还寒，很多花草初绽，杏花含蕾，梨花吐蕊，金莲微染，马兰破土。作为一代天子，海陵王自幼聪敏，习武学文。闲时，总要挥毫泼墨，或书或写或练或吟或咏，留得一些诗文绝句。诸如“孤鸟去时苍渚阔，落霜明处远山低。”“满天霜色生寒雾，四面风声透体凉。”“岸边摆柳连根动，园内吹花带叶飘”等，常常让群臣赏心悦目，无不赞誉，深感皇恩浩荡，气象万千。

海陵王总是仰望苍穹，看着那远去的雄鹰，还有成行的鸿雁，思绪飞扬：鸿雁天空上，对对排成行。江水长，秋草黄，草原上琴声忧伤 ；鸿雁向南方，飞过芦苇荡。天苍茫，雁何往，心中是北方家乡……

从此，便有了《鸿雁》，有了这悠扬的传唱。

大约一周有余，海陵王派出的画师回禀，在京都与津沽一带，确实发现了花乡之地，芍药群芳，万紫千红，草木沾恩，野花得润，与圣上梦境一般无异。

“果真如此，寡人定要先睹为快！”

于是，海陵王便微服出行，带了贴身侍卫，还有画师三人同往。为了不误花期盛开，日夜兼程。

那日，君臣一行，已到京都与津沽地界。

海陵王看看天色尚早，一路劳顿，不免有些困倦，暂时在郊外寻得一处休息之所，天明再入平谷，赏花不迟。

不曾想，就在三人还没寻得住处，忽听一阵急促的马蹄声传来，一队响马便将海陵王等人团团围困。

“尔等要干什么？”海陵王声色俱厉，临危不惧。

“要想从此过，留下买路钱！”

“荒唐！”

众人知道遇上了响马。一时间，不知如何应对。堂堂京都之地，居然出现了响马，这是海陵王始料不及的。

“既然要钱，可以。”海陵王逐命画师将携带银两尽数交由响马。

“呸！这些财物，我们并不稀罕。要它何用？饥荒之年，换不来一口米饭。生不带来，死不带走！”

“那要什么？”

“我们要的是公平正义！”

哦！海陵王心下一惊，天下哪有响马还要公平正义！难道，此来平谷，走漏了风声？仔细想来，断然不会。可是，响马如此口气，分明知道了三人身份。如此隐瞒，不如站出来理论。

“要的什么公平正义？说来听听。”

“为什么朗朗乾坤，有的人为富不仁，有的人贪赃枉法，有的人欺男霸女，有的人饥寒交迫，有的人流离失所？……公平何在？天理何在？”

“问得好！为什么匪患猖獗？天下不平？”

“因为民不聊生。我等该不该杀富济贫？”

“该！”

“那你该不该杀？”

“该！”海陵王似有顿悟厉声喝道。“浑蛋！”

就在这时，只见画师挺身而出。

“要杀要剐，冲我来。”

“哈哈，如此赤胆忠心。钦佩！但是，我等偏不杀你！”说着，响马一跃，下马而跪，三呼万岁。

“你们，这是唱的哪出？”海陵王一头的雾水，心想，莫不是画师策划，故意所为？可是，从时间、地点、人物等安排来看，似乎没有任何破绽，也没有这样的可能和必要。那么，自己的身份又是如何暴露？实在是匪夷所思。

“我等小民惊了圣驾。但求一死。愿得天下祥和，永世太平。”

“你们，这是干什么？”海陵王越加的愕然，几乎被眼前的场景懵圈了。

“我等昨夜同得一梦，得知圣上在此。特来请罪护驾！”

“啊！天下竟有如此咄咄怪事？”海陵王几乎叫出声来。“尔等杀富济贫，嫉恶如仇，何罪之有？刚才所言，可见各位良苦用心。寡人定会铭记在心。争做天下明君，以德治国。寡人愿和各位在此郊拜，以谢天下！”

“谢主隆恩，万民拥戴！刚才我等胡言乱语，皆为梦里托付，不敢造次。”

转眼间，一行响马惊魂而去，不知了踪迹。

恍惚间，海陵王君臣三人瞠目结舌，如梦初醒……

从此，京都郊外，建起了拜郊台，以示纪念，警戒后人。

随之，海陵王一行进入平谷，来到了花乡之地。果见各种花卉争艳，芍药异香，颤巍巍，娇滴滴，恰似梦境一般。

再看画师的作品，越加的艳丽。蝶舞纷飞，清香溢园。海陵王满心欢喜，便在画作上挥笔写下：“芍药异香，蜀葵奇艳。白梨红杏斗芳菲，紫蕙金萱争烂漫。”

从此，平谷一带的芍药名扬天下，而那画作更是千金难得。

“如此盛景，天佑金朝。”海陵王一言九鼎，御驾京都，饱览平谷。

随后的日子，海陵王念及画师危难时刻，挺身而出，忠心赤胆，升为秉德左丞相，主宰平谷之地。

从此，平谷之地便成为金代一方休闲圣地，享誉华夏。

海陵王更是励精图治，国运昌盛。后世有诗为证：南一带，北一带，看不够京都空阁珍楼，赏不尽平谷天下瑞霭。

大凡是山水风景之地，似乎都有人类始祖伏羲留下的“踪迹”，呼天地之灵气，纳四方之精华，画就了八卦——乾、坎、艮、震、巽、离、坤、兑。最早诠释了各种自然和人事现象。如今，站在群山之巅，振臂高呼，仿佛伸手触天，可与上苍对话。若能在此占卜，据说，奇准无比。

那日，我和友人一道上得山来，友人突发奇想，执意让我为他八卦。实在推诿不过，果真用小石子分出阴阳，轻轻抛起，画出六爻卦像，之后复卦变卦。“兑上艮下得安然，娶得贤妻在此间”。也就是游戏而已，不承想友人当真，果然发生一段奇缘。就在这时，山间款步走来一女子，撑着遮阳花伞，脚下不慎一滑，顿时疼得哦唷唷地捂了脚踝两眼含泪。过往行人视而不见。友人赶忙来到女子身边，一阵寒暄之后，居然背着女子下山，找到一家门诊看过，消炎止痛，好在脚踝没有大碍，但也伤筋动骨，红肿如馍，走路一瘸一拐。从此两人书来信往，居然有了爱恋之情。一年后，选定吉日良辰，恰逢初冬时节，来到金海湖畔举行了别样的婚礼，新娘一身红彤彤的装扮随着纷飞的雪花飘零，婀娜妩媚，分外迷人了。

如今想来，金海湖真是一方绝好的去处，难怪著名诗人郭沫若先生曾坐在这石阶之上，每每感怀，终于完成了旷世力作《蔡文姬》与《武则天》。

金海湖，如梦似幻，四季分明，令人遐想，无限憧憬。

春天，山花烂漫，争奇斗妍，青青草香；盛夏，满目秀绿，雨树生烟，艳艳芳蕊；秋日，枫叶似火，层林尽染，灼灼缤纷；冬季，玉树琼枝，玲珑雪域，妖娆万千。

厌倦了都市繁华的人们不妨结伴知己，走进这里，尽享大自然的馈赠，必将收获一份沉甸甸的希望。

（杨杨，原名杨宏有，获首届全国“浩然文学奖”奖）

第一次去金海湖

◎ 彭援军

我第一次去金海湖，是在30年前。那时，“金海湖”的名字虽然已经有了，但其官名叫“金海公园”，是20世纪80年代中期建成开放的北京郊区新景点，作为改革初期旅游大发展的新成果，收录进介绍京郊旅游的多个版本图书之中。

位于金海湖东畔的水上运动场，是1990年夏天第十一届北京亚运会水上皮划艇比赛场地，也是国家水上训练基地，那时的金海湖就已经出名，但碍于远离市区我家百余公里，长途汽车间隔过长，直接到达并不方便。1992年年底，北京朝阳印刷厂为招待大客户而组织了一次金海湖之旅，我才有机会目睹金海湖的湖光山色。

我们是乘坐首汽旅游车——捷克产斯科达牌老旧绿皮大轿车而去，集合是在建国门外大街的贵友大厦南边。一路上欢歌笑语。我把六岁的女儿从幼儿园里接出来与我同去。我同事和他孩子(已上小学高年级)也一同去了，两个小朋友不大工夫就成了亲密的好朋友。到达金海湖时，红红的圆圆的落日照在湖面上非常漂亮，我是用新买的海鸥牌照相机拍照，我同事则用杂志编辑部的那架德国“蔡斯”牌照相机拍照。事后，我们还把一组专业摄影水平的金海湖照片刊发在我主编的《中国旅游车船》杂志上。

在工作人员的不断招呼下，大家停止了拍照，拿着行李在宾馆大堂等待分配房间。晚宴相当丰盛，海子水库里刚捞上来的虹鳟鱼清炖上桌，最受欢迎。同桌的人不管相识不相识的，酒杯一端，全成了朋友。席间，主办方请来了海子公园管理处的同志给大家作介绍：金海湖在平谷东南盘山脚下的海子村。早在 1679 年，这里发生大地震，断裂成峡谷。20 世纪 50 年代，海子村东边建起了拦河大坝，海子水库初步形成于 1960 年。水库核心区位于蓟运河支流河干流上。后来在 1968 年、1974 年至 1982 年进行续建和扩建，控制流域面积 443 平方公里，总库容 1.21 亿立方米，成为北京第三大水库，1985 年建成金海公园。因公园北有大金山，南有海子村而得名。接下来，主办方特意请来的亚运会赛艇健将，向大家讲述他在金海湖进行水上训练的艰苦历程和他参加皮划艇比赛的拼搏经历，得到与会者的阵阵掌声。

晚宴后的言归正传是召开客户座谈会，征求客户对印厂的意见，看哪些方面服务不周到，哪些工作流程需要加以改进。从女厂长李丁的介绍得知，这家印厂不仅有印刷书刊的资格，曾接受过印制毛选的任务，而且北京市的发票也是他们厂的专印。由于我《中国旅游车船》双月刊一直在该厂印刷，我也逐渐熟悉印刷中的各个环节，作为客户代表发言算有一定的针对性。等两个小时的座谈会结束，我和同事来到激光束闪烁的卡拉 OK 厅，客户家属们仍在这里激情燃放。我的小“千金”正在舞池里撒花儿似的乱蹦乱跳；我同事的大“千金”正在手持话筒唱一首《我是一只小鸟》：“我是一只小小小鸟，飞呀飞呀飞不高……”清脆的童声划破金海湖的夜空，传得很远很远。

第二天天刚亮，我和同事就带着孩子走出宾馆大门，细雨朦胧中迈上大坝的仿古长廊，雕梁画栋，旁行斜曲，远远望去，若游龙乘风。漫步，细观，闲聊。观赏这三面环山的高峡平湖，看着眼前这碧波荡漾的美景，如入人间仙境。脚下这 3 公里长，8 米宽，20 米高的大坝，宛若水中长城横亘在金海湖上，长堤纵贯南北，规模宏伟。站在金海长堤上，东望烟波浩渺的湖面，北望巍然屹立的大金山，南望京东第一山——盘山，向西俯视是辽阔的平原大地，田园农舍。微风拂面，清凉爽快，心旷神怡。面对如此美妙的大自然风光，我立即对孩子进行“因材施教”，边走边讲，什么叫“芳草如茵、野卉生香”，怎么形容“云影波光、碧波万顷”，如何描绘“峰峦叠翠，美景如画”，亲身体验“空气清新，阳光和煦”，等等。

早餐过后，我们集体乘坐一条大游船环游金海湖。游船在水面上缓缓前行，眼前快速闪过的快艇激起巨大的水花，击中两个孩子的兴奋点。我的同事带着两个孩子在甲板上不断寻找最佳拍摄点用那台万元好相机拍照。我则一直跟着女导游，拿着微型专业录音机听导游员讲解，此举似乎已成为我的职业习惯。给讲解中的导游拍照也是我每次出游的保留节目，若把我拍的各地导游讲解照片集中起来，办个专题展览是绰绰有余的。这时，略带平谷当地口音的女导游讲道：横山将金海湖分成南湖和北湖，故有“满园秀色在一湖，一湖秀色在横山”之说。以金海湖为中心的近万亩水域，以及大坝上，均建有新景点。金海湖的八大景观，可以概括为金海泓涛、驼峰夕照、长龙卧波、金花遗韵、湖光塔影、岚屿秀色、渔歌唱晚和横山远眺。我问女导游：“皮划艇赛区在哪一块儿？”女导游手指方向，“在北湖北半部，东西方向，那里早就划定为北京亚运会部分水上项目比赛区。春夏秋三季，我们常看见运动员在那片水域进行赛艇训练，健儿们破浪疾驰，十分壮观。东端那儿有一块是填湖建岛，岛上设有裁判台。亚运会期间，在北湖北岸、湖光半岛北坡上，容纳了十数万人观看皮划艇比赛，那场面热烈极了。这也是金海湖最大的光荣。”一个多小时的船上游湖，乘兴而去，满意而归。

夜幕降临，依旧是好戏连台，篝火旁野炊和欢唱，更显时髦，两个孩子更是乐不可支，我和同事，以及所有来宾，都感觉焕发了青春。满天的繁星，静夜的水声，响彻山谷的歌声，在旅游尚不盛行的20世纪90年代初，可谓是一种高雅而优越的生活体验，一次令人难忘的郊野之旅。

坐在我旁边的恰好是平谷负责旅游开发工作的同志，当他得知我是搞旅游宣传的，话匣子顿时就打开啦：金海湖附近还有京东大峡谷，京东大溶洞，有乾隆皇帝去过的盘山，华北革命烈士陵园；再远一点，有规模浩大的清东陵等。

在我的请求之下，这位旅游同行，给我讲了不少金海湖景点的前世今生。金海湖旁边的山上，还有神奇的鸽子洞，深数丈有余，数百只鸽子栖息其间。在横山半岛北部东西高崖上有一大裂缝，鸽子洞就在大裂缝之中，里面住有野鸽数百只，每早飞出，去远山觅食，也有时成群结队，环岛飞翔，惹人喜爱。清早划小船至洞下，用力击掌，野鸽闻掌声则从洞中提前飞出。

“畿辅先哲祠不朽堂”在金海大堤北端东侧小山冈上，灰瓦红柱，四面开敞，三面临湖，古朴典雅。不朽堂是从北京市内宣武区下斜街十四中学原“畿辅先哲祠”迁来。该祠建于清朝光绪二十九年。“不朽堂”匾额是清朝大学士张之洞所题。

金海湖八景之一的“金花遗韵”，是指金花公主墓，该墓是在主坝北端东侧小半岛上。老平谷县志记载，金花公主是金章宗皇帝的女儿，生得聪明伶俐，容貌姣好。不幸正当豆蔻年华，便自裁香消玉殒，与世长辞。章宗悲痛万分，在他经常狩猎在横山之北、洵河之滨的红石崖间，凿石为穴，以四铜环悬棺于洞顶，引洵河清水流经棺下。此种陵寝，至为奇特。然而年代久远，且又多次被盗，金花之遗骨早已荡然无迹。1959年建海子水库施工时，民工在墓穴内拾到金簪一支、红缨一束，这两件遗物就是那位年轻公主留给人间的凭证。此地辟为金海公园后，在原地修复了金花公主坟墓，在开掘地基时，又发现雕刻精致的石香炉一个，铜钱数枚。

金海主坝西端东侧舍身崖顶上建有六角形、重檐、绿琉璃瓦楼阁一座。从此处东望金海，地势高，视角广，最为开阔。登阁一望，北湖水面及群峰景色尽收眼底，因名“江山一览”。

据旧平谷县志记载：“横山远照，境异景幽，为盘阴(盘山北面)第一名胜。”今之横山半岛，自南而北插入湖中。岛上高崖壁立，乱石穿空。中间一峰，形似骆驼，弯弯长颈，昂首向天，背上双驼峰间，像是有人乘骑。此景在岛东水面或湖光半岛上，最适于观赏。在驼峰上有天蟾石，像一只蟾蜍，沿着一块大石板，向斜上方爬行。横山北端建有一亭，名“半山亭”，三面环水，高台临风，确是景幽境异，令人流连。

在横山半岛北部东西崖壁上有上下两洞，内部相通，上洞形似金鱼，故名金鱼洞。下边那洞水涨时被淹没，水落时可以进入。位于横山半岛东侧中部崖壁上的董葛洞，因有董姓葛姓两道士在此清修而得名，乘小舟可至洞下方登岸，攀崖而上，洞口略呈三角形，洞深数丈。在董葛洞南壁上面还有通天洞，地势虽比董葛洞略低，但却高崖陡立，山路更为险峻。洞深不过 3 米，但洞顶有孔，一缕阳光飞射下来。孔径约 1 米多，孔高可达 13 米多，勇者可以爬上去，从上口爬出，颇为有趣。

自东而西、雄踞湖中的湖光半岛，山峰众多，面积广大。有山村刘家峪、罗汉石，村民百余户，深村小街，犬吠鸡鸣，清幽古朴，颇似世外桃源。湖光塔和挹盘楼在岛上建起后，争秀湖中，为金海湖增色。

半壁山在南湖东部北岸罗汉石村西，红色高崖宽数百米，高 30 米，崖面平齐且陡，如同用锯锯掉一半，故称半壁山。半壁山屹立水边，船行其下，使人产生异样雄伟的感觉。

熊猫石在南湖中部偏西北岸，临水两石如熊猫直立之状。塌崖子在罗汉石村东南洵河故道南岸，乘船可到崖下。该崖山势高耸，山头东西不断有山岩崩裂滑下。金海北湖北岸龙首岩，全高 3 米，随水面升降而显高低，其顶部酷似龙头，双目圆睁，面向东南，自古以来被乡民视为龙的象征。其上原有龙王庙，其下有深潭，名龙潭，旧时乡民多到此处祈雨。潭内曾盛产甲鱼。在龙首岩区百米处，有两块巨岩，立于崖前，纹理清晰，极像龟背，被称作龟纹岩，龟纹岩所处地势较低，湖水上涨时则没入水中。在北湖北岸龙首岩东侧有三泉涌出，过去能灌溉稻田百余亩，并且供山村数百户村民用水。泉北原来建有三泉寺，规模宏伟，抗战时期被焚毁。现在原地建有一座精致的别墅。

另外，在金海公园北边数华里外的上宅村西黄土坎上，有公元前六七千年的新石器时期古人聚居遗址，已出土大量石器、骨器和陶器。有些陶器造型精美，彩画鲜艳。金海公园打算筹建一个展览馆，以使这些珍贵的出土文物和中外游人见面。

（彭援军，《今日国土》特聘生态文学作家）

金海湖记

◎ 尚长文

我从前只知道北京是宏大的，也是现代的、繁华的、喧嚣的，甚至人声鼎沸的。无论怎样都不敢想象，北京还有另外的模样，那就是它背后的清幽宁静乃至妩媚。

这种感受是到了金海湖形成的。在金海湖待得愈久，此感受就愈加具体，也愈加强烈。

走近金海湖

这是距离北京 80 多公里的一处所在。

位于平谷区。

车到金海湖，远远地便能看见路边的一棵桃树上，桃花依然绽放。

桃花盛开当是在三月里，金海湖的桃花到了四月中旬还开着，这粉红的鲜艳的桃花，使我多少有点诧异。我怀疑，这可能是与今年寒冷的天气有关。三月里，北京不还飘下了一场鹅毛大雪嘛。当然，我更觉得，这是金海湖的桃花留恋春天，留恋着金海湖的这一片锦绣山河。

金海湖美景多矣！

这里有金花公主墓，有千亩果园，有湖光塔，有望海亭、锯齿崖等自然景观和人文景观数十处，的确是个很有看头的地方。

在金海湖右岸的马家坟以东，还有一个国家体委、北京市体委的水上训练基地。这些年一路走下来，该训练基地已成了一个具有训练职能的旅游度假村。度假村里有各种水上游乐设施，看情形多半是大人带着孩子来玩。

我们这个小团队里的人，大都是中年人，已经没了“会当击水”的心气。但我还是希望孩子们多来玩一玩。现在的大多数孩子，尤其是城镇里的孩子，从三四岁就开始了各类的早期培训，还有多少童年的快乐，已很难说。因此，我希望这里能成为孩子们的乐园，让孩子们的童年更像童年，也让他们的童年更多的回归自然。

起初，我心下里对这种度假村之类的现代商业性的地方，多少有点不以为然，但一路下来便想，幽静的金海湖，还是需要的。从某种意义上讲，这个训练基地的存在，让金海湖于幽静里多了几分的生动。也因此，水上训练基地建设在这里，终究说来是上讲的。

金光湖具有标志性的景点有：横山远照，岚屿秀色，驼峰夕照。

这三处，都是金海湖标志性的景点。其中，横山远照和驼峰夕照，还配有神话和传说。

说实话，我对国内新开发的景点，动辄就弄一出神话传说，从内心里很不以为然。不过，对金海湖这么个地方，有那么几个神话传说，我是认可的。

不管是自然的民间流传，还是现代商业运营的需要，我都认可。

——这么美的地方，只有神话，只有传说，才能给出一个美丽的令人信服的解释。

湖光塔

这是一座呈八角形状的屹立在岚屿园山顶的宝塔。

塔身是一座砖木结构的阁楼式建筑，也是一座年代并不久远的现代建筑。

同行的一位同志闻听不是古迹后，便有些兴趣索然。

我倒是不在意。相反，我觉得，就它的特点来看，完全可以和国内其他宝塔相媲美。

陪同我们的老周介绍说，这座塔有7层高，72个台阶，168个兽头。便问老周为什么是72个台阶，168个兽头，为什么不是九九八十一个台阶，或者一百零八个兽头呢。

老周吭哧半天也没说出个所以然来。

我们走了一下，数了数，果真，72个台阶呢！

湖光塔的别致之处，在于它每层的每个角上，都有一个风铃。

说到宝塔了，中国人对建塔似乎情有独钟。每个省乃至每个地区，都有这样或那样的名塔。我在国内参观过河南滑县的明福寺塔，楚雄的福塔，济南的四门塔、九顶塔，西安的大雁塔、小雁塔，还观赏过意大利著名的斜塔，等，虽自觉见识浅陋了些，但平生所见之各类名塔，亦不少矣。不过，湖光塔这种带有风铃的宝塔，我还是头次见到。

那天的风不大，宝塔上的风铃声，有点稀疏，但这正是我想要的效果。

这种靠自然之力演奏出的铃声，算不算天籁之音呢？还是应该算的吧。

四月已是暮春之季。北京明亮的瓦蓝的天空，让悬挂在头顶的云彩，显得格外的白，也格外的静。白云同时也点缀了北京的天空，让天空变得格外的高远。极目远望，头顶上的蓝天和白云，有点像画家笔下的大写意的画作。这是一种很有趣的带有灵感的想法，这种想法让人的情绪变得莫名的舒畅。在这么一种氛围里听塔上传来的清脆的铃声，不能不说是一种神仙般的享受了。

更妙的是，金海湖氤氲的水汽，也使得吹过身边的风里，带着一种淡淡的潮，这便使得湖边的空气呼吸起来格外舒服。人在这种环境里，总会不自觉地张大嘴巴做几个深呼吸。

我注意到起初还不愿到湖光塔来的那位仁兄，也张着个嘴巴，很享受地做着深呼吸。

我便笑了。

横山

金海湖美景固然多，我个人以为，横山是最值得一看的地方。

不知道中国境内有几座山被称为横山。

当年的陕甘根据地里，就有一座大名鼎鼎的横山。一句“跟着刘志丹上横山”，又一句“横山上下来些游击队”，让横山这个名字如雷贯耳。

刘志丹的横山是“红色”的，飘扬着红色旗帜的英雄的山。

金海湖的横山，则是一座充满和平景象的，郁郁葱葱的绿色的山。

横山，也叫“锯齿崖公园”。这是一个伸入湖中的半岛。这座岛从远处看，异常险峻，颇有点突兀的感觉。往细处看，锯齿崖果真形如锯齿。

至于原因，老周也有说法。老周说，大约清康熙年间，这一代发生了大地震。地震将半座山震了下去，便形成了现在的锯齿状的东半山。

老周说，这里的锯齿状的山峰共计 72 个。

老周这么说，我们却没有再去数数。

下来后，倒是联想到一个问题，即，锯齿崖的 72 个锯齿状山峰，与湖光塔的 72 个台阶有没有什么关联呢？

可惜，当时忘了问这么一嘴，只好存疑。

险峻之处必有美景。正是因了自然界巨大的改天换地的力量，才使得横山“险处不须看”，也正因为如此，那里的植被保存得非常好。无论是峭壁峥嵘的东半山，还是稍显舒缓的西半山，都保持着苍翠的松柏。不为别的，单是看漫山的绿色，都值得到此驻足。

锯齿崖崖壁上一个形状像鱼的洞口，名为“金鱼洞”。金鱼洞内有通孔，可达下洞，水浅时方能看到。稍南是一鸽子洞，住有野鸽数千只。我们到的那天，不知何故，并没有见到如此庞大的鸽群，但天空中却有不少的鸟在飞翔。

由于距离较远，不知道飞翔的鸟是不是鸽子。

是也好，不是也罢，无论怎样，天空里终究没有留下痕迹。

再往南是董葛洞。相传古代年间曾有董、葛俩道士在此修炼。究竟是何朝何代，不知道，景区里也没有相关的文字记载。老周说，应该是在明代。我们没有深究，且姑妄听之吧。除此之外，横山上的通天洞、神仙洞等名称，也颇有一些传说色彩。传说终归是传说，当不得真，但山之上洞穴丛集，倒是明眼可见。

横山上还有个景点叫野狼窟。这个名字如果是自然流传下来的原生的名字，那还是能反映早年间金海湖实际的自然环境。深入了解景点名称的由来，特别是了解地名的由来，对我们研究北京，或者其他的一个什么地方，还是有一些用处的。

湖边的黄昏

鸽子洞南是驼峰，因山峰像骆驼而得名。

夕照驼峰，是金湖海有名的景点。

无论怎样，夕阳或者雨中，都能给人带来特殊的美的感受。

不知道这是不是中国人独有的审美习惯。王维的《使至塞上》，李商隐的《夜雨寄北》，讲的就是黄昏和雨中的愁思。中国的古典文学里，这样的诗词随处可见。

我们那天是在黄昏里离开的金海湖，并没有刻意地去欣赏夕阳下的驼峰，但我得承认，夕照下的金海湖，美得令我睁大了眼睛。

眼前的世界，山水相连，翠峰叠映。

山上，一棵棵的柏树，一排排柏树，紧紧地挨在一起，密密匝匝的。打眼看去，恍若人工栽植。湖水极为平静，碧蓝碧蓝的，像一面巨大的镜子铺在大地上，也像一块巨大的锦缎从眼前铺向远处。

最妙的是，湖边巨大的静谧里，有鸟在空中翱翔。

鸟掠过水面，鸟在林梢上划过，鸟在天空里飞去。

一只只鸟生动了黄昏的湖边。

这是一种同框存在的，轮廓分明的，静态和动态两种不同形式的美。

美得令人心痛，只仿佛是天上的景色，天上飞来的景色，又仿佛是电视广告里的一处西欧的风景，但它分明是中国的风景，北京的风景，里里外外透着的，皆是我大中华之美。

这种情景也多少引动了我的一点乡情。

我老家在湖北丹江口。那里是南水北调的起点，也是水源。

水乡的丹江口，便是这样的黄昏的景色。

只可惜我现下居住的胜利油田的盐碱滩上，绝难见到这样的情景。

在北京的金海湖边，黄昏的景象能引发出这么一阵乡愁，是我没有想到的。

事后想想挺有趣的。

（尚长文，中国作协会员，作品见于《青年文学》《北京文学》《清明》等报刊）

吴四爷的白鹭之恋

◎ 青　静

吴四爷叫吴文全，认识他的人都叫他吴四爷，是土生土长的金海湖人。68 岁的吴四爷，正是黄婚恋的时候，他却仍然迷恋着他的白鹭，而且一恋就是一辈子，忠贞不贰。

1954 年吴文全出生在金海湖旁边一个小山村，离吴文全家不远处，两条河流之间有一大片滩涂，生长着成片的楠木，正因为偏远交通不便，这些树木才很少遭到人为破坏。原生态的林地也引来不少的鸟类在这里生活繁衍，其中最多的就数白鹭。

吴文全父母都是老实巴交的农民，拖着 6 个子女，一家 8 张嘴，日子过得本就艰难，后来父亲因病早逝，生活更是雪上加霜。那时候，吴文全家常常缺吃少穿，为了寻找食物，年龄大点的哥哥姐姐就会下水摸鱼，涉水去林子里捡野生菌，爬树掏鸟窝抓鸟寻鸟蛋。

白鹭浑身洁白如雪，被老百姓认为是圣洁之物，一般情况下大家不会碰白鹭的，但是实在饿急了，就管不了那么多了。吴文全则不同，从小到大，他宁愿饿肚子都不会吃白鹭的蛋和肉，更不允许别人去抓白鹭，在他眼里，白鹭是通灵的朋友，这都源于小时候的一件事。

那是吴文全 6 岁那年，他随哥哥姐姐金海湖边蹚水去河滩寻找食物。因为个子小，吴文全很快就被哥哥姐姐们丢下很远，眼看哥哥姐姐们已经消失在林子里了，吴文全心里一急便加快了步伐，谁知脚下鹅卵石一滑，整个人就摔倒在冰冷的湖水里。他企图爬起来却越挣扎越爬不起来，吓得他哇哇大哭，可是一张嘴河水就灌进了肚子，完了，吴文全以为自己要被湖水淹死了。

正在这时，一只白鹭从他头顶掠过，并停在了上游不远处水里的一块枯木上，那白鹭一落到木头上，又飞起来再落到木头上，接着用嘴去啄缠绕在木头上的水草，再飞起来降落到木头上。如此反复，最后那块木头竟然动了，并顺着水流慢慢朝吴文全漂了过来，被正在水里拼命挣扎的吴文全一把抓住，他将木头当拐杖，终于从小湖里爬了起来。

从此，白鹭就真正走进了吴文全的生活，他天天观察鸟儿，研究它们如何捕食、如何产卵、如何孵小鸟、如何迁徙越冬等，他甚至还学白鹭的样子在水里走路，你还别说，像白鹭那样，走一步试两下再走一步的方法，还真管用。在大人们异样的目光中吴文全一天天长大，他在党和政府的关心帮助下，被免去了小学到中学学杂费，顺利地读完了高中。

高中毕业回到村里，吴文全他第一件事是感谢党的关心和培养，向村党支部书记提出了入党申请，第二件事就是跑到金海湖边林子去与老朋友们“倾诉相思之苦”。

当上村干部、提干、结婚成家生子，一路走来，吴文全都没有忘记他林子中的那群老朋友，只要有空闲时间，他都会去林子里与白鹭们泡在一起，哪只鸟跟哪只鸟是一对，哪只鸟是哪只鸟的爸爸或者妈妈，甚至从眼前一掠而过的白影是公是母他都能从体形上分出来……

20 世纪 80 年代末，很多人眼里只认得钱，抓捕白鹭就成了好些人的生财之道。这时已经当上副乡长、党委副书记的吴文全，除了自己以身作则与偷猎者们斗争外，不得不动用“公权力”，在他的努力下，派出所等部门积极支持和参与，乡上及时制定野生动物保护办法。同时，他一次次亲自带队抓捕打击教育偷猎人员，引导周边农民爱鸟护鸟，才确保了白鹭种群在花房子村能继续安居乐业与村民和谐相处。

20 世纪 90 年代初，随着交通和经济建设的加快，有人建议要开发金海湖边那些树林竹林，当时在县上工作的吴文全听说后，着急万分，他知道开发的结果很可能是树林竹林被砍伐，白鹭们将无家可归。于是他又一次把护林护鸟当成了自己的事，搞调研写报告，跑县上市上相关部门，找得领导见着他都烦了怕了，最后还真保住了那些白鹭的栖息地。在他的建议下，县上依托那里良好的生态，干脆建起了“金海湖”风景区。

经过多年建设，“金海湖”景区自然风光秀丽，环境优美生态良好，湿地资源丰富，山水林田湖草形成了完整生态体系，其自然风光及人文景观，享有盛名，被历代文人歌咏吟诵。特别是世界休闲大会在平谷区金海湖镇的成功举办，有力地推动了首都休闲文旅业态的蓬勃发展。

如今吴四爷早已经退休，他又回到了金海湖，从早到晚没事就和他的白鹭恋人流连往返于湖边树林。他说现在在金海湖地区定居的白鹭有五六千只，他们四月从南方飞来，九十月再飞走。

吴四爷说：绿水青山就是金山银山，将来金海湖一定会成为能够集中展示北京悠久农耕文明、优秀乡村文创的重要基地，最具安全感的生态文明建设样板示范地和面向世界的首都重要窗口。人与鸟的和谐相处，将促进金海湖成为人与自然的生命共同体，文旅结合发展一定会让金海湖的老百姓实现在家门口就业增收，过上幸福安康的好日子……

吴四爷的这场人鹭之恋，值！

（青静，原名税清静，中国作协会员、四川省儿童文学专委会副主任，代表作长篇小说《大瓦山》（汉文版和彝文版）等）

金海湖，一个时代的生态传奇

◎ 孙庆丰

一

说一个地方好，必须要具备三个条件：山好，水好，人更好。

第三个条件尤为重要，如果第三个条件不具备，那么前两个条件自然也就难以具备了。

为什么这么说，因为人类社会发展的过程，本身就是不断地征服和改造自然的过程，被征服和改造的自然无非只有两种结果：一种是山清水秀，一种是山穷水尽。

金海湖镇的自然绝对属于第一种结果，确切地说应该是一片绿水青山。因此，评价一个地方的人是否善良，观其生态，窥其人文，答案就自见分晓。

拥有绿水青山的金海湖镇，不仅生态良好，人文积淀也极其深厚，如此，这地方不美才怪呢。

美就是好，好一定美。我眼中的金海湖镇，心里的金海湖镇，可谓又美又好。

这些年，作为一名有着生态学与历史学双重学科背景的我，去过很多地方，也游历了不少所谓的名山大川，然而，生态与人文之美兼具的好地方，实在是凤毛麟角，每每思来，心情都每况愈下。

幸好，我邂逅了金海湖镇。佛说，前世五百次的回眸，才换来今生的一次擦肩而过。看来，前世我对金海湖镇的回眸，绝对不止五百次。

今生，因为金海湖镇，为了我热爱的金海湖镇，我还会继续修行，像这些淳朴善良的金海湖人一样，把家园装在心里，就是把幸福装在了心里。

二

坐落于金海湖镇境内的金海湖风景区，是生态金海湖镇一面高高飘扬的绿色旗帜，是金海湖镇之美最杰出的代表。

金海湖风景区，不仅被誉为北京地区的后花园，也是北京地区水域面积最大的综合性水上娱乐场所，既有千岛湖的湖观山色，又有兔耳岭的怪石嶙峋，有湖光塔、金花公主墓、望海亭、锯齿崖等自然景观、人文景观数十处，碧波万顷的宽阔水域，是开展水上运动娱乐项目的理想之所。

金海湖风景区，因为有绿色而鲜活的生命存在，因此这片水就是活的，就有灵气。不像有些地方的水，仅仅是一片死水，没有丝毫生气，因此也就不具备美的元素。

如果有人要问，金海湖风景区究竟是山美还是水美，我认为美就美在山与水和谐相生，相映成趣，水映衬着山的威仪，山映衬着水的玲珑。就像一位美女，仅有漂亮的脸蛋儿或苗条的身材，二者缺一都不能称之为真正的美女，只有脸蛋儿与身材俱佳，才是被君子好逑的窈窕淑女。

金海湖风景区就是一位美女，山是它漂亮的脸蛋儿，水是它苗条的身材，一赌倾城，二睹倾国，三睹，整个世界都矮了下去，人间，仿佛就剩下这么一小块幸福的栖居地。

可想而知，这些栖居在金海湖风景区边的金海湖人，他们的生活该有多么诗意。每天清晨一推开窗子，就有低碳的清风像蜜一般吹了进来。极目远眺，满眼都是绿水青山，整个金海湖风景区，就像是一幅灵动的水墨画，每个人被诗意晕染的心，都是这画中的一滴墨汁，似乎想把生活晕染成什么样子，他们就能过上什么样幸福的日子。

三

对金海湖风景区的爱，岂一个爱字能够说清？

爱中，其实还包含着一份崇敬，对金海湖人的崇敬。如果说好山好水滋养了金海湖人淳朴善良的好品性，莫不如说是自觉践行“绿水青山就是金山银山”生态理念的金海湖人，以人性的光芒照亮了这座生态祥和的绿色家园。

生态对于金海湖人来说，就是他们的脸面，就是他们的命。千百年的生存哲学，热爱生态，宛若一条传承不变的祖训，早已深入了世代金海湖人的骨子，没有良好的生态安生，生活在这片土地上的人们又何以立命。

多么朴素却又唯物的生存理念，就像一个个高贵的因子，世代流淌在金海湖人自豪的血脉里。

如此，每当我注视着这片净水，总觉得每一朵浪花都是一张可爱的笑脸，当三万多张笑脸和谐地倒映在水中，俨然就是一帧感动中国的全家福。

我喜欢在金海湖风景区看日出，看火红的朝阳从水中喷薄而出，天是红的，地是红的，水是红的，就连金海湖人的笑脸也都是红的，美好的一天就从这火红的希望中开始了。

当鸟鸣落满波光粼粼的湖面，水天之间宛若奏起了盛大的交响乐，我以一颗虔诚的感恩之心，接受这大自然对人类的恩赐。

正午时分，艳阳高照，有风吹来，阳光的金针在水面自由地穿梭，整个金海湖风景区，就宛若一面五彩的云锦，在水天之间延伸着，一直延伸到每一个金海湖人幸福的心坎儿里。

夕阳西下，霞光满天，湖水宛若羞赧的少女，脸上泛着红晕，一遍遍地，与心爱的草木尽情地缠绵，或呢喃，或拥吻，说着水天之间最动人的情话，演绎着人间最幸福的爱情画面。

四

如果有可能，我真想化身为一棵树，或者一株草，一辈子留在金海湖镇，为金海湖风景区的生态之美，再增添一丝芳华。我知道，即使是最不起眼的一株草，这些淳朴善良的金海湖人，也会像呵护自己的孩子一样，在这片绿水青山里，让我活出生态的尊严。

热爱生态的人，其实就像这金海湖风景区中的一棵棵树或一株株草，一天天用血管里绿色的汁液，为人间无私地吐露着生态的芳华。因此，每当我注视着那些鲜翠欲滴的草木，总觉得那些绿都是从金海湖人的心里流出来的，每个人的心灵辽阔地，仿佛都装着一座生态祥和的绿色家园。

因此，每一个金海湖人崇高的灵魂，都是一棵让我们敬重和仰望的参天大树，因为他们用人性的厚德，托起了一个时代绿色家园的生态之美。

如果你在金海湖镇大地诗意地行走，就会惊喜地发现，除了金海湖风景区，这片土地上到处都飘荡着绿色的气息，三步一花，五步一草，十步一树，俨然就是一座绿色的天堂。如果把金海湖风景区比作金海湖镇的花魁，而这些宛若繁星般散落在金海湖镇大地的花草树木，也个个都是国色天香的美女。

都说生态是金，到了金海湖镇才发现，整个金海湖镇大地就像是一个绿色的聚宝盆。每天守着这么大一块宝贝，这些金海湖人，想不幸福都不行。

五

除了高度发达的生态文明，金海湖，还有着蕴藏深厚的人文底蕴。将军关古长城和上宅文化遗址就是典型的代表，它们见证了金海湖镇的沧桑历史，也见证了整个金海湖镇大地的人文历程。

千百年来，历史的风不停地吹，却吹不散一片土地倔强的风骨，一处处厚重的人文遗迹，就像是一片土地世代传承的善良秉性，有多少可歌可泣的故事，全都被淹没在历史的长河里。

历史的长河波涛汹涌，一朵浪花被淹没了，另一朵浪花又倔强地盛开。就像今天这“乡村振兴”战略实施后，整个经济社会发生了翻天覆地巨变的金海湖镇，新人新事层出不穷，好人好事如浪花奔腾，抚今追昔，不忘初心，这些新时代的金海湖人，都无愧于这片土地上的后人，淳朴善良，奋勇争先，勇于筑梦，勤于追梦。

此刻，在逆流的时光里，点亮金海湖镇史书的灯盏，一行行遒劲有力的汉字赫然记载着，金海湖镇自古就人文荟萃，有着优越的生态禀赋，这些，都是这片钟灵毓秀的土地上，最自豪的人文风骨、生态风骨。

多年来对于生态和人文的执着研究，时间越长，越让我深深地体会到，说一个地方好，仅有良好的生态是不够的，仅有厚重的人文是不够的，只有生态与人文同时兼具且相得益彰，才是让我们从心里喜欢的好地方。

我们同样用美女来作比喻，生态之于人文，生态就像一个人美丽的外表，人文就像一个人内在的学富，既美丽动人，又谈吐不凡，方为世人公认的美女。

六

说起金海湖镇的好，就像说起这些金海湖人的好，这些新时代在金海湖镇经济社会的各行各业涌现出来的金海湖好人的好，就像天上的星星和地上的沙砾，即使穷尽我一生的时光永远也数不清。

那就把金海湖镇的好都装进心里吧，就像暗夜里迷路的孩子，流着泪，感谢一位素不相识的路人，用人性之光为我高擎起一支温暖的火炬，照亮孩子回家的方向。

感谢金海湖镇，在工业社会的大环境下，依然坚守着处女般原生态的忠贞，为我们托起了这片诗意的栖居地。今后，不论我身在哪里，都会对它长相思，不相忘，因为我对金海湖镇的爱是那么深，对金海湖镇的情也是那么长，每一次时光里的反刍，都会让我幸福地回味一生！

（孙庆丰，河北省作家协会会员）

美丽金海湖我的家

◎ 张小伟

在美丽的金海湖，云飞群山动，白云弥蒙蒙；霞光一望无际，海鸥高飞低回；丛林百花相容，风韵自然成景。那里物产丰富，环境优美，好山好水好人，整个金海湖充满着幸福和谐。一年四季，都有着不同的风景。

金海湖位于平谷区东南盘山脚下海子村，距平谷城区 15 公里，距北京城 85 公里，金海湖原是在 1679 年大地震中断裂出来的峡谷，后经过诸多改造，形成了如今北京市的第三大水库，建于 1985 年。因公园北有大金山，南有海子村，故取名金海公园。以金海湖为中心，周围峰峦叠翠，野卉生香，云影波光，美景如画。金海湖，原名海子水库，是北京市的三大水库之一，水库位于洵河流经山区的最后一段。这里湖面开阔，有近万亩水域。20 世纪 50 年代，海子村东侧建起了拦河大坝，坝高数十米，长数公里，坝上建有新景点。横山将金海湖分成南湖和北湖，故有“满园秀色在一湖，一湖秀色在横山”之说。金海大堤的主坝连同溢洪坝、副坝全长 3 公里，能使金海湖蓄水 1.2 亿立方米。长堤纵贯南北，规模宏伟。站在大堤上，东望烟波浩渺的湖面，北望巍然屹立的大金山，南望京东第一山——盘山，向西俯视是辽阔的平原大地，田园农舍。漫步长堤，微风拂面，清凉爽快，有心旷神怡之感。春天，万物复苏，冬伯伯带走了最后一丝凉意，春姑娘紧跟而来，纱袖一挥，融化了冰雪，带来了春天的第一道风景。渐渐地，金海湖复苏了，到处都洋溢着春的气息。一道旭日徐徐映照水面，玫瑰色的轻纱薄雾一点一点散开，远处的青山若隐若现，若有若无。朝霞映衬，无数只飞鸟齐翔翻飞，舞动着观音山生态魅力，此时，盘山正如空灵之鼓，仿佛用手轻轻敲击，就会奏出动人心弦的一曲“云水禅心”。

夏天的金海湖景色宜人，金海湖旅游度假区是北京地区一处可以供游玩的最大的水面，这里三面环山，只有南面是开阔的。在金海湖的西面，修建有一个长达 1500 米，宽 8 米，高 20 米的大坝，大坝的上面还修建有一个仿古长廊，不管是烈日当空，还是细雨朦胧，都给人们最好的角度来观看高峡平湖碧波荡漾的美景。平静的湖面，秀丽的山川，掩映其中的游人，好似到达了室外仙境。这静谧的金海湖曾成功举办过亚运会的赛艇，皮划艇比赛，所以如今这水上快艇已然成了游人们最爱好的游戏项目，晴日里，数十艘船只快艇，或飞驰，或悠闲，荡在平滑的湖面上，别有一番风姿。金海湖三面环山，峰峦叠翠，风景秀丽。有湖光塔、金花公主墓、望海亭、锯齿崖等自然景观、人文景观数十处。金海湖水域宽阔，碧波万顷，是开展水上运动娱乐项目的理想之所。这里有游船、快艇、自驾艇、水上飞、水上飞伞、脚踏船、手划船、肥仔船、速降、大型水滑梯、赛龙舟、香蕉船、橡皮艇、皮划艇、甲壳虫跑车等 30 余种娱乐项目。

秋天，金色十月，到处都是秋姑姑留下的足迹，金黄的田野，是农民伯伯的希望。沉甸甸的大桃，让你垂涎三尺。大叔伯伯摇摆着身姿，将变黄的树叶，抖落下来，落叶归根。每年的世界休闲大会举办在金海湖国际会展中心期间将其作为主会场。正奋力开启金海湖建设的新征程。金海湖的快速发展，不禁让人为之感叹，一座座高楼大厦拔地而起，给金海湖带来了不一样的人文风景。金海湖外表看似给人轻松休闲的感觉，实际上人们的危机感很强，处处都能体察到竞争发展的紧张意识。闲庭信步，走在宽阔的、崭新的大马路，欣赏着夜晚迷人闪烁的霓虹灯，一座座路边小灯塔上的美丽灯光和天上的星星相互辉映着，形成了一道独特的风景线。

冬天，雪公主乘着北风，呼呼而来，一生白衣，犹如一位雪仙子，从天而降。给大地穿上了银装，从盘山登高远望，银装红瓦，俯览整个金海湖，别有一番滋味。

美丽的金海湖我的家，一年四季风景如画。与梦同行，与金海湖同行！

（张小伟，作家）

洙水

◎ 李青松

盘山脚下的洙水村有点怪异。

某年，乾隆皇帝登临盘山，感慨道："早知有盘山，何必下江南。"——此言可见盘山有多美！

可是，盘山是有脾气的，它一发脾气就狂风呼啸，电闪雷鸣地弄出山洪。历史上，盘山爆发过数次山洪，附近村庄数次被淹，洙水村竟一次一次安然无恙。有勘探队探之，洙水村所在并非高地，倒是有些低洼尔尔。

怎么回事呢？有高人站在盘山上眺望，洙水村地形似船形，船头朝南，船尾朝北，船板船桨隐约可见。——奇也？

高人终于明白，洙水村从不发生水患是何原因了——船在水上，水涨船高，船怎么可能被水淹呢！高人嘱之，村里切不可凿井。此语被村人奉为村规，祖祖辈辈遵之守之。于是，村人吃水，从水峪那边引水，于村头造水池蓄之。村人再从水池担水，用之食之。

民国年间，村里有强人头脑昏聩，斥资在村中凿井，凿了七七四十九天，井底不见潮气。再凿，五十天，还是未有出水迹象。再凿，五十一天时，轰隆一声巨响，一股冲天水柱喷薄而出。人说水无色，此水却有色——黑红之色，如同酱汤。村人惊骇！立马填井，用沙填，无用；用石块填，照喷；后把碾盘投入，才勉强压住了水柱。

村人这才想起，先人为何给村子起名唤作洙水了。洙水——分明就是黑里透着红的水嘛！

村人疑之，莫非村庄底下有暗河，通着沟河吗？

2022 年 8 月 1 日，施海带我来到洙水村，寻寻觅觅，却没有找到那个被填埋的老井的遗迹。越野车停在一家超市门前，拟进超市里打探一番，不想，一把锁头锁着超市的门。门前亦萧条，无人走动。超市旁边，是一座院落，高大的铁门也是锁着的。我从门缝往里看了几眼，院落里荒草连天，蛛网悬浮，枯藤垂之。

倏忽间，施海手指着高处说："哈！你看。"

我猛回头，只见一座移动发射塔上，有一串喜鹊窝，一层一层，叠往高处，数数共有九叠，如同一串糖葫芦，叠叠相加，一直叠向发射塔的塔顶。

我禁不住笑了。

在村口，遇到一个老婆婆在树荫下乘凉，问起村里古井的事情，她摇摇头，一只手摇着蒲扇，一只手指了指空中飞翔的喜鹊。

我们本意是寻找洙水村古井遗迹，结果却在它的空中发现了有趣的故事。

（李青松，生态文学作家，长期从事生态文学研究与创作。主要代表作品《开国林垦部长》《北京的山》《相信自然》）

大金山之本

◎ 李青松

金子是什么？——金子是太阳的汗水和眼泪。

这句话不是我说的，是古希腊人说的。按照古希腊人的说法，金子应该是生于太空，见于地球。在人类文明的进程中，金子从来没有缺席过。金子没有灵魂，但它被崇奉为文明生活的灵魂。它将喧嚣的一切结为它自己，又将自己转化为喧嚣的一切。在一定意义上，金子能把时间变成空间，也能把空间分解成时间。

金子代表着富贵，金子代表着地位，金子代表着崇高，金子代表着价值，金子代表着品格和精神。

铛啷啷——金币落地的声音是如此的悦耳而美妙。从金项链到金手镯，从金耳环到金戒指，没有哪个女人不喜欢。真金不怕火炼——在一千摄氏度的高温下，闪闪发亮的金子依然保持原貌。从古至今，金子令人着迷，金子也令人疯狂。

金子是自然资源，不可再生。地球上金子数量是有限的，无论科技怎样发达，也无法造出金子。本是太空之物，翔于太空何须要有翅膀呢？金子是最可靠的航天材料，美国“阿波罗”宇宙飞船上的仪表，就是用金子制作的。越是稀有的东西就越珍贵，越是珍贵的东西就越想要拥有它——这不是金子的问题，而是由人的本性决定的。任何产金子的地方，都上演过各种充满血与泪的故事。古今中外，概莫能外。

亚里士多德说：“金子是硬化了的水。”

易卜生说:“金子是许多东西的外壳,却不是里面的果实。”

哥伦布说:“金子真是一个奇妙的东西,似乎谁有了它,谁就可以成为他想要得到的一切东西的主人,甚至可以使灵魂升入天堂。”

莎士比亚说:“金子!黄黄的发亮的宝贵的金子。只这一点点儿,就可以使黑的变成白的,丑的变成美的。”

金子遍布地球,但从古至今,人类所获得的金子,总共也不足十七万吨——有人说,如果把这些金子打制成金条,一根一根堆叠起来,堆叠的高度甚至还不及巴黎埃菲尔铁塔的高度。还有人说,如果把这些金子打制成一个四四方方的几何体,它的总体量可能还不如北京亚运村的“水立方”的一半大。即便泰坦尼克号舞厅腾出来也还装不满,就可以把这些金子全部运走了。

然而,高度不是问题,体量也不是问题,金子永远都存在着。金子不腐,金子不烂,金子不朽。它以超出我们想象的形态存在着。不在这里,就在那里。不在此处,就在彼处。假如说某座山上有金子,甚至连每一块石头都含着金子,对于那座山来说,幸耶?悲耶?

“金山银山,比不上黑水湾”。

这句话的意思是说黑水湾拥有金矿——大金山,号称“万两黄金山”。

黑水湾在京东平谷金海湖镇境内,四面环山,中间低阔,人称“四不漏”,也就是通常所说的聚宝盆之地。村北山岭上尚有长城遗迹,轮廓清晰可见。“永乐年建,通步缓。”明代,因守卫长城的守军驻扎在这里,故称黑水湾营寨。长城废弃后,此地渐渐繁衍成村。

黑水湾人采金始于何时呢?据说,刘伯温在大金山考察防务时发现了金矿,但他守口如瓶。可是,有金矿也不能不采呀!怎么办呢?他在心里暗暗设定了一个时限——500 年后才能采金。于是,他故意制造谜团,在晏庄北山的山坡设下一个镐位,然后在崖壁上写下一句话:“九缸十八锅,不在东坡在西坡，东西两坡都没有，镐下摸一摸。”这段话什么意思呢？明朝之后，历代人没能搞清楚。最初，以为矿脉在晏庄北山，而找遍了却不是。直到后来在离晏庄还有十公里的黑水湾探到矿脉，人们才恍然大悟。

“九缸十八锅”——有两解。一解指大金山的金子提纯所用之器皿；一解指大金山金子资源总储量。

东坡西坡——是虚词，是刘伯温故意放出的烟雾，是迷惑后人的障眼法，可以做种种猜想。

镐下——是关键词，在黑水湾北部有一处叫“镐寺”的小地名，正是黑水湾金矿矿口所在地，是架锅煮砂炼金的地方。

刘伯温是奇人，奇人所言便是奇语，奇语所述便是奇事了。不过，在黑水湾也另有一种说法——“一辈馋一辈懒，一辈勤一辈攒，又馋又懒守不了金山。”

事实上，黑水湾人并不懒，祖祖辈辈凿矿不止，采金不歇。早年，黑水湾几乎每户人家，都有齐全的淘金炼金工具——钢钎、铁锤、矿灯、溜槽、溜板、溜刷、溜耙、火钳子、铅罐子、金碗子、风匣子、推车子，等等。黑水湾人根本不种地，青壮劳力都去采金淘金了。采金跟采煤不同，采煤刨下煤层就是煤，卖掉了就是钱。采金采的是含金的矿石，然后，进行破碎和球磨，再进行提炼。

采金的第一步是先确定位置，行话叫“定镐”。“定镐”相当重要，定准了，正好定在矿脉上，采的矿石含金量就高，倘若一下“放阔”了，那就一夜可能成为百万富翁。要是走眼了，“定镐”定得不准，偏离了矿脉，采出来的就都是石头，没什么价值了。

“老把头”凭经验“定镐”，一般不会走眼的。金矿矿脉上往往会生长一些特有的植物、菌类或者苔藓。“老把头”一打眼，就能看出来，根据一些表象的东西，判断矿脉里面的含金量和成色。比如，黄金蘑成片拱出地面的地方，地下一定有含黄金的矿脉。也可以说，只有金矿矿脉上才能生长这种蘑菇。因而，找到了黄金蘑，也就找到金矿矿脉。黄金蘑个体非常小，香味却浓郁。采集食用，口感鲜美，味道极佳。凡产金之处，地气寒重，冬天的积雪和结冰，到了夏秋之间，方渐始化。

一座山，一块石，一堆砂，到底是如何成金的呢？

尽管我一次次地走进黑水湾，走访当年的淘金者，倾听他们讲述那些故事和传奇，但所能知晓和掌握的东西，还是零零碎碎，并不完整。

在黑水湾，有许多采金的行话，只有采金人才能听得懂。比如，砂金不见底，白搭二斗米——意思是说，采金人作业中，只有把底层的砂金掘出来，才能摸清矿石含金品位，否则就不了解实情。比如，把头——指采金领头人，根据资历分老把、中把、新把。比如，掌头——采金掘进中，没被开采的地方。比如，毛——不含金的矿石。砂子——矿脉中的含金矿石。比如，放阔儿——矿脉中的含金量由小到大。打小匹儿——乱采，没有固定的掌窝。比如，圈猪——死在矿洞里，没出来。比如，溜金——在事先准备好的坡形斜面上，铺麻质粗布，再往上面扬矿砂、泼水，待把重量轻的石料清理下去后，麻布收起，反复涮反复淘，进行拉溜处理。把剩余的细砂在溜板上反复溜反复耙反复搂，重量轻的被水带走了，留下的东西就是金子。比如，叫金——溜金得到的金子，还是含有一定量的杂质，将其盛到碗中，用清水一遍遍地淘，最后出现在碗中的金光闪闪的东西，才是真正的金子。

苍翠的大金山，是金海湖镇境内最高的山——高峰 900 多米。远远望去，山谷里升腾着氤氲的雾气，如轻纱帷幔，忽而一圈一圈缠绕着山体，忽而散乱成碎片坠入沟壑。

我曾在山脚下驻足，试图了解和感受大金山的奇异和神秘，而它却沉默不语，平静如常。

采金人最知道采金淘金的艰辛。

黑水湾的朋友贺庆泽告诉我，之前，采金人采金都是徒手用锤子凿，后来就用土法自制的炸药炸。在黑水湾村头，常能听到大金山那边巨雷般的爆炸声。矿洞炸出后，就往里挖巷道，往洞里更深处去寻找金矿。使用自制的炸药有时炸出了金矿，有时也炸伤了自己。采金者被当场炸死或炸伤现象时有发生。贺庆泽说："爆炸产生的粉尘也让很多采金者患上了尘肺病，实际上，采金就是拿命换金子。"

炸出来的矿石，装到麻袋里用骡子驮回家，进行破碎、球磨、炼金、淘金。碎矿石在机器上研磨成黄豆粒大小的石粒，继而磨成灰色的泥浆。用工具把泥浆在水中反复冲洗，未经提纯的"毛金"就会挂在这个工具上，最后用火将"毛金"进行熔炼，上千斤的矿石，也就能炼出几克或者十几克黄金。

最繁盛的时候，山上有3000多号人采金。每个人的脑子里就两个字："金子"。开矿洞、打巷道，大金山上几乎看不到植物，遍地都是碎石。大的矿洞里一天有三四十号矿工同时作业。矿工用石头和油毡搭建起简易工棚，常年居住于此。巷道外面这种简易工棚更是比比皆是。

金子诱惑着一切。大金山脚下的客栈、酒馆、五金店、杂货铺、铁匠铺、首饰店、洗脚屋、发廊、按摩店等不计其数，应有尽有。每天有270头骡子组成的"骡帮"，来往于大金山与黑水湾村之间的淘金路上。从河南和内蒙古来的骡客就有几十号人。一头骡子一年下来"脚费"能挣两万元。骡子耐力强，能负重，善奔走，是运输矿石的好畜力。一头骡子一次能驮三五百斤矿石。不过，骡子的食量也大，不驮载时就要喂草料，以保证它有足够的力气干活，一头骡子一天能吃掉100多斤草料。山路崎岖，荆棘横斜，很多时候驮着矿石的"骡帮"行走在悬崖边上，险象环生。走在前面牵着骡子缰绳的骡客，更是小心翼翼，万分谨慎。

大金山上炮声隆隆，矿洞塌方的事故总是不断发生。

烟尘覆盖了烟尘。

更大的矿难发生在若干年后的某个深夜。轰隆隆！——六人遇难，一人重伤。黎明时分，当一些人还在做着美梦，另一些人的梦却碎了。

那些年，由于黄金价格暴涨，操着各种口音的外地人也来大金山采金淘金了，甚至外地人比黑水湾本村人还要多。毕竟，采金淘金比在城里打工赚钱。采金需要两证：一个是采矿证，一个是炮工证（炸药爆破作业资质证）。那段时期，监管混乱，许多矿洞是无证开采或者盗采。导致矿难的原因很多，但归结起来，大体有三个方面：其一，矿洞坍塌；其二，炸药爆炸发生意外；其三，开矿过程中不明气体中毒。

许多矿难发生后，一般都是"私了"了，外界并不知道。如果遇难者是自愿开矿的合伙人，投资人就会共同出资，赔偿遇难者家属十万八万了事。如果是外面雇来的矿工，就会赔得比较多一些，六七十万元左右。因为矿主清楚，赔少了家属会闹事。

一个叫刘阳的采金矿工就是六名遇难者之一。

刘阳是大金山北部兴隆县某村村民。他的妻子汪芳不愿提起这件令其悲痛的往事，但还是哽咽着讲述了那天的情形。

大概是上午十点左右吧，她特别的闹心，有一种不祥的预感。她就给丈夫刘阳打电话，电话通了却没人接。他从家里出门的时候说，去大金山采金子，工钱 150 元一天。同村有五六个人跟他一起去的。听说老板是平谷本地人，可能是违法开矿吧，不然，刘阳怎么会白天睡觉，夜里上工呢！上工时也是老板盯着，有时候老板也领着矿工一起干。刘阳上工时间为晚上六点到次日凌晨两点，中间包括来回路上的两个小时。一般情况下，她是在上午十点左右联系丈夫，此时刘阳已经醒来。那天上午整十点，她给丈夫打电话，但连续打了三次都无人接听。从来没有这种情况呀！她的心里就慌乱起来。随后，她又给刘阳发了语音信息——两岁多的儿子通过语音连续喊了三声"爸爸"，但刘阳一直没有回复。

少顷，汪芳又拨了两次电话，电话通着，但还是没有人接。她意识到，可能是出事了。

她雇了一辆“三蹦子”(三轮手扶农用车),急火火赶往大金山,到现场后看到警察正在勘察,提取证据。地上躺着刘阳等六人的遗体,其中有两个人是刘阳同村的。另外三个遗体,汪芳不认识。她扑上去,放声大哭,悲痛至极。

天,突然就下起了雨。这场没有征兆的雨,下得撕心裂肺。昨天发布的天气预报说,今天是晴天。可是天气像堵气般跟天气预报顶着来,偏偏就下起一场雨。她在雨中号啕着,雨水和泪水混在一起,分不清哪些是雨水,哪些是泪水。

刘阳是家中独子,他俩共育有两个儿子,大儿子已经 8 岁,上小学了,小的就是在微信语音中连续喊了三声“爸爸”的两岁多的儿子。汪芳感觉天一下塌下来了。她说,她恨金子。

恨金子的人,不止汪芳。

狂采金子那些年,如黑水湾村一样,大金山附近的村庄,诸如,将军关、龙洞峪、晏庄等每年都有因矿难事故致死的人。有的被矿料砸死,有的被雷管炸死,有的被毒气毒死,有的从崖顶洞口坠落摔死。活下来的,50 岁以上的人多半患有矽肺病、腰椎病或者腿疾。

诱人的金子,夺命的金子。金子到底是好东西,还是坏东西?

淘金者是一些什么样的人?人与金子是一种什么关系?为了解开悬浮的谜团,也为了找到那些问题的答案。我在黑水湾村容易被忽略的角落寻寻觅觅。

黑水湾村拥有 600 户人家,1800 口人。关、贺、王、曹、马是村里大姓。马一品,真名叫贺连成,是村里出生的人物,曾做过广东省韶关地委书记,深得陶铸赏识。中华人民共和国成立前是抗日武装的地下党(情报主任)。1946 年,黑水湾村党支部建立,马一品是第一任村党支部书记。1949 年 3 月,挎匣子枪的马一品任平谷县委书记。抗日战争时期,马一品以村里三皇庙为联络点，进行抗日秘密活动。当时黑水湾村的代号有三个，一曰“龙潭”；二曰“黄河”；三曰“2305”。这三个代号仅仅是当时地下党联络时的暗语还是有什么特别的寓意？不得而知。

黑水湾全村有两条主街，十一条巷子，四十九条胡同。公共设施有：三个高位水塔，六个饮用水井，两个生产用水井，两个公厕，一个文化广场，一个卫生服务站，一个图书室，一个老年活动室。此外，还有村民经营的饭馆一个，早点铺一个，理发店一个。

村民开的商店主要集中在主街上，顾客三三两两，进进出出，基本上都是本村村民，也有自驾游的旅者采购一些食品。

“酸枣山杏核柏树籽的卖！”一个收山货的货郎骑着三轮车，在黑水湾的街上走过。车上的喇叭里一遍一遍喊着这句话——“酸枣山杏核柏树籽的卖！”

20世纪90年代之前，黑水湾人都在采金子，没人出去打工，在大金山采金一个月能赚上万块钱。“获利既厚，人尽争趋”，大金山几乎被掏空了。因之金子，大金山里面的矿井横七竖八，纵横交错。矿洞容易塌方，需要木头支撑。油松和柏木木质坚硬，韧性好，油性强，耐腐蚀，不易遭虫蛀。大金山仅有的一些油松和柏树等森林资源也都被偷砍盗伐做矿洞立柱了。长期盗采，搞得大金山满目疮痍，到处是光秃秃的景象。淘金的泥浆和废水，造成的河流污染亦不堪入目。

同期，乱捕滥猎现象也相当严重。

早年，凡采金的人家，都有一两支猎枪。是那种双筒猎枪，打的是散弹，杀伤力很强。大金山上整天轰轰轰放炮，也没什么大的活物敢在山上落脚了，但野鸡、野兔、斑鸠、野鸽子总还是有的。家家拥有猎枪，一方面是打点猎物，吃野味，一方面还有其他的考虑。什么考虑呢？家里有金子，有枪护着晚上才能睡觉安稳，才会有安全感。另外，比阔炫富——有了猎枪，身份和身价似乎就不一样了。

某日，一个年长的“老把头”骑着一头骡子驮着包裹，步履疲惫地走进黑水湾村。在核桃树下的“三嫂子酒馆”门前停下，他翻身下来，把骡子拴在马厩柱子上，然后卸下包裹，唤了一声：“小二呀，往槽子里加几把料！”“好嘞！”声音是从茅房里传出来的。

“老把头”背着包裹步入酒馆，径直朝靠窗子的一张桌子走去。他把包裹靠桌角放在身边，慢悠悠坐下来。他打量了一眼柜台后面正在拨拉算盘的三嫂子，又打量了一眼四周，并瞥了一眼窗外。他向刚进来的店小二招招手，店小二肩上搭着一条毛巾，扯下来，一边擦手一边走上前来说：“给骡子加料了，还添了一块豆饼！”

“好，料钱算在酒钱里！”

店小二把菜谱递给“老把头”。“老把头”接过来，看也不看，顺手把菜谱扔到一边，眼睛瞥着柜台那边的三嫂子，就开始点菜：“一盘酱牛肉，一盘手撕鸡，一盘油炸花生米，两根黄瓜，两根大葱，一碟黄酱。”

“酒呢？”

“一壶高粱烧。要热的！”

“好嘞！稍等就得哈！”

“老把头”又瞥了一眼柜台那边的三嫂子。三嫂子还在低头对账，拨拉算盘子。

“老把头”自觉无趣，便抓起茶碗喝了一口，茶碗里却是空的。他不是黑水湾人，他是唐山乐亭靠海那边的人。“老把头”今天路过黑水湾村，准备吃饱喝足后继续赶路。他刚要唤店小二过来倒茶，突然，酒馆的门“嘭”地开了——一个脖子上挂着金链子，手持“鹰牌”双筒猎枪的小混混闯了进来。小混混后面还跟着三五个小混混。

“背上你的包裹！”

小混混用枪口把背着包裹的“老把头”一步一步推到酒馆门外边空地上，问：“老东西，你采金子是站着采呀？还是跳着采呀？”

“老把头”一看这阵势惹不起啊！就说：“当然是站着采呀！还能怎么采呢？”

小混混说：“不对，你是跳着采！”

“老把头”说：“怎么能是跳着采呢？”

小混混枪口朝着“老把头”的脚下，“嗵”地就是一枪，“老把头”下意识地一跳。小混混说：“这是什么？”

“老把头”说：“跳着采！”

“哈哈哈！哈哈哈！”跟在端着双筒猎枪小混混身后的那群小混混一阵狂笑。

小混混又搂扳机了——“嗵！”“老把头”又是下意识地一跳，包裹哐当一声掉在了地上。

“哈哈哈！哈哈哈！”接着，小混混们的狂笑僵住了。他们看到，“老把头”一转身从包裹里，欻地抽出一支“虎牌”双筒猎枪，“叫开”的扳机闪着寒光。

“老把头”问：“尝过骡子屎和骡子尿的味道吗？”

小混混答：“没有。”

“想尝尝吗？”

“老把头”把双筒猎枪的枪口哗地一下插进小混混的嘴里。小混混翻着白眼，嘴里——“呜呜呜！”

“那还等什么！”

小混混吓得面色如土，跪地求饶。“老把头”平静地说了一句：“滚——！”小混混们立时哄地作鸟兽散了。

当双筒猎枪与双筒猎枪相遇，“虎牌”的比“鹰牌”的厉害；不开枪的比开枪的厉害；后发制人的比先发制人的厉害。

三嫂子从柜台后面一拽一拽地走出来，嘻嘻笑着说：“英雄！英雄啊！”“老把头”低头啃着鸡腿，喝着闷酒，头也不抬。末了，从包裹里掏出一把金粒塞进三嫂子的手里。

店小二把骡子牵过来，要帮助“老把头”把包裹搭到骡子背上。微醺的“老把头”说：“慢！”他将“虎牌”双筒猎枪重新装入包裹。那头骡子驮着包裹和浑身酒味的“老把头”消失在黑水湾的村口。

猎枪散落黑水湾，猎枪散落民间，治安案件屡屡发生已经不是新闻了。邻里闹矛盾，吵架吵激烈的时候，抄起猎枪对着邻居的窗户“嗵！”就是一枪，哗啦一下玻璃全碎了。喝酒喝醉了，耍酒疯，抄起猎枪朝着天空看也不看，“嗵！”就是一家伙！正好有鸟飞过，扑啦啦就掉下来了。

当时，贺庆泽家里也有一支双筒猎枪。他忽然意识到，枪是凶器，有枪壮胆就会干出极端的事情，这样下去不行。某日，他就把双筒猎枪各个部件，包括枪管、枪栓、枪机、枪托等统统拆卸下来，然后集中到一起，用一块大石头狠狠砸了下去。后来公安机关颁布了《禁枪令》，光是从黑水湾收缴的猎枪就整整装载了一卡车。那么多的猎枪，看着真是吓人！

村里有个三皇庙，抗日战争时期，是八路军和抗日武装的秘密交通站。院子里有两棵国槐和一棵侧柏，都是近两千年的古树了。交通站暴露后，日寇渡边小队长放了一把火把三皇庙烧毁了。可是，那几棵古树却安然无恙。

改革开放那几年，村里有一家姓王的大户人家，也淘金，也养马养牛养驴，家业很是兴旺。忽然有一天，鬼使神差打起了三皇庙里那棵古柏的主意。也不知道通过什么关系，搞到了采伐审批手续，古柏伐倒后运回家，盖房子打家具，所有的木料都派上了用场。可是，几年过去了，家业逐渐出现败相，家里养的马、养的牛、养的驴陆陆续续都死掉了。人呢，也总是生病，寻医问诊，也搞不清什么病。后来，家里几口人相继暴毙。这样一个大户人家，居然在黑水湾村销号了。

古柏是有灵性的吗？

贺庆泽坚信，古树是有灵性的。不可亵渎古树，不可糟蹋古树，应该敬畏古树。2000 年，他发现那两棵仅存的国槐的根部已经裸露了，主干出现了一个树洞，雨水倒灌容易把树心泡烂了。

贺庆泽看在眼里，没言语。

贺庆泽自己悄悄出资，请来专业人员，给国槐裸根培土施肥，用水泥堵住树洞，避免雨水倒灌。同时对两棵国槐进行了全面体检，打药除蚜虫，挂营养袋输液，进行复壮。

黑水湾东山崖壁上生长着千年崖柏。虽然树长得不是很大，但年代久远，根都是老根。崖柏根系发达，能拱破石头，在石缝里翻云覆雨。有一段时间，那些崖柏被贼娃子盯上了。崖柏的根，木纹暗红，极富传奇意味。用崖柏根做摆件做手串，比阔、炫富，很有面子的。贼娃子常常是腰系绳索，攀崖盗挖崖柏，破坏资源。每年都有因盗采崖柏，从崖壁上摔下来的人。

然而，在高额利润的诱惑下，总有贼娃子勇攀悬崖。

贼娃子盯着崖柏，贺庆泽盯着贼娃子。

可是，也不知道贼娃子啥时候出现啥时候盗采。然而，贼娃子一攀岩，就会有响动，就会有石块稀里哗啦地往下掉。贺庆泽每天竖着耳朵听东山崖壁上的动静。一有情况，贺庆泽就在村委会广播室用大喇叭喊话："立即停止盗采行为！否则将追究你的法律责任！盗采崖柏是要坐牢的！赶紧下来！赶紧下来！"

村委会在村里不同地段的高压线铁塔和移动发射塔上，安设了七个高音喇叭。高音喇叭发出的声音，可以覆盖黑水湾村所有角落，以及周边方圆五公里范围内所有山岭。"柏树是有灵性的，老王家的教训还不深刻吗？——千万不能砍！千万不能挖根！否则后果自负！后果自负！"贺庆泽的喊话，令贼娃子们两腿发抖，心里发颤。

后来，即便东山崖壁上没有啥动静，贺庆泽也让高音喇叭时不时嘎啦嘎啦响几下。

贼娃子终于收手了。

不收手也不行了，也没法不收手了——村里聘了五十六名护林员，穿着迷彩服戴着迷彩帽，脖子上挎着望远镜，手里拿着对讲机，整天在山上巡查，一草一木的情况都掌握着，贼娃子没有任何机会下手了！

“贺老三哪！贺老三！算你狠！”断了财路的贼娃子心里那个恨，牙根咬得咯嘣咯嘣生响。

必须说说他了。

贺庆泽，1965年农历四月二十日出生，属蛇，兄弟姐妹中排行老三，小名便被长辈顺口叫了老三。上学时起名贺庆祝，后来一位乡绅说，这孩子火命，命里缺水，改改名字吧，要有水的润泽才能做大事。于是，就叫了贺庆泽。可是，在他当村委会主任之前，贺庆泽这个名字几乎没几个人知道，平时村民都是叫他“贺老三“或者“连科老三”（他父亲叫贺连科）。

黑水湾村民，常见他开一辆黑色夏利车，进进出出，毫无特别之处。他不怎么爱看电视，却喜欢读一些古典文学名著。比如，《三侠五义》《施公案》《狄公案》，等等。他长得像日本影星高仓健，却又不完全像。他寡言、沉静，行事稳健。不过，在熟人面前，偶尔也幽默一下，开些玩笑。几次接触下来，我能感觉出，他敬重那种坦荡正直的人，崇尚“侠”和“义”的精神。

贺庆泽跟我谈到李金镛。李金镛是清朝中国最大金矿——漠河金矿总局总督办（二品道员），可在任职期间工资分文未取。掌管着金山，却过着清廉的日子。贺庆泽说，这个人目光远大，他主张，兴矿之举，重在实边，兼筹利国。他终于明白为什么淘金者要敬奉“李公”了。

贺庆泽家有六间正房（坐北朝南），六间南房，还有东西厢房各两间。房子明窗净几，家具齐备。墙面上挂着一张全家福照片：抱着小外孙的贺庆泽和妇人坐在前排，后排站着儿子儿媳女儿女婿。全家人脸上洋溢着笑容。这是多年前照的照片，估计后来又添人口了吧。

小院有半亩地，种了两架西红柿，两垄小葱，一池韭菜，三垄辣椒，两垄芥菜，七垄胡萝卜。正房窗前是七盆兰花，长势很旺。东厢房窗前是一丛我叫不出名字的植物——问了方知晓，叫欧李。红红的果子隐在秧里，将秧子翻过来，才能看到。

院门背后停着一辆山地车。

贺庆泽说："自己骑的。早年采金，矿洞里的水奇凉，整天泡着，腿泡坏了。要偶尔骑骑山地车练练腿劲儿。"

贺庆泽家紧挨村委会。出门，走七八步就是村委会门口。贺庆泽家安装电话较早，之前，村委会没电话的时候，跟镇上联系什么事情，就借用他家电话。特别是防火、防汛期，他家电话快成公用电话了。不过，贺庆泽从来没提过电话费的事。

村委会门口有些狭窄，过往行人和车辆不是很方便。贺庆泽便主动把自家院墙缩进去了——我是出他家院门时发现这一细节的，问："你家院墙怎么有一个斜角，缩进来这么多呀？"

看样子，他本不想说，我这样一问，他只好说出实情了。

他说："村委会来办事的人多，门口停车地方小，行人走路也不太宽敞。也不能让别人家拆院墙啊！那就我自己家的院墙往里缩吧。"

"缩进去多少啊？"

"70 厘米。"

"唉，好嘛！"

我忽然想到，若干年前，在黄山脚下的西递村看到的一处老宅子。康熙三十年，一位叫胡文照的知府，在修建"大夫第"的宅子时，为方便路人挑担子、推车、行走，将正屋墙角削去三分，阁楼临街的墙体后退一步。在门匾上，胡文照题写了五个字——"作退一步想"。

想什么呢？当时，我曾试着解答，想到了一些词汇：不争、内敛、深邃、包容、礼让、谦和、与人为善，等等。而眼前，贺庆泽家院墙的退缩，倒是让我隐隐感觉到了贺庆泽退一步海阔天空的境界。

2001 年 4 月 26 日，黑水湾村首次海选村主任，老支书在大喇叭里向全村人喊话，贺庆泽这小伙子不赖，希望村民投他一票。村民听了疑惑地问，贺庆泽是谁呀？老支书赶紧解释，贺庆泽就是贺老三，连科老三啊！村民这才明白，唉，这小伙子确实不赖，救助三皇庙里古树，帮村里垫付电费，做了不少好事。选票收齐了，镇上的人说，选票要带回镇里统计，选举结果改日公布。村民一听那怎么行呢？——不行！村民担心镇上人回去搞猫腻。不行！不行！必须当场唱票当场计票当场公布结果。呼啦啦！村民围住镇上人不让走。无奈，镇上人只好从了。当场开箱当场唱票当场计票当场出结果，贺庆泽以八成的选票当选村主任。

贺庆泽本不想当这个村主任，村民却硬是把他推了上去。贺庆泽上任后干的第一件事就是改水。改水包括移井、安装高位水塔和布设管网。这可不是一件小事，是长期积累下来的问题，改造起来难度极大。在村民代表大会上，贺庆泽父亲贺连科指着他的鼻子骂，老三，你的几斤几两自己不知道吗？改水是动了骨头连着筋的事，涉及山上山下，涉及山场旱田，涉及全村家家户户，你改得了吗？你以为你是谁呀？你是龙王老爷吗？

村民们哄堂大笑！

好像改水这件事跟大家无关了，大家成了看热闹的了。

贺庆泽脸憋得通红，也没法跟老父亲争辩啊！就只好挥手说了两字：散会！

过去，黑水湾村民家里三天两头停水，住在高处的人家更是没水吃。什么问题？一则水压不够，二则水管老化严重，跑冒滴漏没人当事。

贺庆泽平时话不多，但认准了的事说干就干。

原来的饮用水井在村子中央，附近村民家的厕所紧靠水井，虽然说没见哪家厕所的排泄物流进水井，也没吃出井水有什么异味，但心理上也得排除异味啊！贺庆泽就带人进山选井位，在有泉眼的地方，打了六眼泉水井。在村头高地建了三座高位水塔，加大水压，使得村里任何一个地方，都能把水“叫”上去了。

村里高处与低处的落差 40 米，贺庆泽便把全村分成八个层次布设管网。三个主管道又分出数个支管道，管管有阀门，家家有闸，家家有水表，防止跑冒滴漏，一级一级送水。后来，又打了两眼井，专门用于生产用水（浇旱田，浇果园，浇蔬菜等）。

改水需要大量水管。有供应商找上门来，说打折提供水管，免费上门安装。贺庆泽一了解，此水管虽然便宜，但有毒有味不环保。于是，他婉言谢绝了。他买来具有国际标准的硬水管，无毒无味，达到环保要求。尽管一米比一般水管高出 30 元的价格，他认为也是值得的。因为水管本身如果是污染物，那对村民的健康将是长期的隐患，况且，质量达不到要求，一旦爆裂，造成的损失会更大。

不能图了便宜，麻烦却没完没了。

改水资金总共需要 8 万元。——钱谁出？当时，村集体没有这笔资金，动员村民家家出资也不妥当。贺庆泽思来想去，自己掏吧。自己的名字叫贺庆泽，就是泽惠一方造福一方！

全村改水工程搞完后，贺庆泽量了一下体重，整整瘦了 16 斤。他叹了一口气——唉！

改完水，紧接着就种树。金矿不能开了，黑水湾耕地面积又少，未来怎么办？——做山的文章，往山上发展。贺庆泽和村委会一班人抓住“北京市再造百万亩森林”的机会，把村集体闲置的 2600 亩山场全部种上了经济林，诸如核桃、板栗、柿子、山楂、花椒等。经济林三五年就挂果了，继而，陆续进入盛果期。还种了 1100 亩香梨——佛见喜香梨。果肉细嫩，又香又脆，汁甘味美。没吃过的人，只要吃了一次就会喜欢。吃过的人，越吃越喜欢。

就这样，仅林果经济一项，每年就能给村集体账目上增加 40 万元收入。村集体有了一定的资金积累，就可以干一些事情了。整治村容村貌，修路架桥，建文化广场，开设图书室，开通村邮所，搞老年活动室。

每逢春节，村集体给村民每人发放 200 元过节费。70 岁以上老人每个月补助 50 元生活费。不是打到卡上，而是发现金。不能子女代领，而是老人自己来领。为啥不能代领呢？贺庆泽解释说，代领容易出问题，老人搞不清这是什么钱。自己来领，既活动了筋骨，又感受了作为黑水湾人应该享有的成果。

那些年，土门石河污染严重，河床成了村民倾倒垃圾的垃圾场。河水是黑色的，泡沫四溢，蚊蝇悬浮。一到夏天，河里弥漫着一股股臭味，令人作呕。

土门石河，是流经黑水湾村最大的河流。贺庆泽小时候就在河里抓过鱼，还在河里捡到过黄豆粒那么大的金粒。据说，早年老辈人更是在河里掘出来过“狗头金”，秘密资助八路军抗日组织造地雷造枪械。先前，黑水湾人“叫”水浇地，取的也是土门石河的水。

贺庆泽下决心整治土门石河河道。某日，一辆大型铲车轰轰开进河道，贺庆泽现场指挥。半天时间，清理出的垃圾堆成了一座山。村民们闻讯赶来，站在河岸上观看。当垃圾清理完毕，满头大汗的贺庆泽走出河道时，大家不约而同地为他竖起了大拇指。

时间见证了一切，黑水湾村的方方面面都在发生着变化。

不日，某记者来黑水湾村采访。向某记者介绍村里经济情况时，村会计不经意地说了一句，村主任贺庆泽当年是开金矿的。闻之，某记者眼睛一亮，好嘛！开金矿应该积累了一些资金吧，那可以为新农村建设多做贡献啊！

贺庆泽说：“没积攒什么钱啊！”

某记者说：“呃，不要为难，量力而行！”

贺庆泽随口说了一句：“真的没多少钱，只有 70 斤金子。”

某记者扭头问村会计：“一斤金子值多少钱呀？”

村会计回答：“4 到 5 万元。”

某记者叹道：“唉，村里可以搞个新能源示范建筑！”

临走时，某记者拍拍贺庆泽的肩膀，叮嘱一句：“好好干，干出一个样子来！回头我再来采访，写一篇长篇报道，好好宣传一下金水湾。”

望着某记者的越野车走远，贺庆泽的脑子里一片空白。

他低声跟会计耳语："这个记者的口气和言谈举止，怎么有点像上级领导呢？"

村会计说："是呢，也不排除是上级领导以记者身份微服私访呢。刚才你说的70斤金子的事情可是真的？"

贺庆泽说："真个屁，我是顺嘴胡说的。"

村会计说："啊呀，可不敢跟记者开玩笑，万一他真是上级领导呢！"

贺庆泽说："不过，村里有必要投资搞一处太阳能保温抗震的房子，作为新农村建设的样板房，给村民看看。过去建的房子都是土坯的，保暖差不说，发生地震一摇晃，就散架子了，确实存在安全隐患。"

村会计道："搞新型保暖防震建筑，所用资金可不是小数，村里账上没那么多钱了呀！"

"我先自己出资搞一个吧。"他用手掌扇自己一耳光说，"谁让我有70斤金子呢！"

"别别别！"村会计拦他没拦住。

半年后，贺庆泽拿出40万元，在自己老屋后面又盖了一处"新农村样板房"。老父亲贺连科气得直跳脚，骂道："老三哪！老三哪！你这个村主任再当下去，怕是把采金子积攒下的家底，全都败光了！王八犊子！败家子儿！"

那是一个寒凉的黄昏。

他走出了矿洞，走出了大金山，就再也没有回头看一眼。他叫关宗友，黑水湾村采金淘金的"老把头"。现年72岁，生于1950年农历正月十七日。有人说他是黑水湾村"最懂金子"的人，也是《禁采令》颁布后损失最最惨重的人。他说，不是说采金子就能赚钱，不是这样的，八成的采金人是赔钱，赚钱的人是少数。早在20世纪90年代，"最懂金子"的关宗友就名声在外了。他自己拥有一支采金队，曾一度走出黑水湾，到内蒙古、吉林等金矿区采过金，他是见过大世面的"老把头"。

2004年，关闭了金矿，他给矿工们发了工资，解散了队伍，就彻底“金盆洗手”了。他说，既然国家出台了禁止采金的法律法规，那就得遵守呀！绝对不能跟国家的法律法规对着干。不过，关宗友还是挺心疼那些年投入的那些钱，全都打水漂了。

在关宗友看来，采金靠经验靠毅力靠运气——这三条缺一不可。根据山的走势判断打洞奔那个方向。打着打着，怀疑自己的判断，或者改变主意了，那就半途而废。也有经验也有毅力，打到目标后，却没有金砂。这就是运气不行——行话叫“隔纸不打砂”，就是说仅仅隔着一层纸的距离，人家能打到金砂，你可能什么也打不到。

“说起来不怕笑话，有一年，我和另外四个人合伙干了一年，年底一算账，每个人只赚了一块四毛八分钱。”

“运气好的时候呢？”我问道。

“运气来了，拦都拦不住，金线放阔一天能赚3万元。在洞里住在洞里吃，生怕从洞里出来，运气就没了。”

“听说你打的第一矿洞就赚钱了？”

“嗯，第一个矿洞打了1000米，就放阔了。我雇了好多矿工，有河南的、陕西的、四川的、东北的总共有六十几号人。矿石用骡子驮回村，再粉碎再反复煮再反复淘，最后得到金子。说实话，那些年的确赚了些钱。”

“你算黑水湾最富的人吗？”我笑着继续问。

关宗友摆摆手说：“算不上，算不上！中等偏上吧！哈哈哈！”

旁边的人插话说：“黑水湾村一条街都是老关的！”

“啊！不得了啊！”

“不是一条街，是一条胡同。那条胡同里总共住着我们3户人家，20世纪90年代末，那两家人家搬进城里，房子卖给了我，一处房子2000块，总共花了4000块，买了两处。于是，那条胡同里就只有我们一家住了。我到县档案局专门办了门牌变更手续，把那两家的名字都改成我们家的名字了。”

“你还挺有法律意识的嘛！”

“变更了手续，心里才踏实。”

“国家关闭黑水湾金矿是2004年，那一年你是什么情况？”

“唉，一言难尽。之前，我带几十号人用3年时间打了一条3000米(6公里)的巷道通往最阔的矿脉，立了矿柱，铺了铁轨，眼看再打200米就成功了。结果，《禁采令》来了。一夜之间，洞口被封堵，矿洞被爆破。我那个心痛啊——生生损失了200多万啊！”

“那时候，矿洞里的立柱用材都是从哪里弄来的呢？”

“嗨——！还不就是大金山上的树嘛！有松树、柏树、橡子树、五角枫等，偷偷砍下来弄到矿洞里做立柱。松树、柏树砍光了，就砍核桃树、柿子树，那时候脑子里光想金子了，啥顺手就砍啥了。说心里话，从保护生态的角度来说，金矿确实应该关。”

“关了金矿后，你都做了啥？”

“金矿关了后，我两年时间什么都没干。躺在床上我就想，在我们黑水湾这地方，不让采金子了，那就只能做山的文章了。2006年，我就承包了35亩山场种树，种油松种侧柏种洋槐种银杏，也种了一些板栗、核桃和柿子。当时，没人愿意承包山场，觉得种树来钱慢。想不到的是，次年，北京市政府出台了生态林补助政策，每亩生态林补助1350元，而且每年上涨50元，补助一直补到2027年。啧啧，我35亩生态林，每年市里补助5万元。就是说，我天天躺着睡觉，也能赚钱。哈哈哈！关矿断了我的财路，可是种树种生态林又给我带来好运气！”

“走，去你家看看。”

好家伙，一条胡同里，果然有三处房子。胡同底端迎面是一面琉璃瓦盖顶的影壁墙，墙面上是一个大大的字——“福”。须右转才能进院，院子四周种了好多玫瑰，一丛一丛长势健旺，红色和粉色花朵居多。角落里盆栽植物也不少，有发财树、巴西木、铁杉树等。爬山虎肆无忌惮地乱爬一气，哪里高就占领哪里。

窗台上一排“红星二锅头”酒瓶子站立着。酒瓶子是大肚子小细脖儿的那种，泥褐色的。数一数，总共有 13 个。

“哎呀，老关没少喝酒啊！一顿能喝多少呀？”

“嗨，二两吧。哈哈哈！”

“可不止！老关敞开喝，一人能喝两斤。”贺庆泽知道关宗友的酒量，揭他的老底儿。

“哈哈！那是年轻的时候！”关宗友说，“现在不行喽！”

“你们是酒友吗？”我问贺庆泽。

“淘金那些年常在一起喝。”贺庆泽道，“我喝着喝着，就不知道老关是谁了，可老关还知道我是谁。”

“哈哈哈！”

关宗友老伴正一个人在家吃饭。餐厅的餐桌上，摆着一盘虾皮炒白菜，一盘炒葫芦丝，一碗鸡蛋西红柿汤。一碗白米饭已经吃掉一半。

“够清淡的呀！”

“哈哈，年纪大了牙口不好。”

“多吃蔬菜好消化。”

“嗯，蔬菜都是自己家园子里产的。”

“是呀，你家这三处园子面积够大了，不种菜可惜了。”

说话间，天色渐渐暗下来了。本想再看看他后面那两处房子，考虑到还要赶路，就站在门口简单望了几眼。

关宗友说：“买这两处房子时想，将来给儿子和女儿各自成家了住。可是，儿子和女儿长大了都在城里参加了工作，都在城里结婚成家，只是过年过节回来看看。这房子一直就闲着空着。”

“可以装修一下，搞民宿啊！”

“嗨，太操心。不愿折腾了。”

"主要是老关不缺钱，院子里埋了不少金子呢！"贺庆泽开玩笑说，"老关啊！你是不是怕看呀！怎么不开灯呢？"

"哈哈哈！"关宗友便随手开了灯。

贺庆泽开玩笑说："老关啊！你把金子都埋哪里了？"

"嘘，别说！别说！"

我们一行人说说笑笑地走出了那条胡同。

大金山脚下。仰首观峭壁，举步搅乱云。

一座木屋静卧路边，一道横杆拦住去路——这是进入黑水湾金矿的最后一道关卡。

2022年8月25日，我造访了黑水湾金矿看护点。护矿员李海山正在值班。值班主要职责是对进山人员进行登记、盘查和收取火种，并通过记录仪留取影像资料。值一班二十四小时，两人一班，一人值守看护点，另一人上山巡查。李海山是应聘加入护矿队的，他今年54岁，是黑龙江明水县人。护矿队管吃管住，护矿员每月工资3000元。

李海山告诉我，他是2017年应聘成为护矿队队员的，到目前为止，还没有发现一起盗采现象。倒是经常发现野猪下山吃玉米的情况。今年立秋那天，居然眼睁睁看着一头野猪领着六头小野猪，大摇大摆地从护矿点的栏杆下走过。李海山说，他的队友在流动巡查时，还遇到过狼。当时，那只狼正在悄悄跟踪一群野猪。狼发现他的队友后，转身隐入森林了。

"呃，夜里可要当心，防止狼溜进值班室。"

"嚯嚯，恐怕狼还没有那么大的胆子吧。"

值班室旁边停着一辆三轮灰色的摩托车，车门上喷涂着"综合巡查"四个字。李海山说，这是他们的交通工具。

"能进值班室看看吗？"

"可以啊。"

我信步走进值班室，只见墙上挂着“黑水湾金矿看护点巡查路线图”——图上标注的22个需要巡查的洞口，已经有17个洞口用水泥进行了封堵，5个洞口进行了爆破封堵。同时，还标注了四个悬在崖壁上的洞口，因现场巡查存在危险性，主要采取定点视频监控和护矿队队员目巡的方式进行。

桌子上放着一本“黑水湾金矿看护点巡查记录”，本子封面隐隐有几个油渍点，有几页已经打卷儿。我简单翻了几页，上面记录的是巡查日期，护矿队队员姓名。金矿洞口编号，巡查洞口山体情况，进山人员姓名、年龄及基本情况，包括身份证号和手机号。

值班室外屋角落里堆放着一些蔬菜，有老黄瓜、长辣椒、圆白菜、土豆、南瓜和大葱等。灶台上是一口炒锅，一个电饭煲。灶台下是一桶豆油。一张小桌上摆着一把芭蕉扇，还有两盒香烟。香烟盒盖子已经打开，咧着嘴。看一眼牌子是“红塔山”。

值班室里屋，靠墙的位置是两张简易木床，被子叠得还算齐整。床头的插座插着两个手机充电器，正在给两部手机充电。墙上挂着衣服、帽子、兜子、毛巾。

从值班室出来，不经意地抬头瞬间，发现了树林里还藏着一座废弃的建筑——两层残破的红砖楼。由于经年日久，楼顶上积存了厚厚一层腐殖土和鸟粪不说，竟然还长出一丛一丛的荆棘灌木和一片一片的苔藓。

“哈，这是什么建筑呀？”

贺庆泽带我往前走了几步说：“这是1958年盖的，黑水湾金矿宿舍楼。当时有四五十号采金矿工住在这里。”

“哇，进去看看，进去看看。”

“不可，不可。里面空空的，什么都没有。”

我刚要弯腰进去，却被贺庆泽拦住了。他说：“你看，墙上到处是裂缝，墙体不时有砖块脱落，随时有倒塌的可能，太危险了。还是不要进去看了。”

我止住了脚步，也感觉到确实有危险。

贺庆泽带我来到一棵核桃树下，说："这个位置原来有一盘石碾子，用于碾压金砂，进行矿石初加工的。20世纪80年代金矿停产，矿工解散回家，矿工宿舍楼和石碾子就废弃了。有人从碾盘底下的土里偷偷挖出了许多金砂。"

"找找看，说不定还能找到金粒。"

我笑着低头仔细在地上寻找，可是，除了几只蚂蚁，什么也没有找到。

"已经被人找了无数遍了。哈哈哈！"贺庆泽说，"怕是很难再找到了。"说话间，他在蒿草丛中拎起一块石头，有些兴奋地说："这倒是一块金矿石。"他指着石头上面一条褐色的线条继续说："看，这一绺一绺的东西就是金砂线。嗯，这块石头含金量还不低呢。瞧，不但含金，还含铁含铜呢。金铁铜往往伴生。"我们纷纷围过来，看贺庆泽手里的那块石头，唏嘘不已。

"这座废弃的矿工宿舍，能不能加固或者翻盖改造一下，搞成民宿呢？"

"我们也是这样想的。目前，土地证和相关手续正在办理过程中。如果搞成民宿，在这里可以看长城看金矿。让那些废弃和死去的东西活过来，重新创造价值。"

是呀，若干年过去了，大金山上的植被渐渐恢复了，野猪、狍子、獾、刺猬、野鸡、野兔等野生动物也一天一天多起来了。村民的板栗、柿子、红枣、核桃、苹果、大桃等经济林的收入也相当可观。生态兴，则文明兴。生态好了，很多东西就跟着好了。村里九成人家盖了新房，九成半人家都有了轿车。

黑水湾村的年轻人另有想法。

采金人后代有个叫丁建良的青年，种植了一种叫"佛见喜"的果子，是一种稀有之物。他承包了200亩地，搞了个采摘果园，没想到，此果大受城里人喜欢。著名光头主持人火旺也来采访，还摘了不少"佛见喜"带回城里。

此果何果？像苹果，不是苹果；像苹果梨，不是苹果梨。不像梨，实则就是地地道道的梨。它外形润如红玉，吃起来香甜多汁，肉质细嫩爽脆。清代，它曾经是皇宫贡果，是慈禧太后的最爱。因慈禧太后忌讳“梨”字，便随口给它起了一个新名——“佛见喜”。

地球上只有三个村子产的“佛见喜”最地道。一个叫茅山后村，一个叫黑水湾村，一个叫彰作村。我没有考察过茅山后村，也没有实地勘查彰作村，但黑水湾村还是来过多次的。我想，此地“佛见喜”好吃一定跟黑水湾的地理、光照、土壤和气候有关。据说，别处也不是不能种“佛见喜”，别处也能种，只是树上结的果子跟黑水湾村的果子相比，品质差异太大了。倘若影响果子品质的自然因素都相同的话，那么至少有一点是不同的——黑水湾村的土质里含有金子呀！

20 世纪 90 年代，此果只剩三株树了，几乎濒临绝迹。经过科技工作者的抢救和努力，才使“佛见喜”的基因保留下来，并繁育成功。可是，此果进不了果品批发市场，进不了超市。因为它太不一般，太不寻常了。它是如此不讲道理，它不给流通环节任何机会。想吃它吗？对不起，只能现场采摘，而且必须提前几个月在网上预约订购。也就是说，“佛见喜”刚一开花，果子还没影子呢，就被预约订购了。瞧瞧，“佛见喜”就是这么俏！

在丁建良专心打造“佛见喜”果园的时候，有人已经把目光投向了村里那些老房子。他们寻寻觅觅，越是闲置的老房子，越是废弃的老房子，他们越是看重它的价值。这些打老房子主意的人，村民送给他们一个名字——创客。

告别采金淘金后，黑水湾村有十户村民与外来创客合作经营，把老房子重新装修开办了民宿。

武强是一名“80 后”，从事古建修复多年，京郊民宿他搞得风生水起，颇有一定知名度。在黑水湾，他已经盘活了四处老宅子，外貌修旧如旧，内里却别具现代情调。每个民宿规模都不是很大，三间房，七八张床，有双人大床，有单人小床。生活设施一应俱全。

近年，来黑水湾度假和旅游的人渐渐多起来了。

村东边有一片荒地，不长庄稼，村里搞了一个生态旅游接待区，盖了 82 套房子，几个月时间，就都被城里人租去了。有的全家人来休闲，有的老人短期来康养，有的小两口手拉手来这里度蜜月，有的画家艺术家来小住采风写生画画。

生产队时期盖的队部大会堂，改革开放后已经没有那么多的会议可开了。由于长期闲置着派不上用场，便把它改造成了“黑水湾淘金博物馆”，把那些淘金工具都搬进去了，在展柜里陈列。还有矿石毛料，砂金样品等也都摆上标签，配上文字说明，进行展示。

博物馆四周的展板上，是“淘金历史”“淘金习俗”“民间传说”“淘金掌故”“淘金行话”“淘金流程”，等等。几百年的淘金文化与黑水湾的村史村事相伴而生，彼此映照，绵长久远。

2021 年，平谷区“生态教育基地”的牌子也挂在这里。金海湖镇党委书记沈立军说：“要把黑水湾打造成惠民、富民、乐民的金水湾，通过挖掘淘金文化和生态旅游资源，让村民尽享绿水青山的生态成果，并让村民从大金山的绿水青山中淘出新的金山银山。”沈立军还说：“从黑水湾到金水湾是一个历史性的转变。过去开矿砍树，现在造林种果保护生态，黑水湾创造了一个活生生的范例！”

“村里的年轻人建议，黑水湾应该改名了。”

“你一定想好名字了吧？改成什么呢？”

“金水湾呀！”

“嗯，这个名字有诗意。”

“不过，老辈人不愿改。”沈立军说，“我们充分尊重村民的意见。”

是啊，老辈人对“黑水湾”还是怀着感情的。老地名里有他们淘金的记忆，也有血和泪的故事和传奇。然而，新时代里，他们老有所养，无忧无虑。

喜欢唱戏的唱戏，喜欢打牌的打牌，喜欢玩抖音的玩抖音。不喜欢唱戏，不喜欢打牌，不喜欢玩抖音，喜欢清静的，就在自家窗前搬个小板凳坐着，眯眼睛晒太阳。

大妈、大姐、婶子、嫂子们是黑水湾村最快乐的一族。在文化广场跳广场舞、扭大秧歌，怎么舒展怎么来。是歌声伴着舞步，还是舞步伴着歌声？——《美丽草原我的家》《套马杆》《小苹果》《感觉自己萌萌哒》，早晨跳完傍晚跳，跳了一曲又一曲。

黑水湾村风日日荡漾美意。村民的脸上洋溢着快乐和幸福。

临别时，贺庆泽握着我的手，一字一句地说：“金子不可再生，总有被采枯竭的那一天，绿水青山才是真正的金山银山呢。”

我说：“是啊，你这句话含金量可不低！”

我们互相对望一眼，贺庆泽笑了，我也笑了。

（李青松，生态文学作家，长期从事生态文学研究与创作。主要代表作品《开国林垦部长》《北京的山》《相信自然》）

编后话

在《今日国土》杂志社和北京农村经济研究中心的高度重视与大力支持下，《绿水青山金海湖》生态文学创作于 2022 年 4 月 17 日启动，这是践行习近平总书记生态文明思想和“两山”理论，落实首都“四个中心”功能定位的重要举措，是弘扬中国传统生态文化，让绿色价值理念深入人心的有效手段，也是全方位展现平谷、金海湖生态文明建设成果的重要窗口。

作为首都的生态涵养区，生态是平谷的底色，也是金海湖的底色。金海湖是高大尚平谷“拥抱新消费新生活、打造世界休闲谷”的主战场，是北京第一缕阳光照耀的地方，是拥有天然水域、二类水体的地方，是北京农耕文明诞生的地方，是北京高品质休闲时尚生活的地方，金海湖是唯一的。金海湖拥有最美的山，千山一碧，郁郁葱葱，道路盘山延伸，人与山脉相容。拥有最清的水，“湖泊、河流、清泉”三位一体，15 个泉水群常年涌水，水质清澈透明可直接饮用。拥有最蓝的天，雾霾尽散，海天一色，碧空如洗。拥有最悠久的文化，以“上宅文化”为代表的“八大文化”独具特色，内涵丰富，彰显魅力。我们的区委书记唐海龙曾讲过：有好风景的地方，一定有新经济；有好资源的地方，一定有新经济；有好文化的地方，一定有新经济。金海湖完全可以成为尽情深呼吸的最具安全感的生态文明建设样板示范地。

好风景遇见好朋友，好朋友带来好理念。我们一定会坚守大美平谷全域旅游理念，守护好一湖山水的金招牌，静候好朋友如约而来，款款而来，扑面而来。通过此次的生态文学创作，通过梁衡、李青松、柳忠勤等多位知名作家的倾情加入，通过今日国土、人民日报、中国作家协会等多家主流媒体的大力推荐宣传，通过全社会的广大文学爱好者的积极参与，让更多的人认识金海湖的绿水青山、了解金海湖的生态建设，创作金海湖生态文学佳作。

（根据金海湖镇（地区办事处）党（工）委书记沈立军在《绿水青山金海湖》生态文学启动仪式上的致辞改）

编者